ハヤカワ・ミステリ

REX STOUT

編集者を殺せ

MURDER BY THE BOOK

レックス・スタウト
矢沢聖子訳

TOKYO HAYAKAWA BOOKS

A HAYAKAWA
POCKET MYSTERY BOOK

MURDER BY THE BOOK

by

REX STOUT

1951

装幀／水戸部 功

編集者を殺せ

登場人物

ネロ・ウルフ……………………………私立探偵
アーチー・グッドウィン…………ウルフの助手
フリッツ・ブレンナー……………ウルフの料理人
シオドア・ホルストマン…………ウルフの園芸係
ソール・パンザー
フレッド・ダーキン ……………ウルフの使う私立探偵
オリー・キャザー
ジョーン・ウェルマン……………編集者
ジョン・R・ウェルマン…………ジョーンの父親
レイチェル・エイブラムズ………速記者兼タイピスト
ベアード・アーチャー……………？
レナード・ダイクス………………弁護士事務所の事務員
ジェームズ・A・コリガン
エメット・フェルプス
ルイス・クスティン ……同代表共同経営者
フレデリック・ブリッグズ
コンロイ・オマリー………………元同代表共同経営者
シャーロット・アダムズ
ブランチ・デューク
ヘレン・トロイ ………ダイクスの同僚
スー・ドンデロ
エレナー・グルーバー
ペギー・ポッター…………………ダイクスの妹
クレイマー…………………………警部
パーリー・ステビンズ
ロウクリッフ …………クレイマーの部下
アウアーバック

1

その一月の寒い火曜日、珍しいことが起こった。クレイマー警部が、約束もなしに正午少し前にネロ・ウルフの西三十五丁目の褐色砂岩の家にひょっこり顔を出した。ぼくがオフィスに通すと、ウルフと挨拶を交わし、赤い革張りの椅子に腰かけるなり言った。「ちょっと頼みがあって来たんだ」

珍しいといったのは、頼みがあると彼が認めたことだ。ぼくは自分のデスクについたまま、その場にふさわしい声をあげた。警部はじろりとぼくを見て、どうかしたのかと訊いた。

「いいえ、べつだん」ぼくは丁重に答えた。「絶好調ですよ。

調子が狂っただけで。これまで何度も物を頼みにいらしたが、いつだって強気に出るか、話をこねまわすかだったから、腰が抜けそうになった」ぼくは鷹揚に手を振ってみせた。「気にしないでください」

慢性的に赤みを帯びたクレイマーの顔が、いっそう赤くなった。広い肩がこわばり、まぶたに力が入ったせいで、灰青色の目のまわりに皺《しわ》が広がった。それから、ぼくが面白がっているのに気づいて自分を抑えた。「私がだれに君のことを訊いてみたいかわかるかね」彼は言った。「ダーウィンだ。進化から取り残された人間がなぜこんなところにいるのか」

「喧嘩はやめろ」ウルフがデスクの向こう側でうなった。いらいらしてるのは、クレイマーかぼくが相手を怒らせるのを見たくなかったからではなく、《ロンドン・タイムズ》のクロスワードパズルをしている最中に邪魔されると、いつも腹を立てるからだ。ウルフはしかめっ面でクレイマーを見た。「頼みというのは?」

「たいしたことじゃないが」クレイマーは態度をやわらげ

た。「ある殺人事件についてちょっと訊きたい。先週の昨日、イーストリバーから男の死体があがった、九十丁目の近くで。その男は――」

「レナード・ダイクスという名だ」ウルフはぶっきらぼうに言った。手短に切り上げて、昼食前にパズルを仕上げてしまいたいのだ。「法律事務所に勤めるベテラン事務員で、四十歳そこそこ、おそらく二日ほど水に浸かっていた。頭部に裂傷があるが、直接の死因は溺死。昨夜までの段階では、容疑者はあがっていない。殺人事件のニュースは全部読んでいる」

「だろうな」いつもの癖でつい同意してしまってから、クレイマーはそれが得策でなかったことに気づいて、笑ってごまかした。この男でもその気になれば笑えるのだ。「容疑者があがらないどころか、手がかりすらつかめない。できることは全部やった。こっちのやり方は知ってるだろう。お手上げだ。被害者はサリヴァン・ストリートの、エレベーターのないワンルームにひとりで住んでいた。行ったときには手遅れだったよ。いや、荒らされてたわけじゃないが、何者かが徹底的に家捜ししたあとだった。手がかりになりそうなものはなにひとつ見つけられなかったが、ひょっとしたら参考になりそうなものがひとつだけあった、意味がわかればだが」

クレイマーは胸ポケットから書類を出して、その中から一通の封筒を抜き出し、そこから折りたたんだ紙を取り出した。「本にはさんであった、小説だ。本のタイトルもはさんであったページもわかっているが、それがなんらかの関係があるとは思えない。「ちょっと見てくれ」彼は立ち上がって、ウルフに紙を手渡した。

ウルフはざっと見た。ぼくはこのオフィスで起こったことはすべて知っていることになっていて、なにかの場合には責められて当然と考えられていたから、立ち上がって手を差し出した。ウルフはその紙を渡した。

「ダイクスの筆跡だ」クレイマーが言った。「その紙は部屋にあったメモ用紙だ。同じメモ用紙がテーブルの引き出しに入っていた」

ぼくはそのメモを見た。ごく普通の、横十五センチ、縦二十センチほどの白い紙で、いちばん上に「とりあえず」と書いてあって下線が引かれていた。鉛筆書きで、ほとんど傾斜のない几帳面な筆跡だ。その下に名前が並んでいた。

シンクレア・ミード
シンクレア・サンプソン
バリー・ボウエン
デーヴィッド・ヤーキーズ
アーネスト・ヴィンソン
ドリアン・ヴィック
ベアード・アーチャー
オスカー・シフ
オスカー・コーディ
ローレンス・マキュー
マーク・マキュー
マーク・フリック
マック・フリック
ルイ・ギル
ルイス・ギル

ぼくはメモをクレイマーに返して、自分の席に戻った。

「それで？」ウルフがいらいらした声で訊いた。

「ちょっとついでがあったから、見せに寄ってみたんだ」クレイマーはメモを折りたたんで封筒に入れた。「あまり役に立ちそうにないし、おそらく殺人事件とは無関係だろうが、気になったもんだから、君の意見を訊いてみようと思って、それで寄ったんだ。ダイクスはメモ用紙に十五人の名前を列記しているのに、そのひとりとしてニューヨークの電話帳に載っていないんだ。ほかの地域の電話帳にも。警察にもこのいずれかの名前の人間の記録はない。ダイクスの友人も同僚もだれひとりこのどの名前も聞いたことがない。少なくとも彼らはそう言ってる。最初と最後の名前をちらっと見たかぎりの話だがね。むろん、まだアメリカ中くまなく調べてはいないが、ダイクスは生粋のニューヨーカーで、我々の知るかぎりでは、よその土地と格別つながりはない。いったいなんだろうな、この名前のリストは

?」

ウルフはうめくような声を出した。「創作じゃないか。偽名を考えてたんだろう、自分かだれかのために」

「それも考えたさ、当然。だったとしても、いまのところだれもまだその名を使っていない」

「調べる価値があると思ったら、今後も続けることだ」

「ああ。だが、我々はただの人間だ。天才に見せたら、どうなるかとちょっと思ったんだ。天才は測りがたいものだからな」

ウルフは肩をすくめた。「あいにくだったな。どうにもならない」

「そうか、じゃあ、申し訳ないことをしたな」クレイマーは立ち上がった。ぷりぷりしているが、無理もない。「時間をとらせたのに謝礼も払わないで。いいんだ、グッドウィン、ひとりで帰れる」

クレイマーは背を向けて出て行った。ウルフはクロスワードパズルの上にかがみ込むと、眉間に皺を寄せて、鉛筆を握った。

2

クレイマーは謝礼のことで皮肉を言ったが、もちろんこれは根拠のあることだった。ウルフは仕事と称していることのために頭を使うのが大嫌いで、ぼくが彼の下で働くようになって何年にもなるが、その間に高額の依頼料以外のために彼が重い腰を上げたことはめったになかった。だが、怠け者というわけではない。そういうわけにはいかないのだ。私立探偵としての収入でこの古い家を維持し、屋上の植物室いっぱいの蘭を育て、その世話係にシオドア・ホルストマンを、ニューヨークでも最高の料理を味わうためにフリッツ・ブレンナーを雇い、しかも、このぼく、アーチー・グッドウィンは、新しいスーツを買うたびに昇給を要求し、たまにはそれが通ることもあるのだ。なんだかんだで毎月少なくとも一万ドルなければやっていけない。

一月と二月の前半はおおむね暇で、ウルフとぼくの仕事は、三人の調査員、ソール・パンザー、フレッド・ダーキン、オリー・キャザーの元締めをするだけ、あとは毛皮を強奪しようとしたギャングと小競り合いになって、フレッドとぼくが撃たれたぐらいだった。そして、クレイマーが天才にメモを見せたらどうなるか確かめに立ち寄って、冷たくあしらわれてから六週間ほど経ったころ、ジョン・R・ウェルマンと名乗る男から電話があった。月曜日の朝で、面会の予約をしたいというので、その日の午後六時に来るように言った。六時少し前にやって来たのでオフィスに通し、赤い革張りの椅子に座らせて、ウルフが植物室からおりてくるのを待つあいだ、小さいテーブルを右肘のそばに引き寄せておいた。なにか書く必要が出てきたら、たとえば小切手を切るとかするのに、便利だろうと思ったからだ。肉づきのいい小柄な男で、頭ははげかけていて、鼻は縁なし眼鏡を支えるには少々高さが足りない。地味なグレーのスーツをはじめ、身につけているものを見るかぎりでは裕福な感じではないが、電話の話では、イリノイ州ピオリアで食料品の卸問屋を営んでいて、銀行の株主になっていたこともあるという。事と次第によっては、彼から小切手を受け取ることになるだろう。

ウルフが入ってくると、ウェルマンは握手しようと立ち上がった。ウルフは知らない人間と握手するのが嫌いなのを隠す努力をするときもあれば、しないときもある。今日はまずまずうまく隠し、それからデスクの角を曲がって、あの巨体を受け止めることのできる世界中でたったひとつの椅子におさまった。肘掛けに腕をのせ、背もたれに体を預けた。

「ご用件は？　ウェルマンさん」

「仕事をお願いしたいんです」ウェルマンは言った。

「どういう？」

「見つけてほしいんです、実は――」言葉が続かなかった。顎《あご》の筋肉がぴくぴくしている。いきおいよく頭を振ると、眼鏡をはずして、指先で目をこすってから、また眼鏡をかけたが、うまく鼻にのせるのに苦労していた。「取り乱してしまって」と謝った。「このところあまり寝てないものですから、疲れているんです。娘を殺した人間を見つけてほしいんです」

ウルフがちらりとぼくに目を向け、ぼくはノートとペンを用意した。ウェルマンはウルフばかり見ていて、ぼくには関心を向けなかった。ウルフが訊いた。「いつ、どこで、どんなふうに娘さんは亡くなったんですか？」

「車に轢かれたんです、ヴァン・コートランド・パークで、十七日前に。金曜日の夜です。二月二日の」ウェルマンは落ち着きを取り戻していた。「娘のことを話さなくてはいけませんね」

「どうぞ」

「家内と私はイリノイ州のピオリアに住んでいます。二十年以上そこで商売をしてます。子供はひとり、娘のジョーンです。私たち夫婦はとても――」そこで言葉がとぎれた。そのまま身じろぎもせず、目すら動かさず、じっと座っていたが、ずいぶん経ってから、また話しだした。「私たち夫婦はとても娘を誇りに思っていました。スミス・カレッジを四年前に優等で卒業して、ショール・アンド・ハンナの編集部に就職しました、出版社ですよ。そこでもよくやっていて――ショール氏じきじきに言われたんです。去年の十一月で二十六歳になりました」彼はちょっと手を動かした。「私をごらんになったら、きれいな娘がいるなんて想像できないでしょうが、あの子はきれいだったんです。みなさん、美人だと言ってくださったし、頭もとてもよかった」

彼は脇ポケットから大きな封筒を取り出した。「これをお預けしておきましょうか」立ち上がって、ウルフに封筒を渡した。「あの子の感じがよく出ている写真を十枚ほどそろえたんです。警察に使ってもらうつもりだったが、使わないというんで、あなたにお預けします。ごらんになってください」

ウルフがその中の一枚を取って手を伸ばしたので、ぼくは立ち上がって受け取った。美人という表現はだれにでも使えるわけではないが、この場合は異論はなかった。これがよく感じの出ている写真だとしたら、ジョーン・ウェルマンは見目麗しい女性だ。ぼくの趣味からすると、顎がいくぶん角ばっているが、額と目はどんな父親でも自慢できるほどだった。

「あの子は美人でした」ウェルマンはそう言うと、また黙り込んで動かなくなった。

ウルフは感きわまっている相手には耐えられなかった。

「言わせていただくなら」彼はぼそぼそ言った。「『美人』とか『誇り』とかいう表現は避けることですな。役に立つのは冷厳な事実です。娘さんを轢いた車を運転していた人間を私に見つけてほしいんですか？」

「私はなんて馬鹿なんだろう」ウェルマンが言った。

「だったら、私に依頼するのをやめることだ」

「あなたに依頼したのが馬鹿だったという意味じゃないんです。もっと要領よく話すつもりだったのにという意味です」顎がぴくぴく動いたが、今度は自制心を失っているわけではなかった。「こういうことなんです。二週間前の土曜日にジョーンが死んだという電報が届きました。車でシカゴに出て、そこから飛行機でニューヨークに来ました。遺体を見ました。体の真ん中が車輪につぶされていて、頭の、右耳の上あたりに大きな瘤《こぶ》があった。警察にも検死官にもそのことを言いました」

ウェルマンの説明が要領よくなってきた。「ジョーンがあの公園の、本道からそれた人通りのない場所を散歩していたとは思えません、それも真冬の寒い晩に。家内も同じ意見です。それに、なんで頭に瘤があるんだ？　頭は轢かれてないんですよ。検死官の話では、頭から倒れた可能性もあるというが、妙に慎重な言い方だったし、私は信じない。警察はその線で調べるし、できるかぎりのことをすると言うが、それも信じられない。警察は単なる轢き逃げ事件だと思っていて、車さえ見つければいいと考えてるんでしょう。私は娘が殺されたと思っているし、殺した人間の名前も知っていると思う」

「なるほど」ウルフの眉が少しあがった。「それを警察に言いましたか？」

「もちろん言いました。警察は調べてみるとは言いましたが。なのに、なんの進展もないし、この先も同じでしょう。それで、決心してあなたのところへ——」

「証拠はあるんですか？」

「私は証拠だと思ってますが、警察は意見が違うらしい」

彼は胸ポケットから封筒を取り出した。「ジョーンは毎週手紙をくれましてね、めったに忘れたことがなかった」封筒から一枚の紙を出して広げた。「これは私がタイプした写しなんです、オリジナルは警察にあります。日付は二月一日、木曜日だった。読んでみますよ、一部ですが」


　そうそう、お伝えしなければ。明日の夜はちょっと変わったデートなの。ご存じのように、ハンナ氏は原稿を送り返すときはそっけなくなりすぎないようにという方針なので、よほどつまらないものでないかぎり、といっても大半がそうなんですけど、送り返すときはたいていタイプした断わり状に私の名前を書くようにしていて、ほかの原稿閲読者《リーダー》もそうです。それで、去年の秋のいつごろだったか、ベアード・アーチャーという男性が書いた小説の原稿を送り返したときもそうしたのですが、それきりすっかり忘れていたら、昨日、オフィスに電話がかかってきて、男性の声でベアード・アーチャーと名乗って、返した原稿に添えた断わり状のことを覚えているかと言うので、覚えていると答えました。私以外にだれか読んだかと訊かれて、私だけだと言うと、こんな提案をしてきたのよ！　なんと時給二十ドルで、あの小説について話して、どこを変えたらよくなるか教えてほしいって。すごいでしょう？　五時間としても、百ドル予定外のお金が懐に入るわけ。入ってもすぐ出ていくのは、私のことをよく知っているパパやママにはおわかりでしょうけど。明日、勤務時間が終わり次第会うことになっています。


ウェルマンはその紙を振りまわした。「あの子がこれを書いたのは――」

「拝見できますか？」ウルフが身を乗り出した。目がかすかに輝いている。ジョーン・ウェルマンの手紙になにか感じるものがあったらしいが、それでもウェルマンから手紙の写しを受け取ると、さっと目を通しただけで、すぐぼくに渡した。ぼくは丁寧に読みながら、その一方で耳を働かせて二人のやりとりをノートに記録した。

「これを書いたのは」ウェルマンが言った。「木曜日です、二月一日の。翌日の金曜日、勤務時間が終わり次第、その男と会う約束をしていた。土曜日の早朝、ヴァン・コートランド・パークの人通りのない場所で遺体が発見されている。この男に殺されたと考えてもおかしくないでしょう?」

ウルフはまた椅子に寄りかかった。「暴行の痕跡はありましたか?」暴行とはレイプの婉曲表現だ。

「いいえ」ウェルマンは目を閉じて、両手を固く握りしめた。一瞬ののちに目をまた開いた。「その痕跡はまったくありませんでした」

「警察はなんと言ってるんです?」

「そのアーチャーという男を捜しているが、まだ見つからない。手がかりはまったくない、と。私に言わせれば——」

「馬鹿な。手がかりはあるに決まってる。出版社に記録が残っているはずだ。去年の秋、小説の原稿を送ってきて、娘さんが断わり状を添えて送り返した。どういう方法で、どこへ返したんですか?」

「郵便で送ったんですが、本人が知らせてきた唯一の住所が局留めだったんです、クリントン駅の。西十丁目とか」

ウェルマンは拳を開いて、手のひらを上に向けた。「警察がやるべきことを放棄したと言うつもりはないんです。精いっぱいやってくれてるんでしょうが、もう十七日も経ったのになにひとつわからないというのは事実だし、昨日も今日も話しましたが、どうも気に入らない。迷宮入りの殺人事件にしたくないばっかりに、計画性のない故殺でかたをつけたいらしくて、轢き逃げ事故だったら、それですむというわけです。ニューヨークの警察のことは知らないが、どうです、そんなことになるでしょうか?」

ウルフはうなった。「ありうるでしょうな。それで、私に殺人事件であることを証明して、犯人を見つけてほしいと? 証拠もいっしょに」

「はい」ウェルマンはもじもじして、いったん開いた口をまた閉じた。ちらりとぼくを見てから、視線をウルフに戻した。「それはね、ウルフさん、執念深い、邪《よこしま》なことをしてると自分でも認めますよ。家内もそう思ってるし、通っている教会の牧師さんもそうです。先週、一日だけ家に帰りましてね、二人ともそう言ってました。復讐しようなんて罪深いことだが、こうしてここに来た以上、最後までやるつもりです。ただの轢き逃げ事故だったとしても、警察が犯人を見つけるとは思えないし、実際のところどうであれ、犯人が見つかって償いをさせられるまで、ピオリアに戻って食料品を売るつもりはありません。実入りのいい商売をしてるし、不動産も多少持っているから、破産するなんて考えたこともないが、いざとなったら、それでもいい、娘を殺した凶悪犯をつかまえるためなら。こんなことは言うべきじゃないかもしれません、あなたのことはよく知らないし、評判を聞いただけで、もしかしたら、こんなキリスト教徒らしくないことを言う人間のために働きたくないかもしれないから、言ったのは間違いかもしれないけれど、この点ははっきりさせておきたかったんです」

ウェルマンは眼鏡をはずして、ハンカチで拭きはじめた。これは彼の賢明な一面を示していた。じっとウルフを見つめて、イリノイ州ピオリアのジョン・R・ウェルマンのような執拗な男の依頼を引き受けるか否か決断しているあいだ、ばつの悪い思いをさせたくなかったのだろう。

「私もはっきりさせておきましょう」ウルフはそっけない口調で言った。「復讐の道義性は、私が事件を受けるか辞退するかの要因にはなりません。しかし、言ったのは間違いでしたな。依頼料は二千ドルお願いするところだったが、五千ドルにすることにしたからです。足元を見たわけじゃない。警察が十七日かかってなにも見つけられなかったのなら、おそらく労力も金もかかる仕事になるでしょう。あと二、三うかがったら、取りかかれます」

「あの点ははっきりさせておきたかったんです」ウェルマンはまた言った。

半時間後に帰るときには、彼が切った小切手がぼくのデスクで文鎮の下におさまっていて、そばにはジョーン・ウェルマンが最後に家に出した手紙の写しがあり、ぼくのノートには雑多な事実が書きとめられていた。ウルフが言うには、それだけあれば始められるそうだ。ぼくはウェルマンを玄関まで送って、コートを着せかけた。彼のためにドアを開けると、握手したがったので、喜んで応じた。

「ほんとにかまわないでしょうか」彼が訊いた。「しじゅう電話しても。なにか進展がないか訊きたいだけなんですが。迷惑にならないようにしようと思うが、私はこんなふうだから。しつこいんですよ」

「いつでも電話してください」ぼくは請け合った。「進展なしと答えますから」

「優秀なんでしょうね？　ウルフ氏は？」

「最高です」持ち上げておいた。

「いや――ほんとに――わかりました」彼は敷居をまたいで冷たい西風に向かってゆき、ぼくは彼が階段をおりて舗道に立つまでその場で見送っていた。あの調子では、七段の階段を転げ落ちかねないから。

奥に向かいながら、オフィスに入る前にちょっと立ち止まって匂いを嗅いだ。フリッツがスペアリブをウルフと考案したソースで料理しているのは知っていたが、厨房のドアが閉まっていても、いい匂いが漂ってきて、期待してよさそうだった。オフィスでは、ウルフが目を閉じて椅子にもたれかかっていた。ぼくはウェルマンの小切手を手に取って、ほれぼれと眺めてから金庫にしまい、ウルフのデスクに近づいて、もう一度ジョーン・ウェルマンの感じがよく出ているという写真を眺めた。写真で見るかぎり、彼女と知り合いになっていたら楽しそうだった。

ぼくは口を開いた。「仕事してるなら、さっさとかたづけることですよ。十分で夕食です」

ウルフは目を開けた。

ぼくは訊いた。「これは殺人ですか、違うんですか？」

「決まってるだろう」人を小馬鹿にしたような口調だった。

「そうですか。そりゃよかった。二月に公園を散歩するはずがないからですか？」

「いや」彼は鼻先で笑った。「君も少し推理力をつけんといかんな」

「ぼくが？　ありがたいお言葉だ。ぼくが推理力をつける？」

「そうだ、アーチー。もう何年もよく観察するようにと訓練してきたのに。鈍いやつだな。少し前に、クレイマー氏が紙に書いた名前のリストを見せに来ただろう。そのリストの七番目の名前が、ベアード・アーチャーだった。ウェルマン嬢は亡くなった夜、ベアード・アーチャーという男と会う約束をしていた。そのリストを書いたレナード・ダイクスは殺された。ウェルマン嬢も殺されたと推理しても、馬鹿げてはいないだろう」

ぼくは踵《きびす》を返して、二歩で自分の回転椅子の前に立つと、ぐるっと回して彼に向かい合う位置にしてから腰かけた。

「ああ、あれですか」ぼくは無造作に言った。「偶然の一致として排除してしまった」

「よく言うよ。思いつかなかったくせに。だから、君は鈍いというんだ」

「わかりましたよ。ぼくは電子仕掛けというわけじゃない」

「そんな言葉はないぞ」

「いまはあるんです。ぼくが使ったから」だんだん腹が立ってきた。「電光石火じゃないという意味ですよ。クレイマーが名前のリストを見せに来たのは六週間前だし、ぼくはちらっとしか見なかった。あなたもそうだったのは知ってますが、自分をなんだと思ってるんです？　これが逆だったらどうです？　ぼくが六週間前にちらりと見た名前のひとつを覚えていて、あなたが覚えていなかったら、どうですか？　ぼくがこの家と銀行口座の持ち主になって、あなたがぼくのために働いていたでしょう。そのほうがいいんですか？　それとも、いまのままのほうがいいですか？　どっちか選んでください」

ウルフはうなった。「クレイマー氏に電話しろ」

「はい」ぼくは椅子を電話に向けてダイヤルを回した。

3

アングロサクソン系が好みなら、げっぷ《ベルチ》が出たと言おう。ラテン系が好きなら、おくび《イラクテイド》が出たとなる。いずれにしても、ウルフにもクレイマー警部にもその夜は大目に見てもらうしかなさそうだった。ザワークラウトを食べると必ずこういう反応が現われるからだ。べつに自慢しているわけでも記録を作りたいわけでもないが、かといって、こらえることもできないのだ。あるがままで受け入れてもらうしかない。

クレイマーもウルフも気づいたかもしれないが、おくびにも出さなかった。その夜の会合のあいだ、ぼくは自分のいるべき場所にいた。ウルフが自分のデスクにつき、クレイマーが赤い革張りの椅子に座っていたから、ぼくとしては二人の舌戦をかたわらから見物するしかなかった。会合はなごやかに始まり、ウルフが飲み物を勧めると、クレイマーはバーボンの水割りを所望し、フリッツが持ってくると、一口味わって、いいウイスキーだと言ったが、実際、そのとおりだった。

「電話の話だと」彼はウルフに言った。「使えそうなものがあるということだが」

ウルフはビールのグラスを置いて、うなずいた。「そうだ。もういらなくなったなら話は別だがね。このところレナード・ダイクス事件を新聞でまったく見ていないが——遺体が川からあがってから二カ月近くなる。なんとかなりそうかな？」

「いや」

「進展は？」

「ない——ぜんぜん」

「それなら、相談したいことがあるんだ、ちょっと微妙な問題なんでね」ウルフは椅子にもたれかかって楽な体勢をとった。「選択を迫られている。十七日前にジョーン・ウェルマンという若い女性の遺体が、ヴァン・コートランド

・パークの人けのない裏道で発見された。車に轢かれていた。父親は、イリノイ州ピオリアの人間だが、警察の事件の扱いに不満で、私に調査を依頼してきた。今夜、彼に会った。二時間前に帰ったばかりだが、すぐ君に電話したんだ。ウェルマン嬢は轢死ではなく、二つの殺人事件――彼女とダイクスの事件のあいだには、重要なつながりがあると考えていい理由がある」

「面白いな」クレイマーは認めた。「依頼人がなにか打ち明けたのか？」

「ああ。それで、二者択一に悩んでいるわけだ。ブロンクスの君の同僚に持ちかけてもいいんだ。二つの事件の関連を教えると提案したら、向こうは大いに助かるはずだから、協力してくれるならという条件をつけて――無理のない範囲でだが――事件が解決された暁には私の依頼人が満足してくれて、謝礼が入ればいいんだ。あるいは、君に話を持ちかけてもいい。私の依頼人の娘さんの事件はブロンクスで起こっているから、君の同僚の管轄で、そっちに話を持っていくべきなのだろうが、一方、ダイクスが殺されたのはマンハッタンだ。君はどう思う？」

「どう思うかって」クレイマーは不機嫌な声を出した。「どうせこんなことだろうと思ってたよ。私に殺人事件に関する情報を売りたいわけだな、君が謝礼を徴収する手助けをするという条件で。しかも、私が買わなかったら、ブロンクスに持っていくと脅してる。向こうも買わなかったら、抑えておく気か？　そうなんだろ？」

「抑えておくほどの情報は持ち合わせていない」

「だが、さっきは――」

「二つの殺人事件に関連があると考えていい理由があると言ったんだ。もちろん、ある情報にもとづいているが、私は警察が知らない情報なんか入手してない。警察は巨大な組織だ。君のところとブロンクスがこの件で協力すれば、いずれ、いま私が知っていることを探り出せる。だが、このほうが時間も手間も省けると思ったんだ。情報を抑えたと非難される筋合いはない、警察が知らないことは私も知らないんだ――どっちもどっちだ」

クレイマーは鼻を鳴らした。「いずれ探り出せる、か」

陰気な声で言うと、また鼻を鳴らした。

「こんな話をしたのは」ウルフが言った。「君が乗ってくるかもしれないと思ったし、この事件は複雑そうだから相当手がかかるのに、私の力にはかぎりがあるからだ。条件つきにしたのは、ヒントを出して、君が私に相談なくさっさと事件を解決した場合、依頼人が私の請求した金を払わないなどということにならないためだ。私としてはこんなふうにしたいんだがね。つまり、終わった段階で、ウェルマン事件は、もしウェルマン氏が私のところに来なかったら、解決されることはなかったと思うと言ってほしいんだ、本人にだけでいい、公式発表することはない」

ウルフは上体をそろそろと前に出して、グラスに手を伸ばすと、ビールを飲んだ。

「そういうことでいい」クレイマーが言った。「話に乗ろう」

ウルフはハンカチで口をぬぐった。「それから、グッドウィン君に閲覧を許可してもらいたい、二つのファイル——ダイクス事件とウェルマン嬢事件の」

「ウェルマンのファイルはない」

「つながりを説明したんだから、手に入れられるはずだ」

「それは規則違反だ」

「そうだったのか？　これは失敬した。情報を共有すれば双方が助かるだろうし、君たちがすでに入手している情報を集めるために私の時間と私の依頼人の金を浪費することはないと思ったんだが、むろん、規則を破るなどもってのほかだ」

クレイマーはじろりとウルフを見た。「君が食えない男だという理由はいくつもあげられるが」彼は言った。「そのひとつは、皮肉を言ってるときに皮肉に聞こえないことだ。君の悪い癖はこれだけじゃないがね。わかった、そのように手配する。それで、そのつながりというのは？」

「いま言った条件だぞ」

「わかってるさ。ぐずぐずして君が餓死するのを見たくない」

ウルフはぼくに顔を向けた。「アーチー。あの手紙を」

ぼくは文鎮の下から手紙を取り出して、彼に渡した。

「これは」彼はクレイマーに言った。「ウェルマン嬢が両親に書いた手紙の写しで、日付は二月一日の木曜日。その翌日の金曜日の夜に亡くなった」手紙を差し出すと、クレイマーは立ち上がって受け取った。「なんなら全部読んでもいいんだが、関係があるのは印をつけてある段落だ」

クレイマーはざっと目を通した。しばらく突っ立っていたが、腰をおろすと眉をひそめてまた読んだ。顔をあげてウルフを見たときも、しかめっ面のままだった。「この名前はどこかで見た気がする。ベアード・アーチャー。このことか？」

ウルフはうなずいた。「思い出すまでにどれぐらいかかるか待ったほうがいいかな？」

「いや。どこで見た？」

「レナード・ダイクスが書いた名前のリストだ、君が六週間前に見せに来た。リストの七番目にあった、ひょっとしたら、八番目だったかもしれない。六番目じゃなかった」

「この手紙を最初に見たのは？」

「今夜だ。依頼人に渡された」

「なんてことだ」クレイマーは呆然とウルフを、それから、印のついた段落を見つめた。それから、わざとらしくのろのろ手紙を折りたたんで、ポケットに入れた。

「オリジナルはブロンクスの君の同僚が持ってる」ウルフが言った。「それは私がもらった写しだ」

「ああ。しばらく借りておく」クレイマーはグラスの手を伸ばして、ぐっと一口飲むと、ウルフのアークウッドのデスクの端をじっと見つめた。もう一口あおって、またデスクを凝視した。これを交互に繰り返し、もう二口飲んで、合間にデスクを凝視しているうちに、グラスはからになった。彼はそれを小テーブルに置いた。

「ほかになにをつかんだ？」

「なにも」

「どんな手を打った？」

「なにも。手紙を見たあとは夕食をとった」

「だろうと思ったよ」クレイマーは椅子から立ち上がった。年の割りにはきびきびした動作だ。「帰るよ。どっちにしても、家に帰るところだったんだ」

彼は玄関に向かった。ぼくはそのあとに続いた。ウルフは法の執行者を見送ってからオフィスに戻ると、悠然とビール瓶を開けていた。

「どうします？」ぼくは言った。「電話でソールとフレッドとオリーを呼んで、状況説明をして、デッドラインを決めますか？ 二つの事件を解決する期限を。明日の日没なんてどうでしょう？ クレイマーを出し抜けますよ」

ウルフはぼくをにらんだ。「まあまあ、そうあせるな。これは小さい事件じゃなさそうだ。クレイマー氏の部下は七週間も、ベアード・アーチャーの可能性のある人物を探している。ブロンクスは十七日間、犯人捜しをしてきた。これで、連中も真剣に取り組むだろう。犯人があがらなかったら、どうするかな？」

「ジョーン・ウェルマンと二月二日に会った人間だということはわかっています」

「どうかな。我々にわかっているのは、彼女が両親に宛てた手紙に書いたことだけだ。見知らぬ男から電話があって、ベアード・アーチャーと名乗ったこと、その名前で書いた小説の原稿を彼女の出版社に出して、局留め郵便でベアード・アーチャーに返却されたこと」ウルフは首を振った。「いや、これは小さな事件どころじゃない。解決するまでに、ウェルマン氏はほんとに破産するかもしれない、彼の憎しみが薄らがないかぎり。警察に任せられることは任せたほうがいい」

彼のことはわかっているつもりだが、ぼくとしてはこれはいただけなかった。「また座食を決め込むんですか？」ぼくは無礼にも訊いた。

「そうじゃない。警察に任せられることは任せろと言ったんだ。これは一筋縄ではいかない。ウェルマン嬢が両親に書いた手紙は嘘のないものだという前提で――まず間違いないと思う――始めよう。だとしたら、ベアード・アーチャーという名前以外にも手がかりになるものがある。その男はほかに原稿を読んだ人間がいるかと彼女に訊ねて、彼女はいないと答えている。他意のない質問だったかもしれないが、彼女の身に起こったことを考えると、引っかかるものがある。彼女は原稿を読んだから殺されたのではないか？　推測としては馬鹿げたものじゃない。この街には速記者はどれぐらいいるんだ？」

「さあ。五百人か。五千人か」

「千人以上ということはないだろう。文書や原稿を草稿から起こして人前に出せるコピーを作る仕事をしている人間のことだ」

「だったら、タイプサービスでしょう、速記者じゃなくて」

「そうか」ウルフはビールを飲んで、椅子の背にもたれた。「これもクレイマー氏に教えてやろうかとも思ったが、ウェルマン氏の金をいくぶんなりとも使うとしたら、手始めにうってつけだからな。その小説のことが知りたい。ベアード・アーチャーはひょっとしたら自分でタイプしたのかもしれないが、そうじゃないかもしれない。ソールとフレッドとオリーにタイプサービス会社を回らせよう。明日八時にここに集めてくれたら、指示を出す。小説のことばかりではなく、ベアード・アーチャーの風体も突き止められる可能性がある」

「そうですね」そうこなくては。「ぼくもたまに脚を伸ばすのも悪くないですよ」

「君にもやってもらう。可能性は高くないが、その小説が以前、ほかの出版社に送られたとも考えられる。調べる価値はある。大手の出版社から始めてくれ、ショール・アンド・ハンナ級の。だが、明日はだめだぞ。明日はウェルマンとダイクス事件に関する警察のファイルからできるかぎりのものを引き出してくれ、なにひとつ見落とさずに。たとえば、ダイクスのアパートにタイプライターがあったかとか」

　ぼくは眉をあげた。「ダイクスがベアード・アーチャーだと考えてるんですか？」

「わからん。彼は名前のリストを書いた、おそらく創作だろう。二月二日に彼がベアード・アーチャーでなかったのは確かだ、五週間前に死んでるんだから。ショール・アンド・ハンナにも行ってくれ。ウェルマン嬢は両親にああ書いているが、ほかにあの原稿を読んだ人間がいるかもしれないし、目ぐらい通したかもしれない。あるいは、ウェルマン嬢が同僚のだれかに原稿のことを話したかもしれない。あるいは、可能性としては低いが、ベアード・アーチャーが自分で原稿を届けて、だれかの記憶に残っているかもしれない——去年の秋のことで、何カ月も前の話だが」

ウルフはため息をついて、グラスに手を伸ばした。「デッドラインは明日の日没より先にしたほうがいいんじゃないかね」

「いいですとも」ぼくは寛大に答えた。「金曜日までにしましょう」

いつの金曜日か言わなかったのは賢明だった。

4

ソールとフレッドとオリーをタイプサービス会社に送り出したり、朝の郵便物を仕分けしたり、ウェルマンの小切手を銀行に入れに行ったりしていたので、二十丁目のクレイマーのオフィスに着いたのは、火曜日の午前十時をかなり過ぎてからだった。クレイマーはいなかったが、パーリー・ステビンズ巡査部長に指示を残しておいてくれた。ぼくは、パーリーが評価を決めかねている数少ない人間のひとりだった。ぼくは私立探偵だから、できるだけ早く死ぬか、少なくともこの街の外で行方不明になってくれるのが望ましい。もちろん、基本的にはそう思っているだろうが、もしぼくが道を誤らなければ、いい警官になっていたかもしれないという思いを捨てきれないでいた。

ファイルを見せてもらえただけでなく、ダイクス事件の捜査を手伝った刑事の二人と、ジョーン・ウェルマン事件にかかわったブロンクス署の刑事から話を聞くこともできた。帰るときには——三時ちょっと前だったが——ノートに大量のメモをとり、それ以上を頭に入れていた。

その一部を紹介しよう。レナード・ダイクス、四十一歳は、元日にイーストリバーの杭にひっかかっていた遺体で発見されたのだが、弁護士資格はないが、八年間、事務員としてコリガン・フェルプス・クスティン・アンド・ブリッグズ法律事務所に勤めていた。この事務所は一年前までは、オマリー・コリガン・アンド・フェルプスと称していたが、オマリーが弁護士資格を剝奪されて、組織が変わったのだ。ダイクスは独身で、真面目な、信頼できる有能な男だった。毎週、火曜日の夜には、友人と多少の金を賭けてトランプをしていた。国債一万二千ドルのほかに預金もあり、USスチールの株を三十株持っていたが、すべて結婚してカリフォルニアに住んでいる妹が相続しており、この妹が唯一の肉親だった。彼を憎んだり、恐れたり、恨んだりしていた人間は見当たらなかった。報告書のひとつにこんな文章があった。「女性の影はまったくない」。川から引きあげられたあとの写真が一枚あって、むろん、ぞっとしないしろものだが、もう一枚彼のアパートで見つけた生前の写真もあった。客観的に見て、溺死する前のほうが魅力的だったとは断言できないようだ。出目で、顎の肉が垂れ下がりかけていた。

ダイクス事件のファイルには、ほかにも多くの事実が記載されていたが、いまあげたことと同様、事件との明らかな関係は見られなかった。

ジョーン・ウェルマン事件に関しては、ブロンクス署はウェルマンが思っているほど轢き逃げ事件に固執しているわけではなかったが、それでも事件のファイルを父親が見せてもらえないのは幸いだったかもしれない。警察はジョーンが家に出した手紙の中で金曜日に人と会うと書いていることはさほど重視しておらず、とりわけ彼女が同僚にそのことをなにも話していなかった点にこだわっていた。ぼくはこの点には賛成しかねる。会社につまらない嫉妬心がつきものなのは知ってたし、ぼくたちの依頼人の娘がプライベートなことを口にしないだけの分別があると思いたかったからだ。彼女を轢いた車を捜す以外では、ブロンクス署はもっぱら彼女の異性関係に重点をおいていた。平均的な刑事に気に入った仕事をさせようと思ったら、非業の死を遂げたばかりの若いきれいな女性と最近会っていた男と向かい合わせに座らせることだ。刑事がどんな質問をするか、なにを探り出そうとするか、想像がつくだろう。相手がどんな男であれ、言い返されて困るような恐れはまったくないわけだ。

だから、ブロンクス署では彼女の男友達を締め上げげたのだが、とりわけ力を入れたのは、広告代理店のコピーライターのアチソンという男だった。たぶん、名前がAで始まっていて、cとhも入っているので、アーチャーの名前もそうだということにだれか鋭いやつが気づいたのだろう。アチソンにとって幸いなことに、彼は金曜日の午後四時三十分の列車に乗って、ウェストポートの友人たちと週末を過ごしに行っていた。二人の刑事がそのアリバイを崩そうとがんばったが、うまくいかなかった。

ファイルを読むかぎりでは、ジョーン・ウェルマンは美貌と知性ばかりでなく、古風な道徳観も持っていた。調べを受けた三人の男友達は、そろってそのことを認めた。三人とも彼女を賛美し、尊敬していた。ひとりはもう一年も彼女に求婚しつづけていて、まだ希望を失っていなかった。三人のだれかに彼女の死を願う理由があったとしても、ブロンクス署はその片鱗すら見つけられなかった。

ぼくは家に帰って、ウルフのために調べたことをすべてタイプし、ソールとフレッドとオリーから電話で報告を受けた。

水曜日はほとんど四十五丁目にあるショール・アンド・ハンナで過ごした。まずわかったのは、出版社は金儲けの手段としては素晴らしいということだった。オフィスは二階分のフロア全部を占めていて、カーペットと家具以外に空間を遮るものはなにもなかった。ショールはフロリダに行っているそうで、ハンナは十時半前には出社しないということだった。廊下の奥にある重役のオフィスに通されたが、理髪店に行ったほうがよさそうな重役は、ガムを嚙みながら、ぼくが依頼人からの紹介状を見せると、亡くなった社員の父親のために会社は喜んで協力する、なんでも訊いてほしいが、さしつかえなかったら、先に自分のほうから訊いていいかと言った。なにか新しい進展でもあったのなら、教えていただけないだろうか？　昨日また刑事さんが三人来て、何時間も話を聞いていったと思ったら、今日はネロ・ウルフの助手のアーチー・グッドウィンがやって来た。いったいなにがあったのだろう？　ぼくは当たりさわりのないことを言って、彼に質問しはじめた。

ウルフは仕事でオフィスを離れるということはまずないから——謝礼が入るという以上にせっぱつまった動機、たとえば命がかかっているとかいうのでないかぎり——ぼくの仕事の仕方も大いに影響を受ける。事件を調べに行って参考になりそうなものをつかんだときは、ウルフに報告する前に自分なりに解釈するのだが、ショール・アンド・ハンナを出たときには、なにひとつ役立ちそうなものはなかった。ジョーン・ウェルマンが働いていたオフィスに五時間もいて、使い走りの男の子から経営者のハンナに至るまで、あらゆる人間に質問したのに、なにひとつ出てこないとは信じられなかったが、どうやらそれが事実のようだった。わずかに引っかかってきたのは、見せてもらった大きな台帳にあった記載だけだ。その見出しをお見せしよう。

番号：16237
日付：10月2日
氏名および住所：ベアード・アーチャー、ニューヨーク市クリントン駅局留め
表題：信ずるなかれ
詳細：小説　246ページ
同封郵便料金：63セント
リーダー：ジョーン・ウェルマン
処置：10月27日に郵便で返却

収穫はこれだけだった。原稿は郵便で送られてきた。ベアード・アーチャーのことを聞いた人間はおらず、この記載が残っているだけだ。この原稿を見たり、そのことを覚

えている人間もいなかった。ジョーンがだれかに話したとしても、だれも覚えていなかった。ベアード・アーチャーから電話があったことも、彼と会う約束をしたこともだれにも言っていなかった。否定ばかりで一ページ続けられそうだ。

その夜、ウルフに報告したとき、ぼくは言った。「あと一息というところですかね。二百四十六枚のタイプ用紙なら、二十一オンス以上ありますよ。両面に書いたか、よほど薄い紙を使ったか、郵便料金が不足だったか。そのどれだったかわかれば解決だ」

「ふざけたやつだ」彼はうなった。

「なにかいい考えがあるんですか？　ぼくが持って帰ったものについて」

「いや」

「ぼくがなにか持ってきましたか？」

「いや」

「それですよ、ぼくが言いたかったのは。ぼくは丸二日かけたが、収穫はゼロ。あの三人がタイプサービス会社を二日間回ってもゼロ。一日二百ドルとして、百ドル札が四枚すでにウェルマンの金から消えた。官庁や警察ならそれでもいいでしょう、そういう働き方をしてるんだから。だが、あなたのやり方はそうじゃない。一週間分の給料を賭けてもいいですよ、この四十八時間あなたが一度も頭を使ってないことに」

「なにに使うんだ？」彼は訊いた。「影も形も見えない。その男のなにかをつかんでこい、しぐさとか、匂いとか、口にした言葉とか、出した音とか。なにか持ってこい」

たしかにそのとおりだと、本人には言わなかったが、認めざるを得なかった。クレイマーはおおぜいの捜査のプロにベアード・アーチャーを捜させたが、それでどうなるというものでもないだろう。捜そうにもどんな男かわからないのだ。彼を知っている人間がいるのか、その名前の男に会った者がいるのかすらわからない。ベアード・アーチャーがただの紙の上の名前ではないという証拠はなかった。たとえば、フリーサム・チョエードという名前の男を作り上げて、その男を捜そうというようなものだ。電話帳を調べたら、次にどうすればいいだろう？

　その週いっぱいは、出版社の特色や雰囲気に関する興味深いデータ収集に精を出した。ロックフェラー・センターにあるサイモン・アンド・シュスターは、モダンなオフィスに情熱を傾けていて、そのためなら金を惜しまないのがわかった。ハーパー・アンド・ブラザーズは、昔風のデスクが好きだが、灰皿には気を配っていない。ヴァイキング・プレスは、女性アシスタントを採用するにあたって容貌やボディラインの評価基準が高い。マクミラン・カンパニーは、自社を快適な設備をそなえたプルマン車両と混同している。等々。規模にかかわらず出版社をかたっぱしから回ったが、唯一の具体的な成果は、スクリブナーズに勤める若い女性とディナーデートの約束をしたことで、彼女はぼくが知りたいようなことをなにか知っていそうな気がして、誘ってみる価値はあると思ったのだ。どの出版社でもだれもベアード・アーチャーのことをなにも知らなかった。彼が『信ずるなかれ』の原稿をショール・アンド・ハンナ以外の出版社に持ち込んでいたとしても、記録も記憶も残っていなかった。

　週末にかけて、パーリー・ステビンズと何度か話した。ぼくらもお先真っ暗だが、警察もそうだった。ヴァージニアのどこかでベアード・アーチャーという男を見つけたのだが、八十を超える老人で、読み書きはできなかった。警察の最大の関心事は、レナード・ダイクスとジョーン・ウェルマンとのつながりを見つけることで、クレイマーの腕利きの部下三人がそれに取り組んでいた。日曜日の夜、このことを報告すると、ウルフは鼻を鳴らした。

「馬鹿な連中だ。ちゃんと教えてやったのに」

「ほんとですよ」ぼくは同情した。「これじゃ、あなたも疲労困憊《ひろうこんぱい》するわけだ」

「疲労困憊などしていない。疲れてもいない」

「じゃあ、依頼人に嘘をついてしまったな。今日二度目に電話があったとき、あなたは彼の事件でがんばりすぎて疲れきっていると言ったんです。なにか思い切ったことを言わないと、向こうもじりじりしはじめてますから。ビールがどうかしたんですか？　冷えすぎですか？」

「いや。君のことを考えてたんだ。タイプサービス会社は
たいてい女性が経営しているんだろう？」
「たいていじゃない。全部です」
「それなら、明朝から君もそっちをやってくれ。ソールや
フレッドやオリーより君のほうがついてるかもしれんが、
あの三人にも続けてもらう。それをかたづけてから、次を
考えよう。若い器量よしもいるだろう。精を出しすぎるな
よ」
「承知しました」ぼくはほれぼれと彼を眺めた。「すごい
ですね、あなたのインスピレーションは。実に素晴らしい
思いつきだ」
彼は爆発した。「無駄口を叩く暇があったら、なにか見
つけてこい！　なにか持ってきたか？　これから持ってく
るのか？」
「もちろん」ぼくは落ち着いていた。「ビールをどうぞ」
というわけで、翌日の月曜日、オフィスで朝の仕事をす
ませると、ソールと二人で作った場所割り地図を持って出
かけた。あとの三人が、マンハッタンのダウンタウンから
十四丁目、グランド・セントラル駅の一帯、十四丁目から
四十丁目までのウエストサイドは、すでに調べ終えていた。
それで、その日はフレッドがブルックリンを、オリーがブ
ロンクスを、ソールがイーストサイドを回ることになった。
ぼくの受け持ちは、ウエストサイドの四十二丁目から北だ
った。
十時半、僕は喧騒の中にいた。「ブロードウェイ速記サ
ービス」と記されたドアから入ったのだ。タイプライター
五台とタイピスト五人ならゆったりおさまりそうな広さの
部屋に、その倍がつめこまれていて、ぼくがふだん打つ倍
のスピードでキーを叩いていた。ぼくは本棚ぐらいの幅の
ある女性に大声で話しかけた。
「君のような女性なら個室を持っているんだろうね」
「そうよ」彼女は横柄に言うと、衝立で仕切った狭い空間
にぼくを案内した。衝立の高さが六フィートしかなかった
から、騒音が天井にはね返って響いてくる。二分後に彼女
はぼくにこう言っていた。「クライアントの情報は教えら
れないわ。私たちの仕事は秘密厳守なの」

ぼくは彼女に名刺を渡してあった。「ぼくらの仕事もだ」ぼくは大声で言った。「いや、話は簡単なんだ。ぼくらのクライアントは大手の出版社でね。小説の原稿が届いて、なかなかいいものなので出版したがっているんだが、著者の名前と住所を書いたページが、なぜかなくなってしまって、どうしても見つからない。著者の名前は覚えていて、ベアード・アーチャーというんだが、住所がわからないから、連絡がとれない。その小説を出したいわけでなければ、どうでもいいんだが、ぜひ出したいわけだから。電話帳にもその名前は出ていない。原稿は頼んだわけじゃなくて、向こうが郵便で送ってきた。新聞広告を出したが、返事はなかった。ぼくが知りたいのは、ベアード・アーチャーという男が書いた小説の原稿をタイプしなかったかということだ、たぶん去年の九月か、だいたいそのころに。小説のタイトルは『信ずるなかれ』というんだ」

女は横柄な態度を変えなかった。「去年の九月？　調べるまでにずいぶんかかったのね」

「ずっと探してたんだ」

「うちでタイプしたんだったら、ページがなくなるはずないわ。うちのホルダーにきちんとはさんであるもの」

ソールたちからもほかで何度も同じことを言われたと聞いていた。「ああ、だけど編集者は閉じてある原稿を読みたがらないんだ。ホルダーからはずしてしまうんだよ。君が彼の原稿をタイプしたのなら、君のおかげで連絡がついたとわかったら彼も喜ぶだろう。彼にチャンスをやろうよ」

彼女は突っ立っていた。「いいわ」やっと言った。「手があき次第調べてあげる」

二十分彼女を待って、それからまた十分、彼女がカードファイルをがさがさ探すのを待った。返事はノー。ベアード・アーチャーの仕事をしたことは一度もないという。ぼくはエレベーターで十八階に上がって、ラファエル・タイピング・サービスという会社を訪ねた。

この最初の二軒だけで一時間近くかかってしまった。このペースでいくと、一日で回れる数は知れているだろう。タイプサービス会社の規模はさまざまで、パラマウントビルに立派な事務所をかまえるメトロポリタン速記社から、四十丁目の北で、キチネットとバスつきワンルームを自宅兼仕事場にして女性二人でやっているところまであった。昼食にサーディーズで、ジョン・R・ウェルマンのおごりでカネローニを食べると、ぼくはまた仕事を再開した。

二月にしては暖かい日だったが、霧雨が降りつづけるか否か決めかねていて、三時ごろ、舗道の人の流れからそれて、五十丁目のブロードウェイのある建物に入ったとき、ぼくはオーバーではなくレインコートを着てくればよかったと思った。この建物にあるお目当ては小さな会社らしかった。ぼくのリストの社名の欄には、女性の名前、レイチェル・エイブラムズと書いてあるだけだったからだ。古い建物で、べつだん目を引くものもなく、正面玄関の左手には婦人服のキャロラインが、右手にはミッドタウン食堂があった。ロビーで立ち止まり、オーバーを脱いで雨滴を振り落としてから、建物の案内板を見て、エレベーターで七階まで上がった。エレベーター係の男が、左手の七二八号室だと教えてくれた。

左に進み、角を右に曲がって、まっすぐ進み、もう一度右に曲がると、十歩ほど先に七二八号室があった。ドアが大きく開いていたので、首を突っ込んで部屋番号を確かめ、七二八に間違いないとわかると、銘板を見た。

レイチェル・エイブラムズ
速記およびタイプ

中に入ると、せいぜい間口十フィート、奥行十二フィートほどの部屋で、タイプライターを置いたデスクが一台、小テーブルに椅子が二脚、コートハンガー、それに古い緑色の金属製のファイルキャビネットがあった。婦人帽と布のコートがハンガーに掛かっていて、傘が立ててあり、タイプライターを置いたデスクの隅に黄色い水仙を生けた花瓶がのっていた。床にはそこらじゅうに紙がちらばっている。窓がひとつ上のほうまで引き上げられて、そこから入ってくる強風に飛ばされたのだった。

ほかにも窓から入ってくるものがあった。下の街路からのぼってくる人の声で、わめき声だった。ぼくは三歩で窓辺に近づいて、首を出して下を見た。霧雨の降りしきる中で通行人が立ち止まって呆然と見つめている。男が三人、別々の方向から道路を渡って、この建物に向かって走ってくる。反対側の舗道にどんどん人が集まっていた。その真ん中で、二人の男がかがんで、舗道に倒れた女性を覗き込んでいた。スカートがまくれて脚があらわになり、首がねじれている。ぼくは目はいいほうだが、七階からで、しかも風を伴った霧雨が降っているので、なにもかもぼやけて見えた。ほとんどの人間が倒れた女性を見ていたが、ぼくをまっすぐ見上げているやつもいた。左手の、百フィートほど先から、警官ひとりが小走りに野次馬に近づいてきた。

断言するが、なにがあったか気づくのに三秒とかからなかった。断言したのは点数を稼ぐためではない、どうせ証明することはできないし。そうではなく、ぼくがとった行動を釈明するためだ。むろん、ただの勘だったが、これ以上いい考えを思いついたことはなかった。ウルフはぼくになにか持ってくるように言ったのに、三分、いやひょっとしたら、わずか二分の差で手に入れ損なった。そう確信したから、ぼくがとった行動は反射的なものだった。窓際から引っ込んで体勢を立て直すと、素早くデスクとファイルキャビネットに目を向けた。まずデスクに取りかかったのは、こっちのほうが近かったからだ。

捜索としては最短記録か、あるいはそれに近いものだっただろう。真ん中の浅い引き出しは、一目見て違うと思った。上の段の左の引き出しには、用紙とカーボン紙と封筒が入っていた。一段下の引き出しは三つに分かれていて、雑多なものが入っていたが、その中央の仕切りに茶色の合成皮革のカバーのついたノートがあった。一ページ目のいちばん上に「受領証」と書いてあって、最初の記録は一九四四年八月の日付だった。一九五〇年までページを繰って、七月の日付のものから始めて、順番に見ていくと、探していたものがあった。「九月十二日、ベアード・アーチャー、六十ドル、手付金」六行下にまたこうあった。「九月二十三日、ベアード・アーチャー、三十八ドル四十セント、全額」

「それにしても、えらくついてたな」ぼくはしみじみ言うと、ノートをポケットに入れて、ドアに向かった。レイチェル・エイブラムズが少しでも話ができる力が残っている可能性はほとんどなかった。廊下の二番目の角を曲がったとき、エレベーターのドアが開いて、警官がひとり出てきた。ぼくは頭がいっぱいで視線を向けなかったが、これが間違いだった。警官はもともと無視されるのに耐えられないし、物騒な事件をかかえていたら、なおさらそうだった。

彼はぼくの行く手をふさいで訊いた。「あんた、だれだ？」

「知事のデューイだ」ぼくは言った。「口髭を剃ったのによくわかったな」

「ふざけるな。身分証明書を見せてもらおう」

ぼくは眉をひそめた。「いつのまにぼくは鉄のカーテンの向こう側に来たのかな？」

「急いでるんだ。名前は？」

ぼくは首を振った。「はっきり言って、気に入らないな。最寄りのクレムリンに連れて行ってもらおう。そこで軍曹に話す」ぼくは前に出て、下りのボタンを押した。

「変な野郎だ」警官は廊下を進んでいった。

エレベーターが止まって、ぼくは外に出た。エレベーター係は乗客に騒ぎのことを話していた。一階のロビーには人けがなかった。外の舗道には、雨だというのにさっきより人が集まっていて、ぼくは関係者みたいなふりをして肘で野次馬を押しのけて前に出なければならなかった。警官がいて、さがれとどなっていた。近づかせてもらうためのセリフも考えていたが、遮られずに見える場所に出ると、その必要はないことがわかった。舗道に叩きつけられていて、肩に食い込むほどねじれた頭部を見ると、もはや話が聞ける可能性がないことは明らかだった。名前を確かめる必要もなかった。人垣をかきわけたとき、だれもがほかのだれかにレイチェル・エイブラムズと言っていたからだ。

ぼくはまた人を押しのけて進み、角まで来ると、タクシーを拾って、運転手に西三十五丁目と告げた。

ポーチの階段をのぼり、自分の鍵でドアを開けて家に入ったのは、四時五分で、ウルフは午後のひとときを蘭と過ごすために屋上に上がっていた。帽子とオーバーをホールに掛けて、階段を三階分のぼって、屋上の植物室に行った。数え切れないほど何度もこれ見よがしの作品を見ているのに、いまでもここに来るたびに目を奪われ、歩みが遅くなるが、今日ばかりは温室に入っても、そこに花があることすら気づかなかった。胡蝶蘭がいまを盛りと咲き誇り、カトレアが鮮やかな色をあたりに振りまいていたのに。

ウルフはシオドアと鉢植え室で、若いデンドロビウム・クリソトキサムを四株から五株に株分けしている最中だった。ぼくが近づくと、きつい口調で言った。「待てないのか？」

「待てないことはないでしょうね」ぼくは認めた。「もう死んでしまったから。クレイマーに電話していいか許可をもらいに来ただけです。そうしたほうがよさそうなんで。エレベーター係に彼女のオフィスがある階でおりたのを見られているし、警官にも会ったし、彼女のデスクにはぼくの指紋が残っているから」

「だれが死んだんだ？」

「ベアード・アーチャーの原稿をタイプした女性ですよ」

「いつ、どうして？」

「ついさっき。ぼくがエレベーターで七階の彼女のオフィスに向かっているときに死んだんです。さっさとおりてしまった、窓から。舗道に叩きつけられて死んだんです」

「どうして彼女が原稿をタイプしたとわかった？」

「これを彼女のデスクで見つけたんです」ぼくはポケットからノートを取り出して、例の記載をウルフに見せた。彼の手は泥だらけだったから、ノートを彼の目の前に持っていった。ぼくは訊いた。「いまくわしい話が聞きたいですか？」

「あたりまえだ」

ぼくの報告を彼は立ったままで、泥だらけの指先を鉢植え用の作業台にのせて聞いていた。顔をぼくのほうに向け、口をきゅっと結び、眉間に皺を寄せて。彼が着ている途轍もなく面積のあるスモックは、レイチェル・エイブラムズのデスクに飾ってあった水仙と同じ色だった。

報告を終えると、ぼくはむっつりと訊いた。「ぼくの考えを言いましょうか？」

ウルフは低くうなった。

「現場にとどまるべきだったかもしれないが、頭に血がのぼっていて役に立たなかったから、どうせ同じことだったでしょう。あと三分早く着いていたら、生きていた彼女に会えたはずだ。それに、窓から突き落とされたとしたら、突き落としたやつをつかまえられたかもしれない。あなたになにか持ってこいと言われたから、それを土産にできたらよかったのに。運のいいやつだ。そいつは下りのエレベーターに乗ったか、階段を下までおりたか、いずれにしても、ぼくがあの階に着く三十秒以内のことだったはずだ。ぼくが窓から覗いたとき、たぶん、そいつは舗道にいて、病的な人間でなければ、そのまま立ち去っていたでしょう」

ウルフは目を開いて、また半分閉じた。

「もし彼女が突き落とされたんじゃないと思っているなら」ぼくは突っかかるように言った。「あなたはどうかしてる。あの原稿をタイプした女性が、わざわざ今日という日を選んで窓から飛び降りたり、うっかり落ちたりするとは考えられない」

「しかし、可能性はなくはない」

「そうは思えませんね。あまりにも馬鹿げてる。それはとにかく、なにか持ってこいと言ったから、これだけは持ってきました」ぼくはノートを指先で叩いた。

「たいして役に立たんな」ウルフは浮かぬ顔だった。「これでウェルマン嬢はあの原稿を読んだせいで殺されたという推理が成り立つわけだが、我々はすでにその前提で進めている。エイブラムズ嬢は自分の死によって我々の推理が裏づけられたと知っても、喜ぶとは思えない。たいていの人間は死にそれ以上のものを期待するものだ。クレイマー氏はそのノートをほしがるだろう」

「ええ。無断で持ってくるべきじゃなかったんでしょうが、あなたがなにか持ってこいと言うから、見せたかったんです。届けましょうか？　それとも、電話してだれかに取りに来させるように言いますか？」

「どっちもしなくていい。この台に置いてくれ。手を洗ったら、私が電話する。君にはほかにしてもらいたいことがある。エイブラムズ嬢はタイプした小説のことをだれかになにか言ったかもしれない。調べてくれ。彼女の家族や友人に会って。リストを作るんだ。ソールとフレッドとオリーは、五時半に電話してくる。君は五時二十五分に電話して、どこで彼らと落ち合うか私に知らせろ。リストを四人で手分けして当たってくれ」

「やれやれ」ぼくは不満の声をあげた。「注文がどんどん細かくなってきましたね。きっとこの次は、彼女のタイプライターのプラテンから写真オフセット印刷で取ってこいというんでしょう」

ウルフはそれを無視して、洗面台に近づいて、手を洗った。ぼくは一階下の自分の部屋にレインコートを取りに行った。一階におりると、厨房に入って、フリッツに夕食には戻れないと知らせた。

5

こんなことになるとは思っていなかった。ブロンクスの電話帳でレイチェル・エイブラムズの自宅の住所を調べ、これと見当をつけた番号に電話して、電話に出た女性に間違いないと確かめ、ラッシュアワー前に地下鉄に乗ったときは、手際よく早いスタートを切ったと自分を褒めた。百七十八丁目の、グランド・コンコースから一ブロックそれたところにある古いアパートに着いたのは、ウルフから彼女の家族や友人に会って来いと言われてから一時間以内だった。

だが、あまりにも早すぎたことに気がついた。4Eのドアを開けてくれた女性は、まっすぐぼくの目を見ると、落ち着いた声で訊いた。「電話をくれたのはあなた？　うちのレイチェルになにか？」

「レイチェルのお母さんですか?」ぼくは訊いた。

相手はうなずいてほほ笑んだ。「もう何年もそうだわね。

そうじゃないと言われたことはないわ。どういうご用?」

まさかこんなことになるとは思わなかった。当然、ぼくが着く前に警察かマスコミから知らせが入っていると思い込んでいたから、涙や悲嘆にくれた顔を覚悟していたのに、どうやらぼくは連中を出し抜いてしまったようだった。もちろん、知らせるべきなのだが、「うちのレイチェル」と言ったときの穏やかな満ち足りた表情を見ると、ぼくには言えなかった。かといって、失礼、番号を間違いましたと言って逃げるわけにもいかない。仕事は仕事だし、その気になれなかったからというだけでしくじるようでは、職業を変えたほうがいい。それで、精いっぱいがんばって笑いかけたが、どれだけ会話が続けられるか自信はなかった。

黒い大きな人懐こい目が、じっとぼくを見つめていた。

「入ってもらってお話ししたほうがいいのかしら」彼女は言った。「ご用件を言ってもらったら」

「いえ、お手間はかけません」ぼくは言った。「電話で言いましたが、ぼくはアーチー・グッドウィンという者です。速記者に関する記事を書くために取材してます。娘さんはあなたに仕事のことを話しますか?」

相手はわずかに眉をひそめた。「それならあの子に訊いたら? そのほうがいいでしょ」

「それはそうですが、もしおさしつかえなかったら」

「私がしゃべっていいのかしら?」

「もちろん。たとえば、そうですね、小説とかエッセイのタイプを頼まれたとして。その人のことをあなたに話したりしませんか? どんな男だったとか、しゃべり方がどうだったとか? あるいは、その小説やエッセイの内容をあなたに話すとか?」

不安そうな表情は消えなかった。「私がそういうことに答えるのは変じゃない?」

「ちっとも。変とか変じゃないという問題じゃなくて、人柄の伝わるような記事にしたいんですよ、ご家族や友達に話を聞いて」

「うちの娘の記事が出るの?」

「ええ」これは嘘ではなかった。ぜったいに。

「あの子の名前が活字になるの？」

「ええ」

「娘は仕事のことは私にも父親にも妹たちにも話しません。いくら稼いだか言うだけで。お金のことを言うのは、いくらか私に渡してくれるからで、いえ、私にじゃなくて、家に入れてくれてるんですよ、おかげで妹は大学に行ってるの。仕事を頼みに来た男の人のことも、仕事のことも聞いたことはないわ。娘の名前が活字になるなら、ほんとのことが世間にわかるようにしてちょうだい」

「もちろんですよ、エイブラムズ夫人。ひょっとして彼女から――」

「家族や友達に話を聞きたいって言ったわね。主人は七時二十分前に帰ってくるわ。妹のデボラはいま家にいるけど、宿題をしてるわ。だけど、まだ十六だから――未成年だもの。上の妹のナンシーは今日はいないの、友達と出かけて、でも、明日は四時半に帰ってくるわ。それから、友達も知りたいのね。ウィリアム・バターフィールドという若い男の人がいて、結婚してほしいと言ってるの、でも、その人は――」

彼女は急に話をやめて、目を輝かせた。「ここまでしゃべっていいのかしら？　こんなプライベートなことまで。でも、彼の住所が知りたいなら」

「お願いします」

彼女は七十六丁目の番地を教えてくれた。「それからハルダ・グリーンバーグ、彼女はここの二階に住んでるの、2Cよ。シンシア・フリーもいるけど、これは本名じゃないの。聞いたことあるでしょ？」

「いえ、残念ながら」

「舞台女優なの」

「ああ、あのシンシア・フリーですね」

「ええ。レイチェルと同じハイスクールに通ってたけど、中退してしまったの。悪く言うつもりはないのよ。うちの娘はいったん友達になったら、ずっと友達なんだから。私もそのうち年取ってしまうけど、年取ってなにが残るかしら？　主人がいて、デボラがいて、ナンシーがいて、それに友達、友達はたくさんいるの。でも、きっとレイチェルがずっといてくれるから。あの子の名前が活字になるなら、このことも書いてちょうだいね。あの子のこと、もっとお話しできるわ、グッドウィンさん、中に入ってもらったら――あら、電話。ごめんなさい、ちょっと失礼するわ」

彼女は背を向けて、急ぎ足で中に入った。ぼくはその場に突っ立っていた。しばらくすると、彼女の声が奥から聞こえてきた。

「もしもし……エイブラムズです……ええ……ええ、レイチェルはうちの娘です……あなたは？ なんておっしゃいました？……」

いまが潮時なのは確かだった。問題は、ドアを開けたままにしていくか閉めていくかだけだ。閉めたほうがよさそうだった。ぼくはノブに手をかけ、素早く、だが、音は立てずに引くと、階段に向かった。

街路に出てから、腕時計に目をやると、五時二十四分だったので、あたりを見回して、一ブロック先にドラッグストアを見つけると、中に入って電話ボックスを探し、ダイヤルを回した。フリッツが出て、電話を植物室につないでくれた。

ウルフが出ると、ぼくは言った。「レイチェルの母親と話してきました。娘は家では仕事の話はしないと言ってます。現在形を使ったのは、彼女がまだ知らせを受けていなかったからです。彼女は娘のレイチェルの名前が活字になるのを楽しみにしています。ぼくが三分の差で逃してしまったどっかの卑劣漢のおかげで、それは現実になりそうです。ぼくからは知らせなかった、時間の無駄になるだけでしょうから。明日になって、彼女は娘の仕事のことを話したら、娘を殺した犯人をつかまえる役に立つと気づいて、ひょっとしたらなにか思い出すかもしれないが、あまり期待できないでしょう。名前をいくつか聞いてきましたが、街のあちこちに散らばってるんです。あの三人にこの番号に電話するように言ってください」ぼくは番号を教えた。

ウルフが話しだした。「クレイマー氏がどうしても君に会いたいそうだ。私が情報を提供したし、あのノートも部下が取りに来たが、君に会いたいそうだ。臍《へそ》を曲げてる、当然ながら。行ってきたほうがいい。なんといっても、協力者なんだから」

「はあ。なにを協力してるんだか。わかりました、行きますよ。くどくど言わないでください」

ぼくは電話ボックスを独占して、そのまま待った。電話がかかってくると、ウィリアム・バターフィールドはソールに、ハルダ・グリーンバーグはフレッドに、シンシア・フリーはオリーに任せ、さらに多くの名前を聞き出して調査を続けるように言った。それから、地下鉄の駅まで歩いた。

西二十丁目にある殺人課に着くと、クレイマーの臍の曲がり具合がわかった。ここ何年ものあいだに、この住所に呼び出されたことは何度もある。我々が彼のほしがっているものを持っている場合や、彼がそう思っている場合は、すぐクレイマーの部屋に通される。ありきたりの用なら、パーリー・ステビンズ巡査部長か部下のひとりに任される。ほんとうにほしいもの、あるいは要求しているのが、ぼくの頭の皮一枚だけというときにかぎって、ロウクリッフ警部補にゆだねられる。もし天国に行くか地獄に行くか選べと言われたら、事は簡単だろう。ぼくはこう訊いただけだった。「ロウクリッフは？」ぼくと彼はほぼ互角だったが――ぼくにおとらず向こうもぼくにいらいらさせられる――ある日、ぼくは吃音を使ってみようと思いついた。ロウクリッフはある程度まで興奮すると、吃音になる癖があった。ぼくが思いついたのは、そろそろ危ないというときまで待って、一度だけ吃音を使うことだった。これは思った以上に効いた。彼はますますいきりたって吃音になり、それはどうしようもないのだが、そのときぼくのまねをして馬鹿にしてると文句をつけたのだ。その日以来、ぼくはタイミングを狙うようになり、彼もそのことを知っている。

彼とは一時間ほどいっしょにいたが、茶番に終始した。というのも、ウルフはすでにぼくの説明を伝えており、ぼくとしてはそれ以上つけ加えることなどなにもなかったからだ。ロウクリッフの言い草は、ぼくが彼女のデスクを捜索してノートを押収したのは越権行為で、それは確かにそうなのだが、きっとノートのほかにもなにか取ったはずだから、警察に渡せというのだ。話し合いは堂々巡りするばかりだったが、やがて彼は調書をタイプして、ぼくにサインしろと言った。サインすると、また腰を落ち着けて調書をじっくり調べ、新たな質問を思いついた。とうとう、こっちもうんざりした。

「おい」ぼくは言った。「こんなくだらないことばっかりやってたってしょうがないだろ。あんたの狙いはなんだ？ぼ、ぼ、ぼ、ぼくの鼻をへし折りたいのか？」

彼は歯を食いしばった。だが、なにか言わないわけにはいかない。「へし折りたいのは、お、お、お、おまえの首だ」彼は言った。「とっとと出て行け」

ぼくは部屋から出たが、まだ帰る気はなかった。クレイマーにちょっと話していくつもりだった。廊下を進み、左に曲がって、突き当たりの部屋の前まで行くと、ノックもせずにドアを開けた。だが、クレイマーは留守で、パーリー・ステビンズがテーブルの前で書類仕事をしていた。

「迷子になったのか？」彼が訊いた。

「いや。自首してきたんだ。たったいまロウクリッフを料理して、くっ、くっ、食ってしまった。それはさておき、ここのだれかさんがぼくに感謝したいんじゃないかと思ってね。今日ぼくがあそこにいかなかったら、所轄署の連中が飛び降りか事故でかたづけただろうし、だれもあのノートを調べて、あの記述を見つけなかっただろうから」

パーリーはうなずいた。「あれを見つけたのは、あんただったのか」

「そうだ」

「そして、ウルフのとこへ持って帰った」

「だが、時を移さず提出した」

「まあな。恩に着るよ。帰るのか？」

「ああ。だが、詳報を知るのに朝刊を待つ気はない。レイチェル・エイブラムズが窓から飛び出した方法に関する有力な説は？」

「殺しだ」

「コインを投げて決めたのか？」

「いや。喉に指の痕があった。予備報告だが、検死官は窒息だと言ってる。直接の死因ではなかったようだと言ってるが、検死が終わるまでわからない」

「そいつに三分差で逃げられたんだ」

パーリーは首をかしげた。「ほんとか？」

ぼくはインパクトのある言葉を口にした。「ひとつの署にロウクリッフはひとりいれば充分だ」そう言うと、部屋を出た。待合室に入って、公衆電話に近づき、ダイヤルを回し、ウルフが出ると報告した。「お食事中申し訳ありませんが、指示を仰ぎたいんです。いま二十丁目の殺人課にいますが、手錠もかけられず、一時間ロウクリッフと過ごしたあと、パーリーとちょっと話しました。内報ですが、喉に指の痕が残っていて、首を絞められたあとで窓から投げられたようです。ぼくが言ったとおりでしょう。エイブラムズ夫人が教えてくれた三人のところへは、手伝いの連中をやって調べさせることにしました。今夜か明日、もう一度あの家に電話すべきでしょうが、ぼくは遠慮します。エイブラムズ夫人はソールになら心を開いてくれるかもしれないが、ぼくはだめだ、今日こんなことがあったあとでは。それで、これからどうしたらいいか指示してほしいんです」

「夕食はすませたのか？」

「いいえ」

「帰って来い」

十番街に出て、タクシーを呼びとめた。霧雨がまだ降っていた。

6

ウルフは依頼人と話し合うのが嫌いだ。依頼人を通すなと言われたことも何度もあった。だから、その夜、彼の指示にしたがって、ウェルマンが泊まっているホテルに電話して、翌朝十一時にオフィスに来てほしいと頼んだときは、ウルフにとっても、ぼくにとっても厄介なことになるのはわかっていた。

この前会ってから八日経っていたが、その間に電話は何度もかかってきた。ニューヨークからのことも、ピオリアからかかってくることもあった。明らかに、この八日間でいくらかでも落ち着いた様子はなかった。この前と同じグレーのスーツを着ているのか、同じようなのを二着持っているのかわからないが、少なくともネクタイとシャツは違っていた。むくんだ青白い顔をしている。ぼくはコートを預かって掛けながら、少し痩せたのではないかと言った。返事がないので聞こえなかったと思っていたが、オフィスに入ってウルフと挨拶を交わし、赤い革張りの椅子に落ちついてから、おもむろに言った。

「すみません、私が少しどうしたとおっしゃいました？」

「痩せたんじゃないかと言ったんです」

「かもしれません。このところあまり食べていないし、眠れないもので。家に帰ってオフィスや倉庫に顔を出してみたが、まったくだめなもんで、列車でこっちに戻ってきたんですが、こっちでもだめで」彼はウルフに話しかけた。「電話で聞いたんですが、特にニュースがあるわけじゃないが、私に会いたいとか」

ウルフはうなずいた。「会いたいわけじゃなくて、会わなければいけなかったんです。あなたに訊きたいことがある。この八日で、あなたのお金を――いくらだ？　アーチー」

「約千八百ドル」

「二千ドル近く使いました。たとえ破産しても最後までやるつもりだと言いましたね。人間、ストレスにさらされた状態を持続するべきじゃない。私は依頼人が極度の心痛を感じることなく支払いをしてほしいんです。いまの気分はどうです？」

ウェルマンは居心地の悪そうな顔になった。ぐっと息を呑んだ。「いま言ったように、あまり食べてません」

「聞きました。人間、食べなければいけません」ウルフは身振りで強調した。「まず状況を説明したほうがよさそうですな。ご承知のように、私が確定事項としているのは、娘さんがベアード・アーチャーと名乗って会う約束をした男に殺されたこと。そして、娘さんがあなたに宛てた手紙の中に書いていた原稿を読んだせいで殺されたということです。警察も同じ意見です」

「そうですってね」ウェルマンは話に引き込まれてきた。「進歩ですよ。あなたのおかげだ」

「成果はほかにもあります。あなたのお金はもっぱら、その原稿もしくはベアード・アーチャー、あるいはその両方について語ることのできる人間を探す努力のために費やされた。一息違いで逃しましたが。昨日の午後、レイチェル・エイブラムズという若い女性が、仕事場の窓から突き落とされて亡くなりました。グッドウィン君が彼女のオフィスに着く三分前に。これから先は警察に公表を抑えられているることで、新聞には載りません。彼女のデスクにあったノートに、グッドウィン君が、昨年の九月にベアード・アーチャーなる人物が、原稿のタイプ料として九十八ドル四十セント支払ったという記録を見つけたんです。言うまでもなく、娘さんは原稿を読んだために殺されたという事実と符合するが、私はすでにその前提で動いているから、なんの役にも立たない。我々としては――」

「これでベアード・アーチャーがやったと証明された！」ウェルマンは興奮した。「まだニューヨークにいることも！　きっと警察が見つけてくれる！」彼は椅子から立ち上がった。「これから行って――」

「まあまあ、ウェルマンさん」ウルフは宙を平手で軽く叩いた。「昨日の午後、あのビルで殺人が犯されたことが証明された、それだけです。ベアード・アーチャーは依然として単なる名前、雲をつかむような存在にすぎない。レイチェル・エイブラムズをほんのわずかのところでつかまえそこなったから、依然として生きている人間で、彼に会ったり話をしたりした者はいないんです。昨日の一件から彼を捜すのは警察の仕事で、彼らに任せておけばいい。きっといまごろビルの従業員やテナントや通行人を効率的に絞り上げているでしょう。お座りなさい」

「ちょっと行ってきますよ。そのビルに」

「私の話が終わったら。座ってください」

ウェルマンは腰をおろしかけたが、そのままずるずる床まで落ちそうになったとき、椅子の端にかろうじて尻が当たった。彼ははっとして、数インチ後ろに下がった。

「率直に申し上げて」ウルフは言った。「成功の望みはいまのところわずかです。三人の調査員にエイブラムズ嬢の家族や友人を訪ねさせて、彼女がベアード・アーチャーあるいはその原稿のことを話していなかったか調べたが、すでにめぼしい相手にはだいたい会ったのに、収穫はゼロです。グッドウィン君は、ショール・アンド・ハンナに行って、なにか知っていそうな人間全員に当たったうえ、ほかの出版社も回りました。この一週間、私よりはるかにもろもろの資源のある警察が、最善を尽くしてベアード・アーチャーもしくはあの原稿の行方を追ってきた。見通しは明るくなかったが、いまや絶望的です」

ウェルマンの眼鏡が鼻からずり落ち、彼はそれを押し戻した。「ここに来る前にあなたのことを聞いてきたんです」彼は抗議した。「途中で投げ出すような人じゃないと思ってた」

「投げ出す気などありません」

「そうですか。そんなふうに聞こえたもんですから」

「状況を説明しているだけです。絶望的という表現はおおげさじゃない。実際、望みはほとんどないが、たったひとつ可能性が残っています。ベアード・アーチャーという名前を初めて見たのは、レナード・ダイクスの手書きのメモだったんです。彼が名前のリストを書いたとき、おそらく作った名前でしょうが、小説の原稿のためのペンネーム、彼が書いたか、ほかのだれかかはわからないが、そのためのペンネームを選ぼうとしていたと考えても、あながち見当はずれではないでしょう。しかし、彼がリストにこの名前を書いたこと、この名前がエイブラムズ嬢の依頼人だったこと、そして、娘さんがこの名前の原稿を読み、この名前の男と会う約束をした、これは推測ではなく、事実です。念を入れすぎた言い方をしたのは、少しでも明瞭を欠くことがあっては困るからです」

「同感です」

「けっこう」ウルフはため息をついた。楽しそうではなかった。「あの原稿を娘さんの同僚や、原稿をタイプした人物から探ろうとしましたが、うまくいかなかった。私の負けです。ベアード・アーチャーとの関連で、まだ当たっていないのは、レナード・ダイクスの線だけです。たしかに、見込みがあるとは思えない。彼がその名前を書いたという事実があるだけで。しかし、それしか望みはないんです」

「だったら、やってください」

ウルフはうなずいた。「そのことでお会いする必要があったんです。今日は二月二十七日。ダイクスが川から引きあげられたのは元日です。殺されたんです。警察は殺人となると手抜きしないから、ダイクスが勤めていた法律事務所に何度も足を運んでいます。グッドウィン君がファイルを見せてもらったんですがね。ベアード・アーチャーのことも、ダイクスがリストにあげていたほかの名前のことも事務所の人間に訊いています。ダイクスは勤めていた事務所以外に親しい友人もなく、趣味もなかったらしい。そして、八日前に、私がベアード・アーチャーという名がダイクスの死と娘さんの死を結んでいることを警察に教えたから、当然、彼らはまた法律事務所の社員に話を聞きに行っただろうし、まだやっているでしょう、およそ考えうる質問はし尽くし、それも一度ならず訊いたはずだ。いまさら私が普通のやり方で調べようとしても無駄かもしれない。質問に答えるどころか、ろくろく聞いてくれないでしょう」

ウェルマンはじっと聞き入っていた。「無理だということですか」

「いや。普通のやり方ではだめだと言ってるんです。法律事務所では若い女性が働いています。グッドウィン君は若い女性と知り合いになって、親密な関係に発展させる能力があるようですが、どうでしょうな。やってみることもできます。しかし、経費がかかるし、いつまでかかるかわからないうえ、無益だとわかるだけかもしれない——あなたの目的にとっても私にとっても。若い女性がひとりだけで、彼女が情報を持っているとわかれば、話は簡単だが、少なくとも十人はいるでしょうからね。いくらかかって、いつ終わるのか、成果があるのかないのかわからない。それで、あなたに訊く必要があったんです、やってみますか？ それとも、やめたほうがいいですか？」

ウェルマンは不思議な反応を見せた。ウルフの話に聞き入っていたから、わかったはずなのに、ぼくに視線を移したが、その目つきが妙だった。ぼくを見つめているというより、まるでぼくの顔にもうひとつ鼻が生えたか、髪が蛇になったかしたようなのだ。ぼくは眉をあげた。彼はウルフに向き直った。

「それは——」彼は咳払いした。「訊いてくださってよかったですよ。最初にここにうかがったときああ言ったから、私がどんな手段でも気にしないと思われるのも無理はないが、これだけはちょっと——私の金で——十人以上の若い女性と——そういうことを次々と——」

「いったい、なにが言いたいんです？」ウルフが訊いた。

ぼくは生真面目な表情を崩さなかっただけでなく、進んで会話に加わることに決めた。三つの理由からだ。ぼくたちには仕事が必要で、ぼくはベアード・アーチャーの顔を拝みたくて、そして、ジョン・R・ウェルマンがピオリアに帰って、ニューヨークの私立探偵は、指示されたら、速記者を次々とたらし込むと吹聴されたくなかったからだ。

「誤解ですよ」ぼくはウェルマンに言った。「お褒めにあずかって光栄ですが、ウルフ氏が親密な関係と言ったのは、手を握り合う間柄という意味です。たしかに、ぼくも若い女性と親しくなることもありますが、それはぼくがシャイで、その点が気に入られるからです。あなたのお金に関する考え方には賛成です。その点は信用してもらっていいですよ。あなたに認めてもらえないような事態になりそうなときは、お金を出すのはあなただということを思い出して手を引くか、さもなければ、その種のことに関する項目は必要経費には載せません」ウェルマンは抗議した。

「くだらん！」ウルフがどなった。

「私は堅物じゃない」ウェルマンが断固主張した。「しかし、そういう若い女性のことはわからないんです。ここがニューヨークだということはわかってるが、なかには無垢な娘もいるんじゃないでしょうか」

「もちろんですよ」ぼくは同意した。それから、ウルフをたしなめた。「ウェルマンさんとぼくは互いに理解に達したんです。彼のお金は一線を越えて使うことはないということを信用してもらってます。そうですね、ウェルマンさん？」

「そうですね」彼は認めた。ぼくと目が合うと、眼鏡を拭く必要があると判断して、眼鏡をはずしてハンカチでぬぐった。「それでけっこうです」

ウルフは鼻を鳴らした。「まだ質問が残っています。経費、時間、成功率の低さ。それ以外にも、これは実質的にレナード・ダイクス事件の調査であって、娘さんの事件ではない。調査のやり方は、一再ならず例外的なものになるでしょう。いかがです？　進めますか、やめますか？」

「進めてください」我々の依頼人は——いまも依頼人だ——また眼鏡をかけた。「できることなら、私たちの関係は内密にしていただけないでしょうか。家内や牧師さんにこの——なんというか、こういう進展を知られたくないんです」

ウルフがまたどなりだしそうな顔になったので、ぼくはあわててそばから言った。「ご心配なく。我々から漏れることはぜったいありません」

「安心しました。また小切手を切ったほうがいいですか？」

ウルフはいらないと言った、少なくともさしあたっては。これで終わりに思えたが、ウェルマンはまだいくつか訊きたがった。もっぱらレイチェル・エイブラムズと彼女のオフィスのあるビルのことだった。そこへ行って自分の目で確かめる気らしいが、ぼくは大賛成だった。ぐずぐずここに残って、ニューヨークの無垢な娘の心配をしたり、手に負えなくなった依頼人と話すはめになったウルフの怒りを気にしたりするより、なんでもいいからほかに関心を向けてくれたほうが助かるからだ。

ウェルマンを送り出して、ぼくはオフィスに戻った。ウルフは不機嫌な顔で椅子にもたれかかって、指先で椅子の肘掛けをぐるぐるなぞっていた。

ぼくは伸びをすると、あくびした。「じゃあ、部屋に行って着替えてきますよ」ぼくは言った。「ライトブラウンのスーツがいいかな。肩に頭をのせたとき、ごわごわしない生地が好まれますから。そのあいだに、ぼくに与える指示でも考えてててください」

「指示なんかない」彼はうなった。「つべこべ言ってないで、なにか持ってこい。それだけだ」彼は身を乗り出すと、ビールを持ってこさせるためにベルを鳴らした。

7

着替えをすると言ったのは、もちろんお粗末なギャグだった。コリガン・フェルプス・クスティン・アンド・ブリッグズの社員と近づきになるには、ライトブラウンのスーツよりもっと凝った装備が必要だ。あれだって色合いもいいし上質のソフトな生地だけれど。ウルフがウェルマンに言ったように、事務所の人間はだれもかれもレナード・ダイクスのことを訊かれたりベアード・アーチャーの名前を持ち出されるのにうんざりしているはずで、のこのこ出かけて行って質問を浴びせかけたら、追い出されるのがおちだろう。

いちおう部屋には上がった。ウルフからも電話からも離れて考えたかったから。近づくのは簡単だ。こっちにあり余っているもので、あそこの女性たちの気に入るものは？

ぼく自身は別とすると。馬鹿でもわかる。蘭だ。とりわけこの時期には何千という蘭が花をつけていて、そのほとんどがしおれるまで切り取られずに咲いている。十五分経つと、ぼくはオフィスにおりていって、ウルフに宣言した。

「蘭がたくさん必要です」

「何本?」

「さあ。手始めに四、五ダースぐらい。自由に取らせてください」

「だめだ。私に相談しろ。シプリペジューム・ロード・フィッシャーはだめだ、デンドロビウム・シベールもだめで、それから——」

「そんな派手なのでなくていいですから。カトレアとブラッソとレリアだけでいいです」

「珍種をよく知ってるな」

「そりゃ、当然でしょう」

ぼくは通りに出てタクシーを拾うと、二十丁目の殺人課に行った。ここで思わぬ障害にぶつかった。パーリー・ステビンズが昼食に出ていたのだ。ほかの下っ端に頼んでも無駄なので、クレイマーに会いたいとがんばると、部屋に行けと言われた。クレイマーはデスクについて、ピクルスとサラミを食べながらバターミルクを飲んでいた。ダイクス事件のファイルを調べて、彼が勤めていた法律事務所の従業員リストを作りたいと言うと、忙しくて喧嘩している暇はないから、さっさと帰れと言った。

「そうですか」ぼくは丁重に言った。「我々は全部出したんですよ。ダイクス事件とウェルマン事件のつながりを教えた。エイブラムズがまだ温かいうちに事件とつなげて、渡したじゃありませんか。それなのに、まだなにひとつあげられない。まあ、我々も同じですが。ぼくは名前のリストがほしいと言ってるだけですよ。二時間ほどかけて二十ドルも使えば、ほかでも手に入れられるが、あなたは忙しくてだめだという。食べてるだけに見えますがね。胃袋の問題でしょう。ほら、見てごらんなさい」

クレイマーは咀嚼《そしやく》していたピクルスとサラミを飲み込むと、ボタンを押して、インターコムに向かって言った。

「ロッシか? グッドウィンがそっちに行くから、アーチー・グッドウィンだ。レナード・ダイクス事件のファイルを見せて、あの法律事務所の従業員のリストを作らせてやってくれ。それ以外のことはさせるな。そばで見張ってろ。いいな？」

きんきんした声が返ってきた。「わかりました、警部」

三十五丁目には昼食前に戻れたが、途中で文房具店に寄って、糊つきの無地のカードを買った。ほかは全部そろっていた。

昼食を終えると、さっそく取りかかった。リストには十六人の女性の名前があった。だれがなにをしているかファイルを調べればわかっただろうが、それも一仕事だし、いずれにしても差別したくなかった。文書整理係も、代表共同経営者のジェームズ・A・コリガンの秘書も、ぼくの目的から見れば同じなのだから。まずは名前さえわかればいいわけで、オフィスに行って名前をラベルにひとつずつタイプした。それから、白いカードにこんなメモを、カーボンを使いたくなかったから、十六回タイプした。

これは珍しい蘭で、どこにも売っていません。あなたのために摘みました。その理由が知りたかったら、PE3-1212にお電話ください。

アーチー・グッドウィン

ラベルとタイプしたメモを封筒に入れてポケットにしまうと、植物室に上がってバスケットとナイフを持って、温室に入って蘭を切りはじめた。ひとり三本として四十八本だが、いまいちのもあったので少し多めに用意した。カトレア・ディオニシウス、カターディン、ブラッソカトレア・カリプソ、ネスター、レリオカトレア・バルバロッサ、カーメンシタ、セント・ゴタードといったところだ。なかなかみごとだった。シオドアが手伝うと言ってくれたので、ありがたく受け入れた。彼はカリプソだけはまだ開いていないからやめたほうがいいと言ったが、ぼくは譲らなかった。

それから鉢植え室に入って、箱と薄紙とリボンを用意し、シオドアが手際よく包装してタイプしたメモを差し込んでいるそばで、ぼくはラベルを貼って、リボンと格闘した。

このリボンに手間取った。ウルフならシオドアやぼくより上手に結べるが、これはぼくのパーティーだ。やっと最後の蝶結びを終えて、十六の箱を慎重に大きなダンボール箱に入れると、四時二十分前になっていた。まだ間に合う。ダンボール箱を一階におろし、帽子とコートを着て、外に出ると、タクシーを呼びとめて、運転手にマディソン街五十丁目と行き先を告げた。

コリガン・フェルプス・クスティン・アンド・ブリッグズのオフィスは、〝上流のステータス・シンボルは大理石の厚板と幅広い廊下の奥のエントランスの両開きのドアしかない〟と思っているようなビルの十八階にあった。ドアの自動閉塞装置は馬でも締め出せるほど強力だったから、ぼくはダンボール箱のおかげで少々ぶざまな入り方になった。広いロビーの椅子に男が二人、もうひとりがうろうろ歩きまわっていて、仕切りの奥で、三色の色合いに染め分けた金髪の不機嫌な顔の女性が電話交換台に向かっていた。彼女のそばの、仕切りの中に、テーブルがあった。ぼくはダンボール箱をそこまで運び、仕切りのそばの床におろし、ダンボールを開けて、リボンをかけた箱を次々と取り出して、テーブルにのせた。

金髪の女性がうさんくさそうな目を向けた。「二月に母の日？」うんざりしたように訊く。「それとも、ひょっとして原子爆弾？」

箱を出し終えると、ぼくは彼女に近づいた。「この箱のどれかにきみの名前があるよ」ぼくは言った。「ほかの箱にも名前がついてる。今日中に届けたいんだ。これで今日という日が楽しい一日に――」

急に黙ったのは彼女が席を立ったからだ。交換台を離れて、つかつかとテーブルに向かった。彼女が人生になにを期待しているのかわからないが、この様子からすると、それは小さな箱に入るようなものにちがいない。彼女がラベルを調べはじめると、ぼくはドアに近づき、足を踏ん張って押し開くと、外に出た。

あれがあの事務所の女性がリボンをかけた箱に示す典型的な反応なら、いつ電話がかかってくるかわからないから、ぼくはタクシーの運転手に一時間以内に三十五丁目に着けばいいからと言った。この時間のミッドタウンの交通事情を考えたら、言わなくても同じだっただろうが。

やっとたどりついて階段をのぼり、中に入ると、まっすぐ厨房に行って、フリッツに訊いた。「電話はなかった？」

彼はなかったと言った。目が輝いている。「ご婦人たちの件で手伝いがいるようなら、アーチー、年はいってるが、おれも忘れないでくれよ。スイス人は長持ちするんだ」

「ありがとう。頼むことになるかもしれない。シオドアに聞いたのか？」

「いや。ウルフさんが教えてくれた」

仕事で外に出て戻ったときは報告することになっているので、オフィスに行って、内線電話で植物室にかけた。ウルフは午後四時から六時のあいだはいつもそこにいる。

「戻りました」ぼくは言った。「予定どおり届けてきました。ところで、一本三ドルでウェルマンの請求書につけようと思うんですが。彼にとってはお買い得でしょう」

「だめだ。蘭は売らない」

「彼は依頼人ですよ。蘭は必需品だ」

「蘭は売らん」ぶっきらぼうに言うと、彼は電話を切った。

ぼくは帳簿を出して、頼んだ調査を終えたソールとフレッドとオリーがそれにかかった時間と必要経費を計算して、それぞれに渡す小切手を切った。

最初の電話がかかってきたのは六時少し前だった。ふだんは「ネロ・ウルフ事務所、アーチー・グッドウィンです」と応対するが、さしあたりは、カットしたほうがいいと思って、ただこう言った。「アーチー・グッドウィンです」

がさがさしたそっけない、だが、女性の声が訊いた。

「アーチー・グッドウィンさんね？」

「ええ」

「シャーロット・アダムズです。箱入りの蘭をいただいて、中にあなたのカードが入ってました。ありがとうございます」

「どういたしまして。きれいでしょう？」

「ほんとうにきれい。でも、蘭は服につけられないわ。ネロ・ウルフさんのグリーンハウスのものですか？」

「ええ、彼はそう呼んでませんが。遠慮なくつけてください、そのためのものですから」

「私は四十八歳よ、グッドウィンさん、だから、私に蘭を送る理由はかなり限定されるわね、ほかにももらった人がいるならなおさら。なぜくださったの？」

「率直に言いますよ、アダムズ嬢、アダムズ嬢でいいんですね？」

「いいえ、アダムズ夫人」

「いずれにしても、率直に言います。女友達が次々結婚してジャクソン・ハイツに移ってしまって、ぼくの住所録もすりきれる一方で。それで考えたんですよ、女性たちになにをしてあげられるだろうって。答えは一万本の蘭だった。ぼくのものじゃないが、手に入れることはできる。それで、いかがでしょう、明日の夜六時、西三十五丁目九〇二に蘭を見にいらっしゃいませんか？　ごいっしょに食事をしましょう。きっと楽しく過ごせますよ。住所は聞き取れましたか？」

「どうして私がこんな馬鹿げた話につきあわなければいけないのかしら、グッドウィンさん」

「話につきあってくださらなくていいんです。明日、夕食につきあってもらえば。お口に合うと保証します。来てもらえますか？」

「どうかしら」そう言うと、電話が切れた。

話の途中でウルフが入ってきて、デスクの向こう側にどっしり腰を据えた。眉間に皺を寄せてぼくをにらみながら、親指ともう一本の指で下唇を引っ張っている。

ぼくは話しかけた。「滑り出しがこれではね。五十歳近い、既婚者で、しかも利口だ。電話番号を調べて、ここがあなたの家だと知ってた。どっちにしても言うつもりだったが。これで――」

「アーチー」

「はい」

「なんだ、夕食だなんて寝ぼけたことを言って」

「寝ぼけてなんかいません。あなたにはまだ言わなかったが、彼女たちに夕食まで残ってもらうつもりです。きっと――」

「夕食に残るって、ここでか？」

「決まってるでしょう」

「だめだ」こんなにべもない返事は初めてだった。

ぼくはかっとなった。「なにを子供みたいなことを」こっちも負けずにそっけなく言った。「あなたは女性を低く見てる――いえ、最後まで言わせてください――とにかく、女性がそばにいるのがいやなんでしょう。しかし、今回の件にはあなたもお手上げで、ぼくに丸投げにしたんだから、ぼくとしては思いついたことをかたっぱしからやるしかない。それに、同性にしろ異性にしろ、同胞を食事時に空腹のまま帰らせて平気なんですか？」

ウルフは唇を噛んだ。それから、しゃべるために開いた。

「それなら、ラスターマンの店に連れて行けばいいだろう。私からマルコに電話するから、個室を用意してくれるだろう。人数がわかったら――」

電話が鳴って、ぼくは回転椅子を回して電話を取り、送話口に向かって言った。「アーチー・グッドウィンです」

女性の声が言った。「ほかになにか言って」

「今度は君の番だ」ぼくは言った。

「箱を持ってきたのはあなた？」

あの不愛想な交換手だった。「ああ」ぼくは言った。

「ちゃんとみんなに届いた？」

「ええ、ひとつを除いて。ひとり病気で休んでたの。ちょっと、いったいどういうつもり？　あなたはネロ・ウルフのところで働いてるアーチー・グッドウィンだってほんと？」

「ああ。これは彼の電話だ」

「ふうん。電話した理由を言うって書いてあったけど。どうして？」

「寂しいからパーティーを開こうと思って。明日六時。ネロ・ウルフの家で。住所は電話帳に載ってる。みんなで来れば怖くないよ。蘭がいっぱいあるし、飲むものもふんだんにある、ぼくと知り合いになるチャンスも。それに、ミス・アメリカにふさわしいディナーつき。君の名前を教えてもらえる？」

「ええ。ブランチ・デューク。明日六時と言った？」

「そうだよ」

「ちょっとメモを取ってもらえる？」

「メモを取るのは大好きだ」

「ブランチ・デュークと書いて。すごい名前でしょ、デュ《公》ーク《爵》なんて。ドライジンをジガー二杯、ドライベルモットを一杯、グレナディンを二滴、それにペルノを二滴。わかった？」

「ああ」

「明日行くかもしれないけど、行かなかったら、あなたが飲んでみて。明日にならないとなにをしたいかわからないわ」

ぼくは来たほうがいいと言ってから、椅子を回して、ウルフに言った。「今度は脈がありましたよ、少なくともアダムズ夫人より。ラスターマンのことですが、彼女たちもニューヨーク一のレストランに行きたいだろうし——」

「ラスターマンには連れて行かなくていい」

「えっ？　さっき言ったじゃありませんか」

「考え直した。ここで食事を出すといい。フリッツとメニューを考えておこう——モンドール・パッティにチェリーとグレープを添えた子鴨がいいかな。女性客なら、パスティ・クレイ・リースリングで充分だろう。あのワインをかたづけられてよかった」

「でも、あなたは嫌いでしょう」

「私はいないから。六時五分前に出て、マルコと食事をして、いっしょに過ごすことにする」

ぼくはウルフの活動を記したこうした報告の中で、彼はけっして仕事で家を離れることはないと何度も書いてきたが、どうやら訂正を加えなければならないようだ。厳密に言うと、彼は仕事で家を離れることがないのではなく、仕事をするために家を離れることはないだが、重箱の隅をつつくようなことを言ってもしょうがないだろう。

ぼくは抗議した。「家にいて顔を見せてくださいよ。彼女たちはあなたに会えると思って来るんだから。アダムズ夫人は四十八で、あなたとちょうどいい年かっこうですよ。

不幸な家庭生活を送ってるかもしれないし、仕事をやめたがっているかもしれない。それに、会ってみないと――」

電話が鳴った。ぼくは電話を取って、名乗った。甲高いソプラノが響いてきて、ぼくは受話器を耳から離した。

「グッドウィンさん、どうしてもお電話したくて！ お会いしたこともないのに失礼なのはわかってるけど、名前も教えないで、お目にもかからないのは、すごく悪いことじゃないかしらって思うの。そうじゃない？ あんなきれいな蘭を見たのは初めてだわ。今夜ちょっとしたパーティーに行くんだけど、友達のアパートに二、三人集まるだけだけど、あれをつけていこうと思うの。みんななんて言うかしら？ だれにもらったのって訊かれたら、私なんて答えようかしら？ ほんとにどう答えたらいいかわからない！ そりゃあ、知らないファンからよって言ってもいいんだけど、正直言って、私、知らないファンからプレゼントされるなんて夢にも思えないタイプの女の子だから、訊かれたら、ほんとになんて言ったらいいかわからないんだけど、でも、どうしてもつけて行きたいの。だって……」

五分後、ぼくが電話を切ると、ウルフがぶつぶつ言った。

「招待しなかったじゃないか」

「ええ」ぼくは認めた。「彼女は潔白《ヴァージン》そのものですよ。そして、ぼくに関するかぎり今後もずっと」

8

ウルフのいない植物室に一群の部外者が通されたのは、史上初めてのことだった。シオドアはこの重責にぶっ倒れそうだった。だれかが台をひっくり返したり、珍しい交配種の花を盗んだりしないよう見張るのが自分の責任だと思っていたばかりでなく、ぼくが鉢植え室のテーブルに高級な液体を各種とりそろえて並べたので、客のだれかがアルコール度八〇の飲み物を、彼が十年もかけて育ててきた鉢植えにうっかりこぼしはしないかと気が気ではなかったのだ。彼によけいな心配をかけたのは気の毒だったが、ぼくは客にくつろいでほしかった。

万事遺漏なくやった。電話をくれたのは七人だけだったが、水曜日のうちにオフィスでその話が出たらしかった。十人が二つのグループに分かれてきてくれたからだ。水曜日にぼくが出ているあいだにも二件電話があった。出かけたのはどうしても行かなければならないところがあったからで、ブロンクスまでエイブラムズ夫人を訪ねたのだった。彼女はぼくを見て喜ぶどころではなかったが、頼みたいことがあったので、がんばった。そして、なんとか説得することができた。ジョン・R・ウェルマンも参加してもらわなければならなかったが、こっちは比較的楽で、泊まっているホテルに電話すればすんだ。

純粋に個人的な見地から見れば、寄せ集めにしては彼女たちは平均以上で、彼女たちと知り合いになり、彼女たちの喉を潤し、蘭の説明をするのは、苦でもなんでもなかっただろうが、あいにくぼくは今後の参考のために選別するのに精いっぱいだった。面倒をしょいこみたくなかったら、そんなことはしないほうがいいのかもしれない。結果はたいして変わらないだろうから。いまならそう言える。だが、そのときはだれもぼくにそう言ってくれなかった。

とにかく、ぼくはしゃかりきになって彼女たちの名前と地位を頭に叩き込んだ。食事が始まるまでには、だいたい整理できた。シャーロット・アダムズ、四十八歳は、代表共同経営者ジェームズ・A・コリガンの秘書だった。骨ばった有能な女性で、ここに遊びに来たのではなかった。彼女と同年輩の女性はあとひとりだけ、ふくよかな、にきび面の速記者で、本人も笑いながら口にするような名前だった。ヘレン・トロイというのだ。以下、年齢が上のほうから紹介すると、まずブランチ・デューク、あの三色の金髪の女性だ。ぼくは指示されたとおりにカクテルを用意しておいた。彼女は二度鉢植え室に足を運んでお代わりを飲んだが、何度も来る手間を省くことにしてシェーカーを持っていった。

残る七人のうち、ひとりか二人は三十歳近いようだったが、大半はまだ二十代で通った。ひとりだけ年齢がよくわからない女性がいた。ドリー・ハリトンという名前で、弁護士だった。まだ正式な社員ではないが、すっきりした顎の線やよく動く知的な灰色の瞳からすると、遠からずここか別の事務所に雇われるだろう。通路を歩いている彼女は、扶養義務の怠慢で妻から訴えられた蘭栽培者のために反対尋問の材料を集めているような雰囲気を漂わせていた。

ニーナ・パールマンは、速記者で、背が高く、あっさりした印象で、ゆっくりと動く大きな黒い目をしていた。メイベル・ムーアは、タイピスト、赤い縁の眼鏡をかけた痩せぽっちの女性。スー・ドンデロはエメット・フェルプスの秘書で、こめかみがきれいで、口紅をつけていないようで、あらゆる角度から見て、ぼくがそばにおいておきたい女性に近かった。ポーシャ・リスは文書整理係、歯の具合が悪いのか、さもなければ、あまり笑わないようにしているらしい。クレア・バークハートは、速記者で、ハイスクールを出たばかりか、さもなければ、年をごまかしているのだろう。エレナー・グルーバーはルイス・クスティンの秘書、ひとりだけ招待するとしたら、ぼくはたぶん彼女を選んだだろう。ちょっと見ると、一、二ポンド体重を減らしたほうがよさそうに思えるが、どこを落とすかとなると、やっぱりいまのままのほうがいいという結論に達するような女性だ。目尻が切れ上がっているのではなくて、まぶたがつりあがっているだけだった。

食堂におりるまでに、もう少し情報を集めた。主として、ブランチ・デューク、スー・ドンデロ、エレナー・グルーバーからだった。火曜日の退社時間に、代表共同経営者のコリガンが彼女たちを自分の部屋に呼んで、PE3－12は ネロ・ウルフの電話番号であり、アーチー・グッドウィンはウルフの腹心で、ウルフは事務所が扱っている事件のひとつに利益に反する立場からかかわっている可能性があると告げた。彼はさらに、蘭の箱に入っていた手紙は無視することが望ましく、軽率な行動はとらないようにと警告したという。今日、水曜日に、みんなで行こうという話が出たとき（これはブランチ・デュークがシェーカーを振りながら教えてくれたのだが）、メイベル・ムーアがそれをアダムズ夫人に告げ口し、アダムズ夫人は、おそらくコリガンと相談して、いっしょに来ることに決めたのだった。ほかにも事務所の人間の性格や癖や人間関係のヒントになるような情報が集まったが、わざわざ酒をおごるほどのものではなかった。

七時二十五分になると、ぼくは彼女たちを鉢植え室に集めて、ディナーのワインが飲みごろに冷えているが、もう少しここでゆっくりしたい人がいるなら、もちろんそれでもいいと言った。ブランチ・デュークがシェーカーを高々とあげて、私、そんなに飲めないからと言った。同じ声がいっせいにあがり、ボトルその他をかき集めた。ぼくが先導した。真ん中の部屋を通ったとき、ヘレン・トロイが床板のすきまにヒールをはさんでよろめいた。ボトルがゆれ、オンシジューム・ヴァリコスムが二鉢落ちた。息を呑む気配がひろがり、悲鳴があがった。

ぼくは鷹揚に言った。「みごとでしたね。落ち着いていた、ボトルを放さなかったんだから。さあ、こっちです。蘭を踏んでいいですから」

一階におりて食堂に入ると、だれの目にも華やかな準備が整っていた。まぶしいほど白いテーブルクロス、きらきら光る銀器やグラス、そして、またたくさんの蘭の花。ぼくは上座だけ残して、ほかは好きな席に座ってほしいと言った。そして、ちょっと失礼と断わって、厨房に行って、フリッツに訊いた。「来てる?」

彼はうなずいた。「南の部屋にいる。仲よくつろいでるよ」

「そうか。ひょっとしたら、長く待たせることになるかもしれないが」

「ああ、言っておいた。うまくいきそうか?」

「まずまずだ。二人は飲めないが、だいたいみんな気が大きくなってきた。準備はいいか?」

「もちろん」

「始めよう」

食堂に戻ると、ぼくは上座についた。ウルフの席で、ここに座ったのは初めてだ。女性たちがグラスを持ち上げて、長い不在のあとで戻ってきたぼくを歓迎してくれた。ぼくは感激して、なにか返礼をしなければいけないと思った。ぼくフリッツが蓋のついたスープ鍋を持って入ってくると、ぼくは椅子を引いて立ち上がった。ポーシャ・リスはおしゃべりをやめなかったが、弁護士のドリー・ハリトンが注意した。

「静粛に!」ヘレン・トロイが大きな声で言った。


ぼくはスピーチした。「レイディーズ・アンド・ジェントルメンと言いたいところですが、幸い男はいない。言いたいことはいろいろありますが、ひとつだけにしておきましょう。ぼくのパーティーに来てくださってありがとう。ぼくが蘭以外に眺めたいのはただひとつ、あなたたちだ。〔拍手〕。ウルフ氏が留守なので、彼の習慣にしたがって、この家でもっとも重要なメンバーをご紹介しましょう。フリッツ・ブレンナー氏、いまスープをよそっています。フリッツ、お辞儀を。〔拍手〕。みなさんにお願いがあります。昨日、ある女性から電話をもらったのですが、当然でしょうが、名前を言ってくれませんでした。それで教えてほしいのです。一部繰り返してみます、彼女が言った全部ではけっしてありませんからね、ヒントになるといいのですが。物まねは得意じゃないが、精いっぱいやってみます。こんな感じでした。『グッドウィンさん、どうしてもお電話したくて!　お会いしたこともないのに失礼なのはわかってるけど、名前も教えないで、お目にもかからないのは、すごく悪いことじゃないかしらって思うの。そうじゃない？　あんなきれいな蘭を見たのは初めてだわ。今夜ちょっとしたパーティーに行くんだけど、友達のアパートに二、三人集まるだけだけど、あれをつけていこうと思うの。みんななんて言うかしら？　だれにもらったのって訊かれたら、私なんて答えようかしら？　ほんとにどう答えたらいいかわからない！　そりゃあ、知らないファンからよって言ってもいいんだけど、正直言って、私、知らないファンからプレゼントされるなんて夢にも思えないタイプの女の子だから、訊かれたら、ほんとになんて言ったらいいかわからないんだけど、でも、どうしてもつけて行きたいの。だって……』

これ以上続けても無駄だった。喝采と笑い声でぼくの声がかき消されてしまったから。アダムズ夫人でさえ思わず頬をゆるめていた。ハイスクールを出たばかりのクレア・バークハートは、かじったパンにむせていた。ぼくは座ってスープを飲みはじめた。成功に顔を紅潮させて。少し静かになると、ぼくは訊いた。「彼女の名前は？」

あちこちから大声が返ってきて、ぼくは右隣に座っていたスー・ドンデロに確かめなければならなかった。コーラ・バースという名だった。ぼくは記憶にとどめなかった。

フリッツひとりで十一人の給仕をするわけだから、ぼくは飲み物のサービスを買って出た。こうすることにしてよかったのは、だれがなにを飲んでいるかわかったから、お代わりを作るのにいちいち訊かなくてもよかったのと、もうひとつは、スー・ドンデロが手伝うと言ってくれたことだった。彼女に手伝ってもらえるのもうれしかったが、二人でサイドテーブルについているときに、頼みごとをするチャンスができたからだ。これはいま二階にいるどちらかに頼むつもりだったが、そこまで手が回らなかったのだった。彼女は引き受けてくれ、ぼくは合図に右耳を引っ張ることに決めた。

「いいことだよ」ぼくは彼女に言った。「ベルモットのソーダ割りしか飲まないのは。きみのようなきれいなこめかみの女性は、社会に責任がある。社会がうまく回っていくように」

「社会のためじゃないの」彼女は言った。「スペリングのため。ウイスキーやジンを飲むと二日酔いになって、二日酔いになったら、単語をちゃんと綴れないから。先取特権《リーン》を痩せ《リーン》たと間違ったことがあるの」

「まさか。それはニーナ・パールマンでしょう」

スープのあいだは順調で、モンドール・パッティが出るとますます盛り上がった。雑談やそれに付随した音に関しては、ぼくが口を出すまでもなく、間があいたときに口をはさむ程度ですんだ。だが、ウルフがここにいて子鴨の扱いを見なくてすんだのは幸いだった。ちゃんと食べたのは、エレナー・グルーバーとヘレン・トロイだけだった。問題は、彼女たちが満腹だったことだ。二人を別にすれば、みんながちょっと突つくか、それすらしていないのを見て、彼女たちをがっかりさせないためには、なにか思い切った手を打たなければならないと思った。ぼくは声を張り上げて注意を喚起した。

「レイディーズ、教えてほしいんです。これは——」

「スピーチ、スピーチ!」クレア・バークハートが叫んだ。

「彼がしてるじゃないの、馬鹿ね」だれかが言った。

「静粛に!」ヘレン・トロイが言った。

「ここは民主主義の国です」ぼくは言った。「人の口に無理やりなにか押し込むことはできない、それがフリッツのサラダであっても。このパーティーの主催者として——知らないファンとしてではなく——ぼくはみなさんに楽しいひとときを過ごし、こう言いながら帰っていただきたい。『アーチー・グッドウィンて信用できる人ね。私たちを思いどおりにできたのに、ちゃんとイエスかノーか訊いてくれたわ』と」

「イエス!」ブランチ・デュークが叫んだ。

「ありがとう」ぼくは軽く頭をさげた。「みなさんに訊こうと思っていたんです。サラダを食べたい人は何人いますか? 食べたいなら、フリッツが喜んでお出しします。だが、ほしくないなら。イエスですかノーですか?」

六、七人がノーと答えた。

「まだイエスですか? デュークさん」

「あら、ノーよ。サラダのことだと思わなかったもの」

「では、省略しましょう。しかし、アーモンドパフェに関しては、決を採るつもりはありません。とにかく、食べてみてください」ぼくはそばに控えていたフリッツに顔を向けた。「そうだろう、フリッツ」

「そのとおりです」フリッツは彼の最高傑作のひとつである子鴨がまだ残っている皿を下げはじめた。ぼくは同情は示さなかった。まえもって注意しておいたからだ。アメリカ女性の食生活を観察する機会はぼくのほうがずっと多い。グルメ協会の例会でなら、この子鴨は喝采を浴びたことだろう。

彼女たちのアーモンドパフェへの反応は、これを補って余りあるものだった。くつろいだ雰囲気の中で、礼儀作法を少々無視して、まだフリッツが給仕しているあいだに、さっさと食べはじめた客が二人ほどいた。ポーシャ・リスは感嘆の声をあげた。「おいしい！　もう最高！　そう思いません？　アダムズ夫人」

「答えられないわ、ポーシャ。まだ食べてないから」しばらくすると、彼女はしぶしぶ認めた。「賞賛に値するわね。たしかに」

ほかの女性たちはもっと惜しみない賛辞を送った。最初に食べ終えたのは、ヘレン・トロイだった。立ち上がると、椅子を後ろに押して、テーブルに手をついて寄りかかった。ピンク色だったにきびが紫色になっていた。

「静粛に」彼女は言った。

「だれがスピーチするの？」だれかが訊いた。

「私よ。これは私の処女スピーチなの」

忍び笑いが起こった。

「そう、処女スピーチ」彼女は言った。「この年でね。さっきから考えてたんだけど、グッドウィンさんになにかお礼ができないかしらと思って、こうしてみんなに提案してるの。どうかしら、私たちのだれかがグッドウィンさんのそばに行って、首に腕を回し、キスしてアーチーと呼ぶというのは」

「だれがやるの？」メイベル・ムーアが訊いた。

「採決を取るの。私は自分を推薦する。もう立ち上がってるでしょ」

不満の声があがった。ヘレン・トロイの左側に座っていたクレア・バークハートは、ヘレンの肘をつかんで椅子に引き戻した。推薦が行なわれた。籤《くじ》引きで決めようとだれかが提案した。半時間前なら、ぼくは異議は唱えなかっただろう。スーかエレナーが選ばれるかもしれないし、そうなったら楽しい経験になっただろう。だが、この段階で、収拾がつかないような雰囲気にしてしまうわけにはいかなかった。それで、ぼくは声を張り上げた。

「ぼくの意見も訊いたほうがいいと思いませんか？」

「あなたは黙ってて」ブランチ・デュークが無作法に言った。

「申し訳ないが、そういうわけにいかない。これは危険ですよ。みなさんのだれかがぼくのそばに来て、首に腕を回してキスしたら、ぼくはパーティーの主催者だということを覚えていられるかもしれないが、忘れてしまうかもしれない。それに——」

「だれが？」あちこちから声があがった。

ぼくは無視した。「それに、ほかのだれかだったら、ぼくはがっかりした顔をせずにいられないでしょう。だれだか名前を知りたいなんて言わないでください。これは忘れましょう。いずれにしても、だれも動議を支持しなければ、無効ですよ」

ぼくは右耳を引っ張った。「もうひとつ、この動議の出し方は変ですよ。こういうやり方で、いちばん喜ぶのはだれですか？　ぼくじゃない。みなさんだ。ぼくはキスされるよりキスするほうがいい。でも、誤解しないで、みなさんはゲストだ。ぼくはみなさんを喜ばせることなら喜んでします。それがぼくの望みです。ほかに提案は？」

スー・ドンデロがすかさず言ってくれた。「二つあるわ」

「けっこう。ひとつずつどうぞ」

「ひとつは、私たちみんなにあなたをアーチーと呼ばせてくれること」

「いいですよ。ぼくにもみなさんをシャーロット、ブランチ、ドリー、メイベル、ポーシャ、エレナー、クレア、ニーナ、ヘレン、スーと呼ばせてくれるなら」

「もちろん。二つめは、あなた、探偵でしょ。探偵ってどさもないと、一晩かかってしまう。殺人事件です。被害者は三人。ひとりはレナード・ダイクスという男性で、みなさんと同じ事務所で働いていた。そして、ジョーン・ウェルマンという女性、出版社の編集者だった。もうひとりはレイチェル・エイブラムズという女性で、フリーの速記者兼タイピスト」

ざわめきが広がり、視線が交わされた。ニーナ・パールマンが、五、六杯のマンハッタンの回ったハスキーな声で、きっぱり言った。「私はやってないわ」

「三人とも同じ人に殺されたの?」エレナー・グルーバーが訊いた。

「いま言おうと思ってたんです。我々が最初にかかわりを持ったのは、たいしたことじゃないんですが、警官が十五人の名前を書いた紙を見せに来たんです。レナード・ダイクスが書いたもので、ダイクスの部屋にあった本にはさんであったのを警察が見つけた。ウルフ氏もぼくもあまり興味がなかったので、ろくろく見ませんでした。その後——

——」

「そうですね」ぼくはためらって、周囲を見回し、左右に目を向けた。「サラダと同じ方法でやりましょうか。イエスかノーかで」

全員がイエスと言ったか確信はないが、おおぜいがイエスと答えた。フリッツがコーヒーカップを配り終えて、コーヒーを注いでいた。ぼくは椅子を少し引いて、脚を組み、唇を動かしながら考え込んだ。

「いいでしょう」ようやく、ぼくは言った。「話せそうなことを話しますよ。とっくに解決した古い事件を話してもいいが、いま取り組んでいる事件のほうが面白いでしょう。表沙汰にできないようなところがあれば、そこは飛ばします。それでいいですか?」

みんなそれでいいと答えた。例外はアダムズ夫人で、急に唇が細い線のようになり、もうひとり、ドリー・ハリトンは、近くで見たら、利口そうな灰色の目にうろたえた表情が浮かんだのがわかっただろう。

ぼくはさりげなく切りだした。「触りだけ話しますよ、ういう仕事か話して——なにか面白い話を」

「どうして警官が見せに来たの？」ドリー・ハリトンが口をはさんだ。

「その名前のどれにも該当者がいなかったので、なにかいい知恵はないかと訊きに来たんです。なにも思いつきませんでした。その後、六週間後ですが、ジョン・ウェルマンという男性から電話があって、亡くなった娘さんのことを調べてほしいという依頼を受けた。遺体がヴァン・コートランド・パークで見つかって、車に轢かれた痕があったそうです。彼は、娘さんは事故死ではなく殺されたと思っていた。くわしい話をして、ジョーンが——その娘さんですが——書いた手紙の写しも見せてくれた。その手紙の中で、ベアード・アーチャーと名乗る男から電話があったと書いていたんです、数カ月前にジョーンの出版社に送った小説の著者だと」

「なによ」ブランチ・デュークが不機嫌な声を出した。

「またベアード・アーチャー」

「退屈はさせません」ぼくは宣言した。

大半がそうだろうと言ってくれた。

「さて。ジョーンはアーチャーの小説を読んで、署名入りの断わり状をつけて送り返していたんです。電話で彼は一時間二十ドル払うから、彼の小説の話をして、どこをどう直せばよくなるか教えてほしいと持ちかけ、彼女はその翌日仕事が終わったあとで合う約束をした、と、家に出した手紙に書いているんです。彼女が死んだのはその日の夜でした」

ぼくはカップに手を伸ばして、コーヒーを飲むと、椅子にもたれかかった。「いいですか、警官が名前のリストを見せに来たのは六週間前で、我々はちらりと見ただけだった。しかし、ウルフ氏とぼくは、ジョーンが家に書いた手紙を見たとき、ベアード・アーチャーという名前がダイクスのリストにあったことにすぐ気づいたんです。それでレナード・ダイクス事件とジョーン・ウェルマン事件とのあいだになんらかの関係があることが証明された。そして、どちらも突然非業の死を遂げており、ジョーンは亡くなった日にアーチャーと会う約束をしていたことから、二人の死にも関係があり、それはアーチャーにつながるものだという可能性が出てきた。探偵がどういう仕事か、面白い話が聞きたいと言ったのは、セントラルパークで殺人犯を追いかけて、撃たれた話を期待していたのかもしれないが、我々があの名前に気づいた話にくらべたら、半分も面白くありませんよ。我々が気づかなかったら、いまごろ警官がひとりあいた時間にダイクス事件を調べ、ブロンクスの警官がひとりジョーン・ウェルマン事件を担当していたでしょうが、実際にはどうなったか、みなさんも知っているでしょう。面白いというのは、このためです」

ベアード・アーチャーの名前に気づいたときの状況を厳密に伝える必要は、さほどないように思えた。ウルフがこの場にいたら、彼なりの言い方をしただろうが、彼はいまここにおらず、ぼくはここにいる。テーブルを見回して、コーヒーのお代わりが注がれ、煙草とマッチがみんなにゆきわたったのを確かめてから、ぼくはまた話しだした。

「これから話すのは、極秘の情報です。活字になったら、警察は怒るだろうし、ぼくに腹を立てるでしょう、でも、もともと好かれてはいないから。レイチェル・エイブラムズという女性は、フリーの速記者兼タイピストで、ブロードウェイのあるビルの七階に一部屋だけの小さなオフィスをかまえていました。一昨日、彼女はオフィスの窓から落ちて舗道に叩きつけられて亡くなった。探偵としてぼくが好奇心をそそられるのは、これから話そうとしていることです。おそらく自殺もしくは事故死としてかたづけられたところですが、たまたまぼくが彼女が窓から消えた二、三分後に、彼女のオフィスに入ったんです。デスクの引き出しに小さな茶色いノートが入っていて、領収金額や経費の記録が残っていました。領収金額の欄に、去年の九月に九十八ドル四十セント、ベアード・アーチャーという男から受け取ったという記録が二つありました」

「まあ」ドリー・ハリトンが言った。同じような反応がほかにもあった。

「ベアード・アーチャーの夢を見そう」ニーナ・パールマンがつぶやいた。

「ぼくはしじゅう見てますよ」ぼくは彼女に言った。「もうおわかりでしょう、探偵にふさわしい仕事があるとすれば、まさにこれがそうです。警察の捜査について話すつもりはありません。もちろん、警官が一人二人、この二日間にみなさん全員に話を聞きに来たでしょうが、我々は事件をこう見ていて、それが間違いだとはっきりしないかぎり、今後もこの線で進めていくつもりです。すなわち、ダイクスの死はその小説の原稿となんらかの関係がある。ジョーン・ウェルマンはその原稿を読んだために殺された。そして、レイチェル・エイブラムズは、その原稿をタイプしたために殺された。したがって、当然ながら、ベアード・アーチャーを見つけたい。そして、その原稿を見つけたい。そのどちらか、あるいは両方を探せないかぎり、我々の負けです。なにか提案は？」

「なんてこと」スー・ドンデロが言った。

「その小説を買ったら」ポーシャ・リスが言った。

だれかがそっと笑った。

「そうだ」ぼくは急に思いついたように言った。「みなさんに異存がなければ、ちょっとやってみようと思うんです。ちょうどいま二階に、この事件に関連のある人が二人来てるんです、ウルフ氏に会いたいと言って。二人におりてきてもらって、話を聞いたら、面白いんじゃないでしょうか」ぼくは足で床のボタンを押した。「もううんざりだというなら話は別ですが」

「その二人ってだれ？」アダムズ夫人が訊いた。

「ジョーン・ウェルマンのお父さんとレイチェル・エイブラムズのお母さんです」

「楽しい話ではなさそうね」ドリー・ハリトンが言った。

「そうですね。探偵が出会う事柄や人間で、楽しいのはめったにないんです」

「会ってみたいわ」ヘレン・トロイが大きな声で言った。

「それが人情でしょ」

フリッツが入ってきたので、ぼくは彼に言った。「エイブラムズ夫人とウェルマン氏は？　南の部屋か？」

「そうです」

「申し訳ないが、ここに来てもらうように頼んでくれないか？」

「かしこまりました」

フリッツは出て行った。ぼくが飲み物はどうかと訊ねると、注文が三つあった。

9

ブランチ・デュークにもうちょっとでぶちこわされるところだった。

ウェルマンとエイブラムズ夫人がフリッツに案内されて入ってくると、十組の目がいっせいに注がれた。もっとも、そのうち二、三はやや努力が必要だった。ぼくは立ち上がって、一同を紹介してから、二人をぼくの両側に用意した椅子に座らせた。エイブラムズ夫人は黒いシルク、ひょっとしたらレーヨンのドレスを着て、口元をぎゅっと結び、怯えている様子だが、品位は失っていなかった。ウェルマンは例のグレーのスーツもしくはそれとそっくりの別のスーツ姿で、それとなく女性たちを観察していた。背筋を伸ばして、椅子の背もたれには触れずに座っていた。ぼくが口を開きかけたとき、ブランチが機先を制した。

「二人ともなにか飲んだほうがいいわ。なにを飲む？」

「いや、けっこうです」ウェルマンは丁重に辞退した。エイブラムズ夫人は首を振った。

「だめよ、それじゃ」ブランチはまた言った。「悩んでるんでしょ。私も何度も悩んできたから、わかるわ。そういうときはドライジンをジガー二杯、ドライベルモットを一杯に――」

「お黙りなさい、ブランチ」アダムズ夫人がぴしゃりと言った。

「そっちこそ黙ったら」ブランチが言い返した。「これが礼儀でしょ。コリガンに言いつけても私を馘《くび》にはできないわよ、おあいにくさま」

できることなら、彼女を窓から放り出したかった。ぼくは割って入った。「ぼくは言われたとおりきちんとカクテルを作っただろう？　ブランチ」

「たしかに」

「アーチーと呼んでほしいな」

「きちんと作ってくれたわ、アーチー」

「それならいい。ぼくはこれもきちんとやりたいんだ。なにもかもきちんとやる主義でね。エイブラムズ夫人とウェルマン氏にその意思があったら、ぼくがお二人に飲み物も出さずに帰すと思いますか？」

「思わないわ」

「これで一件落着」ぼくは右側を向いた。エイブラムズ夫人に最初にウェルマンにしゃべってもらうと約束してあったのだ。「ウェルマンさん、このご婦人たちにウルフ氏とぼくが取り組んでいる事件の話をしていたんですが、興味を示されましてね、レナード・ダイクスと同じ事務所で働いているということもあって。それで、あなたとエイブラムズ夫人が二階でウルフ氏を待っていて、もしかしたら娘さんのジョーンのことを話してもらえるかもしれないと言ったんです。かまわなかったでしょうか？」

「かまいませんよ」

「ジョーンはいくつでした？」

「二十六でした。誕生日が十一月十九日ですから」

「一人娘だったんですね？」

「はい、子供はあの子だけです」

「いい娘さんでしたか？」

「父親が望みうるかぎり最高でした」

ここで驚くべき邪魔が――少なくとも、ぼくは驚いた――入った。エイブラムズ夫人の声で、大きくはなかったが、はっきり聞こえた。「うちのレイチェルほどじゃなかったはずよ」

ウェルマンはほほ笑んだ。彼の笑顔を見たのは初めてだった。「エイブラムズ夫人とずっとお話ししてたんですよ。お互いの胸の内を見せ合って。いいんです、そのことで言い争うつもりはありません。彼女のレイチェルもいいお嬢さんだった」

「そうですとも、争うことなどない。ジョーンはこれからどうするつもりだったんですか？　結婚するとか、このままキャリアを積むとか、それとも？」

彼はしばらく黙っていた。「いや、それはわかりません。あの子がスミスを優等で卒業したことは話しましたね」

「ええ」

「ダートマスに行っていた若い男がいて、結婚するつもりなのかと思ってたんですが、まだ若すぎたし、自分でそのことに気づくだけの分別がありました。ニューヨークに出てからは――出版社勤めは四年近くなりますが――ピオリアに書いてくる手紙には、別の――」

「ピオリアってどこ？」ブランチ・デュークが訊いた。

彼は顔をしかめて彼女を見た。「ピオリアというのは、イリノイ州の町です。何人か別の男性にめぐりあったと書いてありましたが、いますぐ身を固めるという感じじゃなかった。そのことは何度も考えましたよ、少なくとも、母親は。でも、あの子は出版業界に大きな夢を託していたんです。週給八十ドルとってました、二十六の娘にしてはたいしたもんでしょう。それに、ショール氏も、去年の八月に私がこっちに出てきたときに会ったんですが、あの子にはとても期待してると言ってくれました。そのことを昨日の午後、思い出してたんです。私たちもあの子にとても期待していた、母親も私も。しかし、もう充分報われたんだって」

彼は首を回してエイブラムズ夫人の顔をちらりと覗き込んでから、視線をぼくに戻した。「そのことをエイブラムズ夫人と二階で話してたんですよ。私たちは同じ気持ちですが、ただこちらの場合はまだ二日しか経っていないから、じっくり考える時間がなくて。私は言ったんですよ、紙と鉛筆を出されて、ジョーンのことで覚えていることを書けと言われたら、私はいくらでも書けるって——あの子がしたことや、言ったことや、あのときあの子はこうだった、あのときあの子はああだったって。あなたには女のお子さんがないんでしょう」

「ええ。思い出がいっぱいあるんでしょうね」

「はい、あります。だから、こんなふうに思うんでしょうね。こんなことになったのは私があの子を自慢しすぎたからじゃないかとずっと考えてました。でも、自慢しすぎたわけじゃない。こう思うんです、あの子も悪いことをしたことは何度もあった、小さいとき嘘をついたとか、大きくなってからも、私が認めないようなこともした。でも、私は自分の胸に聞いてみました、あの子がしたことで、本当に心からそんなことをしなければよかったのにと思うことをひとつでも思い出せるだろうかと。思い出せませんでした」

彼の目はぼくから離れて、ぼくのゲストに向けられた。時間をかけて、一人ひとりの顔からなにか探し出そうとしているかのようだった。

「ひとつも思い出せなかった」彼はきっぱり言った。

「じゃあ、完璧だったのね」クレア・バークハートが言った。皮肉のつもりだったわけではないが、ブランチ・デュークは腹を立てた。クレアに食ってかかった。

「悪いけど、出てってくれない？　夜学の秀才さん。この人、悩んでるのよ。娘さんを亡くしたのよ。あんた、大学を優等で出たわけ？」

「私、夜学なんかに行ってない」クレアが憤然と言った。「オリファント・ビジネス・アカデミーよ！」

「あの子が完璧だなんて言ってません」ウェルマンが抗議した。「私がどうかと思うようなこともたくさんしました。私がみなさんに言いたかったのは、あの子を亡くしたいまとなっては、変わったということです。できることなら、あの子のことはなにひとつ変えたくありませんよ。いまみなさんはここでこうして、お酒を飲んでいるでしょう。みなさんのお父さんがここにいたり、そのことを知ったりしたら、どう思うでしょうね？　だが、もしみなさんが今夜殺されて、遺体を家に連れて帰って埋葬しなければならないとしたら、そして、そのあとで思い出す時間があったら、お酒を飲んでいたことを悔やむでしょうか？　そんなはずはない！　思い出すのは、楽しそうにしていたなあという、それだけだ。思い出すのは、いいことばっかりなんです」

彼は首を回した。「そうじゃありませんか、エイブラムズ夫人？　あなたもレイチェルのことをこんなふうに思っているんじゃありませんか？」

エイブラムズ夫人は顎をあげた。ウェルマンにではなく、みんなに向かって話しだした。「うちのレイチェルのことをどんなふうに思うかといわれても」彼女は首を振った。「まだ二日しか経ってないから。みなさんには正直に言います。ウェルマンさんが話してるのをここに座って聞きながら、考えたんです。うちのレイチェルはお酒は飲まなかった。もし飲んでるのを見たら、悪い娘だときつい言葉で叱ったでしょう。腹を立てて、大騒ぎしたかもしれない。でも、あの子がいまここにいてくれたら、みなさんといっしょにテーブルについていたら、そして、だれよりもたくさん飲んで、飲んだくれて私を見てもだれかわからなくなっていても、私はあの子に言ったでしょうね、『お飲み、レイチェル！　どんどんお飲みよ』って」

彼女は小さなしぐさをした。「正直に言おうと思ったけど、うまく言えないわ。なにを言ってるんだかわからないでしょう」

「よくわかります」エレナー・グルーバーがつぶやいた。「私はただレイチェルを返してほしいだけ。私はウェルマンさんとは違うんです。娘がほかに二人います。デボラは十六歳で、ハイスクールでいい成績をとってます。ナンシーは二十歳で大学に行ってます、ウェルマンさんのお嬢さんのジョーンみたいに。二人ともレイチェルより勉強ができるし、あの子より今風の娘です。レイチェルはジョーンみたいに週に八十ドルも稼げないけど、オフィスの家賃とかいろいろかかるから、でも、いつもよくやっていて、週に百二十ドルも稼いだこともあるんです、夜なべしなきゃならなかったけど。でも、みなさん、私があの子だけに苦労させてるなんて思わないでください。知り合いにそう言われたこともあるけど、それは違うんです。あの子はナンシーとデボラが勉強ができることや、ナンシーを大学に行かせてやっていることを心の中で喜んでました。あの子に何ドルか余裕があったら、私はこう言ったと思います。『きれいな服でも買うか、ちょっと旅行でもしてきたら』と。あの子は笑って言ったでしょうね。『私は働く女なのよ、お母さん』って。あの子はお母さんと呼んでくれました。ナンシーとデボラは母さんだけど、それだけでもぜんぜん違うんです」

彼女はまたしぐさをした。「あの子が亡くなってまだ二日なのはご存じでしょう?」答えが必要とは思えなかったが、彼女は念を押した。「ご存じですね?」

あちこちから低い声があがった。「ええ、知っています」

「だから、どうなるかわからないんですよ、時間が経ったら、ウェルマンさんみたいになるのかどうか。彼はじっくり考えて、お金を出してウルフさんにジョーンを殺した犯人を捜してもらってます。私もお金があったらそうしたかもしれないけど、どうでしょうね。いま私が考えられるのは、レイチェルのことだけです。なんでこんなことになったのかずっと考えてた。あの子は働く女でした。自分の仕事をして、世間並みの労賃をもらってた。人を傷つけるような子じゃありません。面倒を起こしたこともない。グッドウィンさんから聞きましたが、どこかの男があの子に仕事を頼み、あの子はきちんとやって、お金も払ってもらい、それからしばらく経ってから、その人がまた来て、あの子を殺したそうですね。なんでこんなことになったのか考えてみたけど、どうしてもわかりません。いくら説明してもらったとしても、だれかがレイチェルを殺す理由なんてわからない。あの子のことをよく知ってますから。男でも女でも、『レイチェル・エイブラムズにひどいことをされた』と堂々と言える人なんていないはずです。みなさんにはおわかりでしょう、だれからもそう言われないような女になるのが、どんなに大変か。私はそういう女じゃないんです」

彼女は黙り込んだ。唇を嚙みしめ、やがてまた開いて話しはじめた。「レイチェルに一度だけひどいことをしてしまったんです」顎が震えはじめた。「ちょっと、失礼」口ごもると、立ち上がってドアに向かった。

ジョン・R・ウェルマンは礼儀どころではなかった。なにも言わずに、はじかれたように立ち上がると、ぼくの椅子の後ろを回って、エイブラムズ夫人を追った。廊下から彼の声が聞こえてきて、やがて静かになった。

ゲストも静かだった。「まだコーヒーが残っていますよ」ぼくは言った。「もう少しいかがですか?」

だれもほしがらなかった。ぼくは話しだした。「エイブラムズ夫人の話で、ひとつ厳密には正確でないことがあります。レイチェルは手書き原稿のタイプを頼んで金を払った男に殺されたとぼくが言ったことになっていましたが。ぼくが言ったのは、レイチェルが殺されたのは原稿をタイプしたせいだということで、犯人はタイプ料金を支払った男だとは言っていません」

三人がハンカチを目に当てていた。ほかにも二人そうしたほうがよさそうな女性がいた。「断定はできないでしょう」ドリー・ハリトンが挑むように言った。

「証明はできません。だが、いい線だと思ってます」

「それは変よ」ヘレン・トロイが断言した。

「そうですか? どうして?」

「レナード・ダイクスの死がこの二つの事件とつながってると言ったでしょう。三件とも同じ犯人だということ?」

「そうは言わなかったが、賭けてもいいですよ。ええ、そう思ってます」

「だったら、やっぱり変よ。どうしてコン・オマリーがあの女性たちを殺さなきゃいけないの? 彼は――」

「おやめなさい、ヘレン」アダムズ夫人が鋭い声で言った。

ヘレンはそれを無視した。「彼は殺したり――」

「ヘレン、やめなさいったら。あなた酔ってるわ」

「酔ってなんかいない！ さっきまで酔ってたけど、いまは違うわ。あの二人の話を聞いて、酔ってられるわけないでしょ」ぼくに顔を向けた。「コン・オマリーは、原稿のことなんかでレナード・ダイクスを殺したんじゃないの。殺したのは、ダイクスが彼に弁護士資格を失わせたから。そのことはみんな――」

その声はかき消された。女性たちの半分はしゃべり、半分はわめきだした。ウェルマンとエイブラムズ夫人の話を聞いて鬱積《うっせき》していた感情の捌け口ができたせいもあるだろうが、それだけではないようだった。アダムズ夫人とドリー・ハリトンが黙らせようとしたが、どうしようもなかった。耳と目を働かせてかき集めた情報から察するに、どうやら長年の確執に火がついたようだった。ぼくが理解したかぎりでは、ヘレン・トロイ、ニーナ・パールマン、ブランチ・デュークが団結して、ポーシャ・リス、エレナー・グルーバー、メイベル・ムーアと張り合っているらしい。スー・ドンデロは関心はあるが、どちらにも属さず、夜学の秀才クレア・バークハートは、まだ闘いに仲間入りする資格がない。アダムズ夫人とドリー・ハリトンは、傍観者だった。

どんな大喧嘩にも必ずつかのま比較的静かな時間があるものだが、そんな瞬間に、ブランチ・デュークがエレナー・グルーバーに手榴弾を投げつけた。「あなた、なに着てたのよ、オマリーがそう言ったとき？ パジャマ？」

緊迫した沈黙がひろがり、アダムズ夫人はここぞと言った。「聞き捨てならないわね」彼女は宣言した。「恥ずかしいと思わないの、ブランチ、エレナーに謝りなさい」

「なにを？」ブランチが訊いた。

「謝りっこないわ」エレナーが言った。そして、青ざめた顔をぼくに向けた。「あなたに謝らなくては、グッドウィンさん」

「それは違うと思う」ドリー・ハリトンがそっけない口調で言った。「これはグッドウィンさんが仕組んだことだから、なかなか巧妙で効果的なのは認めるけれど、彼は謝まられるなんて思ってないでしょう。おめでとう、グッドウィンさん」

「それもご辞退しますよ、ハリトンさん。祝福されるとも思ってなかった」

「それはどうでもいいのよ」エレナーはまたぼくに言った。「あなたがなにを期待してたかは。私はこう言いたかっただけ。ブランチがいま言ったこともだけど、ほかにも聞いてるでしょ。コンロイ・オマリーのことは知ってる?」

「ええ。警察でレナード・ダイクス事件のファイルをちょっと見せてもらいました。法律事務所にいた人でしょう、一年ほど前に弁護士資格を失った」

エレナーはうなずいた。「代表共同経営者だったわ。事務所の名前は、オマリー・コリガン・アンド・フェルプスだった。私は彼の秘書だったの。いまはルイス・クスティンの秘書をしてる。ブランチが私に言ったこと――私とオマリーとの関係のことだけど、あれが単なる嫌味だと説明しなきゃいけない?」

「どうしてもこうしなければなんて決まりはありませんよ、グルーバーさん。そうしたければ言ってくれればいいし、触れなくてもかまいません」

「やっぱり言うわ。だって、私ほんとはブランチが好きだし、彼女もそうだから。やっとおさまりかけてたんだけど、また警察が来て蒸し返したり、あなたがあの二人の女の人の死と関係があると言い出したりするから、またこんなことになってしまって。あなたを責めてるわけじゃないけど、教えないでほしかったわ。だって――さっきの騒ぎを見てたでしょ。なにか聞き取れた?」

「いくらか」

「とにかく、ヘレンがコンロイ・オマリーはダイクスのせいで弁護士資格を失ったのを恨んで彼を殺したと言ったのは聞いたでしょ。あれは嘘よ。オマリーはある民事訴訟で陪審長を買収して弁護士資格を失ったの。だれが密告したかわからないけれど――結局、わからずじまいだったから――こちら側のだれかなのは確か。もちろん、オフィスでいろんな噂が出て、とんでもない噂もあったわ、ルイス・クスティンが、オマリーに嫌われていて、共同経営者になれないとわかっていたから密告したとか、ほかにも――」

「あなたのしてることは賢明だと思う? エレナー」ドリ

ー・ハリトンが冷ややかに訊いた。

「そう思うわ」エレナーは平然と言った。「彼には知っておいてもらわなくちゃ」彼女は話を続けた。「ほかにも、いろんな人の名前があがったわ。コリガンさんとブリッグズさんも同じような理由で疑われたし、レナード・ダイクスの名前もあがった、オマリーに馘にされそうだったから。私が密告したという噂が広がっても驚かなかったでしょうよ、新しいパジャマを買ってもらえなかったからとかいう理由でね。何カ月か経って、あまり話にのぼらなくなったと思ったら、今度はレナード・ダイクスが殺されて、またぶり返した。密告者がダイクスだと知ってオマリーが彼を殺したとだれが言い出したか知らないけど、言い出した人がいたわけで、もっとひどいことになった。無責任な噂が飛び交って。だれも本当のことは知らないのに。ブランチが言ったのを聞いたでしょ、オマリーがそう言ったとき、私がパジャマを着てたのかって」

質問したつもりのようだったので、ぼくは口ごもりながら肯定の返事をした。

「それはこういうことだったの、二週間ほど前のことよ。陪審長の奥さんが裁判長に匿名の手紙を書いて、買収のことを教えたと聞いたと彼が言ったの。そのとき私はパジャマを着てたはずはないわ、オフィスでパジャマは着ないし、彼がそう言ったのはオフィスだったから。そのとき彼はもう事務所とは縁が切れていたけど、たまに顔を出すことがあるの。オマリーがダイクスを殺したというのは、根も葉もない噂よ」

「思ってることをはっきり言ったらどう?」ヘレン・トロイが言った。「フレッド伯父さんがダイクスを殺したと思ってるでしょ。なぜはっきり言わないの?」

「そんなこと思ってるなんて言った覚えはないわ、ヘレン」

「でも、思ってるでしょ」

「私はそう思ってる」ブランチ・デュークが言った。また引っ掻きまわすつもりなのだ。

「フレッド伯父さんって?」ぼくは訊いた。

ヘレンが答えた。「私の伯父さんの、フレデリック・ブリッグズのこと。みんな彼が嫌いなの。オマリーに共同経営者にしてもらえないから彼のことを密告して、そのことにダイクスが気づいて、オマリーに言うと脅されたから、フレッド伯父さんが口をふさぐためにダイクスを殺したとみんな思ってる。そういうことでしょ、エレナー」

「そういうことよ」ブランチが切り返した。

「あなたたち、法律事務所で働いてるんだから」ドリー・ハリトンがたしなめた。「女子トイレでのおしゃべりと、こうしてグッドウィンさんに話すのが、ぜんぜん別のことだというぐらい知ってるでしょう。名誉《めいよ》毀《き》損《そん》という言葉を聞いたことがないの?」

「私はだれの名誉も傷つけてないわ」エレナーが言ったが、そのとおりだった。彼女はぼくを見た。「こんな話をするのは、あなたが大量の蘭やお料理やお酒を無駄にしてるからよ。あなたの依頼人はウェルマンさんで、亡くなった彼のお嬢さんの調査をしてるのに、こんな手間やお金をかけるのは、彼女の死とレナード・ダイクスのあいだに関係があると思っているからでしょう。彼の部屋で見つかったメモにいくつか名前が書いてあったそうだけど、その夜、友達が来て、なにか書いたからいいペンネームはないかと言って、ダイクスと二人で考えて、ダイクスがそれを書いたかもしれないでしょ。そんな理由なら、いくらでも考えられるわ。それに、あなたの話では、ダイクスとジョーン・ウェルマンとレイチェル・エイブラムズをつなぐのは、ベアード・アーチャーという名前だけだというじゃないの」

「違います」ぼくは反論した。「もうひとつある。三人とも殺された」

「ニューヨークでは毎年三百件の殺人事件が起こってるのよ」エレナーは首を振った。「あなたが思い違いをしてると言いたいだけ。あなたは私たちをうまく乗せて、エイブラムズ夫人やウェルマンさんも引っ張り出して、いまの騒ぎからなにかヒントをつかんだと思ってるかもしれないけど、それは違うわ。だから、こんな話をしたの。私たちみんなあなたにあの女の人たちを殺した犯人を見つけてほしいと思ってるし、あなたならできると思うけど、いまの方法ではだめだと思う」

「ねえ」ニーナ・パールマンが言った。「いいこと思いついたわ。みんなでお金を出し合って彼を雇って、オマリーの密告者とダイクスの犯人を捜してもらうの。そうすれば、わかるわ」

「くだらない！」アダムズ夫人が言った。「彼を雇って、二人の女の人を殺した犯人をつかまえてほしいわ」

ポーシャ・リスが反対した。

「それは無駄よ」ブランチがポーシャに言った。「ウェルマンがもうそのことで彼を雇ってるもの」

「いくらお払いすればいいの？」ニーナが訊いた。

彼女に返事をしなかったのは、腹を立てたからではなく、忙しかったからだ。ぼくは立ち上がって、サイドテーブルに近づき、そこにのせてあった大きな青磁の壺を取ると、手帳を出して二枚紙をちぎりとって、それを小さな紙片に切り、それぞれに名前を書いた。ブランチがなにをしてるのかと訊いたが、それにも返事をせずに、すべての紙片に書き終えて、それを壺に入れ、壺を持ってテーブルに戻ると、アダムズ夫人の後ろに立った。

「スピーチ」ぼくは宣言した。ヘレン・トロイは静粛にと言ってくれなかった。

「パーティーをだいなしにしたことは認めます」ぼくは言った。「心からお詫びします。いやな気分のまま帰ることになったと思われたら、その点もお詫びしますが、これ以上楽しい集いを続ける望みは断たれたと申し上げなければなりません。それで、ささやかな償いをしたいと思います。ウルフ氏に許可をもらって、本日から一年間、ご要望があれば、みなさんそれぞれに毎月蘭を三本お送りします。一度に三本でも、一本ずつでも、お望みどおりに。色のご指定にはできるかぎり応じるようにします」

予想どおりの声や反応があった。クレア・バークハートが訊いた。「ここに来て、選んでいいの？」

ぼくはそうできるようにすると言った。ただし、予約にかぎると。「さきほど」ぼくはまた言った。「みなさんのうちから一人選んで、ぼく個人にこの席を設けたお礼をしてくださるという話が出ました。もうそのお気持ちはないかもしれないが、もしまだあるようなら、ひとつ提案があります。この壺の中に紙が十枚入っていて、それぞれにひとつ名前が書いてあります。アダムズ夫人に一枚引いていただいて、それに名前が書いてあった女性に、これからぼくとボボリンクにつきあってほしいのです。ダンスして楽しく過ごしましょう、どちらかがくたびれるまで。ぼくはタフなほうですから」

「私の名前も入っているなら、すぐ出してください」アダムズ夫人が最後通牒を発した。

「もし引いてしまったら、引き直してください」ぼくは言った「ほかに遠慮したい方はいますか？」

ポーシャ・リスが言った。「十二時までに帰ると約束してきたから」

「だいじょうぶ。十一時三十分にくたびれればいいんです」ぼくはアダムズ夫人の目の高さに壺を差し出した。「一枚引いていただけますか？」

彼女はそうしたくないようだったが、手っ取り早くお開きにして、けりをつけるには、それしかないと思ったのか、一瞬ためらってから、壺の縁に手を伸ばして、紙片を一枚引っ張り出すと、それをテーブルにのせた。

彼女の左側に座っていたメイベル・ムーアが叫んだ。

「スーよ！」

ぼくは残った紙片を取り出して、ポケットに突っ込んだ。

スー・ドンデロが抗議した。「困ったわ、こんなかっこうでボボリンクには行けない！」

「ボボリンクでなくてもいいんです」ぼくは彼女に請け合った。「困ってらっしゃるようなら、引き直しましょうか」

「無駄よ」ブランチが鼻で笑った。「賭けられる？　全部スーと書いてないって」

ぼくはあえて否定しなかった。ただ右ポケットから九枚の紙片を取り出して、テーブルの上に投げた。あとでスーには、壺から取り出して左ポケットに突っ込んだ九枚の紙片を見せるチャンスがあるかもしれない。

10

ふだんフリッツはウルフの朝食を八時に部屋に運ぶが、その木曜日はウルフからぼくに九時に植物室に上がる前に会いたいという電話があったので、わざわざフリッツに運ばせることもないと思った。それで、八時五分に朝食のトレイを届けると、ぼくは椅子を引き寄せて腰をおろした。ウルフは朝食をベッドでとることもあるし、窓際のテーブルでとることもある。その朝は、太陽がさんさんと降り注いでいたので、彼はテーブルについていた。小山のような黄色いパジャマに朝日が当たって、ぼくは思わずまばたきした。彼はオレンジジュースを飲むまで、しゃべらなくていいなら一言もしゃべらないし、オレンジジュースをがぶ飲みするようなことはしないから、ぼくは辛抱強く座っているふりをかなりうまくやった。ようやくからのグラスを置くと、大音響で咳払いしてから、ホットケーキの上で溶けかけているバターを一面に塗った。

そして、言った。「何時に帰った？」

「二時二十四分です」

「どこに行ってた？」

「ある女性とナイトクラブに行きました。彼女は運命の女性だ。結婚式は日曜です。彼女の家族はブラジルにいて、花嫁を花婿に引き渡す役をする人がいないから、あなたがぼくを彼女に引き渡してください」

「馬鹿な」彼はバターを塗ったホットケーキを一切れとハムを食べた。「なにがあった？」

「概要ですか、それとも、詳細を？」

「概要でいい。くわしいことはあとで聞く」

「十人来ました、女性弁護士もひとり、若くて美人だが、手ごわい。それから、古参兵も。上で飲んで、だめにしたのはオンシジュームが二鉢だけ。下に――」

「フォルベッシィじゃないだろうな？」

「違います。ヴァリコスムです。下におりるころには、いい雰囲気になってました。ぼくはあなたの席についた。フリッツには注意しておいたんです、彼女たちはスープとパッティだけでおなかがいっぱいになるから、子鴨にはうんざりするだろうと。そのとおりになった。ぼくはスピーチをして好評だったが、事件のことを口にしたのはコーヒーが出たあと、探偵の仕事について話してほしいと頼まれたからで、こうなるように手はずをつけておいたんですが、喜んで話すことにした。我々が現在かかえている問題を公表しました。頃合を見て、我々の依頼人とエイブラムズ夫人を呼びました。あなたもあの場にいたら感動したでしょう、むろん、それを認めないでしょうが。彼女たちは感動して涙を拭いていました。ちなみに、ウェルマンはぼくがせっかちでやりすぎだと思ってるみたいですよ。エイブラムズ夫人に会ったのは昨夜が初めてなのに、家まで送っていった。そうそう、ベアード・アーチャーの名前をレイチェル・エイブラムズのノートで見つけたことも話しました。彼女と事件の関係をエイブラムズ夫人にはっきりさせる必要があったからです。活字になったら、クレイマーががみがみ言うでしょうが、ノートを見つけたのはぼくだし、ぼくがおしゃべりなことは彼も認めている」

「私もだ」ウルフは湯気の立つブラックコーヒーを飲んだ。「彼女たちが感動したと言ったな」

「ええ。気を許してくれましたよ。勝手な討論会を始めただけだったが。だれがオマリーを密告したか——元代表共同経営者で、陪審長を買収して弁護士資格を剝奪された人物です——だれがダイクスを殺したかをめぐって。いろんな説が出たが、有力な証拠があるとしても、それはだれも口にしなかった。エレナー・グルーバーという女性は——なかなかの美人ですが、才知にも長けていて——彼女はオマリーの秘書をしていて、いまはルイス・クスティンの秘書なんですが、ぼくが思い違いをしてると指摘してくれた。我々がダイクスとジョーンとレイチェルのあいだに無理やり関係をつけようとして時間を浪費するのを見ていられないというんです、関係なんかないからって。だれもそれに反論しなかった。ひとまず散会して、ひとりずつ当たることにして、選んだのが、さっき紹介した、スー・ドンデロという女性で、エメット・フェルプスの秘書です。彼女をナイトクラブに誘って、我々の依頼人の金を三十四ドル使いました。当面の目的は、満足できる個人的関係の基礎づくりですが、チャンスを見て、必要とあらば、我々はコリガン・フェルプス・クスティン・アンド・ブリッグズを粉々に吹っ飛ばして、公衆衛生省から道路を散らかしたかどで呼び出されてもかまわないと彼女に知らせておきました。さっき言ったように、結婚式は日曜です。彼女が気に入ってもらえるといいんですが」

ぼくは手のひらを上に向けた。「どうでしょうね。もしひとり、もしくはそれ以上の人間が――従業員でも、共同経営者のひとりでもいいが、手を握ってくれたら、少なくともなにか始められるかもしれない。そうじゃなかったら、グルーバー嬢は見目麗しいだけでなく分別もあるから、スーに頼んで探ってもらうしかない。時が教えてくれるでしょう、あなたがいま教えてくれないのなら」

ウルフはハムとブラックバターとシェリーで味付けした卵を食べ終えて、締めくくりに取りかかっていた。ホットケーキをバターではなく、タイムの蜜をたっぷりかけて食べるのだ。オフィスにいたら、しかめっ面をするところだったが、食べているあいだは、けっしてしかめっ面モードにはならないのだった。

「朝食中に仕事するのは嫌いだ」彼は言った。

「ええ、知ってますよ」

「くわしいことはあとで聞こう。ソールに連絡して、オマリー氏の資格剝奪を調べさせてくれ」

「ダイクス事件の警察のファイルにかなりくわしく出てました。言ったはずですが」

「いいから、ソールに調べさせろ。フレッドとオリーには、事務所以外のダイクスの知り合いに当たるように言ってくれ」

「これといった知り合いはいません」

「とにかく当たらせろ、この前提で進めてきたんだから、それを証明するか、無効にするかだ。あの女性たちとの交際は続けるように。だれかひとりランチに呼ぶといい」

「ランチは無理ですよ。彼女たちは――」

「話はあとだ。新聞が読みたい。朝食はすませたのか?」

「いえ。寝坊したんで」

「食べてこい」

「喜んで」

その前に、ソールとフレッドとオリーに電話して、今度の仕事の説明をするから来てほしいと言った。朝食後にそれをすませ、たまっていた雑用もかたづけた。パーリー・ステビンズが電話してきて、どうやってあんなディナーパーティーを開いたんだと訊いたので、ぼくはどのパーティーのことだと聞き返してから、選ぶとしたら、どれがいいと言ったが無視された。ランチに誘い出す段取りはつけなかった。またすぐスーに連絡するのは得策ではないし、ほかのだれかと昼食時に五十分会ったところで、ぼくが才能を発揮する余地はなさそうだった。それに、ぼくは五時間しか寝ていないし、髭も剃っていなかった。

ウルフは十一時にオフィスにおりてくると、午前中の郵便物に目を通し、手紙を二通口述し、カタログを眺めてから、ぼくに詳細な報告を求めた。彼にとって詳細な報告とは、関係者の一言一句、あらゆるしぐさや表情を意味するが、ぼくはそれを彼を満足させるばかりでなく、自分でも満足がゆくほどうまくやれるようになった。一時間以上かかった。報告がすむと、ウルフは二、三質問してから、命令した。

「トロイ嬢に電話してランチに誘い出せ」

ぼくは平静を保った。「気持ちはわかるし、同情もしてますよ」ぼくは彼に言った。「しかし、それには応じられません。せっぱつまって、思いつきで物を言ってるんでしょう。理由は山ほどあげられるが、二つだけにしておきます。第一に、もう一時近いから、ランチには遅い。第二、ぼくはその気になれない。ぼくのほうがあなたよりくわしいことがいくつかあるが、女性からなにか引き出す能力もそのひとつです。ぼくに言わせれば、にきび面の中年の弁護士の姪を、ミッドタウンの混雑した安食堂に誘い出して、あたふたランチをとるという思いつきよりひどいことを考え出すのは不可能だ。いまごろ彼女がどこかのカウンターでメープルナッツ・サンデーにかぶりついているなら、ながら、どうしたものかと考えているところに電話が鳴ったので、受話器を取った。

女性の声が言った。「コリガン氏がウルフ氏にお話ししたいそうです。ウルフ氏に代わっていただけますか？」

ぼくは眉をひそめた。「無事に帰れましたか、アダムズ夫人？」

「ええ」

「それはよかった。ウルフ氏は詩を読んでいて手がはなせないんです。コリガンを出してください」

「なにをおっしゃるの、グッドウィンさん」

「ぼくはあなたより頑固でしてね。電話をかけてきたのはあなたで、ぼくじゃない。彼を出してください」ぼくは送話口を覆ってウルフに言った。「ジェームズ・A・コリガン氏です、代表共同経営者の」

ウルフは本を置いて、受話器を取った。ぼくは受話器を離さなかった。出ていけと合図されないかぎり、いつもそうしている。

「ネロ・ウルフです」

おさら」

彼は身震いした。

「動転させてすみません、メイプルナッツ・サンデーというのは――」

「うるさい」彼はうなった。

それでも、ぼくがやるしかないのはよくわかっていた。たしかに、ソールもフレッドもオリーも情報集めに出ているが、彼らはぼくよりジョーン・ウェルマンのことを知らないし、この違いはかなりのものだ。あの十人の女性のだれか、あるいは、ぼくがまだ会っていない残る六人の女性のだれかが、ちょっとしたことを隠していて、それがわかればウルフが口を開くことになるなら、それを探ってくるのはぼくしかいなかった。そして、十カ月先のクリスマス・シーズンまで持ち越すつもりでなければ、なにか方法を考えたほうがよさそうだった。

昼食後にオフィスに戻ると、ウルフはデスクの前で、オスカー・ハマースタインの詩の本を読んでいて、心は殺人事件からはるか遠くにあった。ぼくが部屋を歩きまわりな

「ジム・コリガンです。折り入ってお話ししたいことがありまして」

「うかがいましょう」

「いや、電話ではちょっと、ウルフさん。お目にかかったほうがよろしいでしょう。私の同僚も何人か同席したいと言っています。私どものオフィスにご足労願えませんか？　そうですな、五時半ごろでは？　同僚のひとりがいま法廷に出ていますので」

「私はよそのオフィスには行かんのですよ、コリガンさん。いつも自分のオフィスにいます。五時半は無理ですが、お越しくださるなら、六時でかまいません」

「六時でけっこうですが、こちらにしていただけませんか。こちらは四人――ひょっとすると五人になりますから。六時にこちらでということでは？」

「いや、あいにくですが。お目にかかるとすれば、こっちです」

「少々お待ちください」

少々とは三分以上だった。やっとコリガンが電話口に戻った。「お待たせして申し訳ありません。承知しました、そちらに六時か六時少し過ぎにうかがいます」

ウルフが受話器を置いたので、ぼくもそうした。

「つまり」ぼくは言った。「少なくとも、だれかの痛いところをついたわけですね。この十日間でだれかが声をあげたのは初めてだ」

ウルフは本を取りあげた。

11

これだけの大物の法律家がオフィスに集まったのは初めてだった。地位のある法廷専門弁護士が四人、そして、元弁護士がひとり。

ジェームズ・A・コリガン（秘書はシャーロット・アダムズ）は、秘書と同年齢もしくはやや若かった。プロボクサーのような顎と、引退した騎手のような体格の持ち主で、見たことがないぐらい貪欲そうな目をしていたが、それはお預けさせられた犬が骨を見つめる目ではなく、籠の中の鳥を見つめる猫の目だった。

エメット・フェルプス（秘書はスー・ドンデロ）は意外だった。スーから、会社の生き字引で、あらゆる判決例や参照文献を知っていて、目をつぶっても答えられると聞いていたが、そんなふうには見えなかった。五十歳をやや出たところで、六フィートを二インチほど出ていて、肩幅が広く、長い腕をしていた。将軍か提督の軍服を着たら、さぞ似合っただろう。

ルイス・クスティン（秘書はエレナー・グルーバー）は、一同の中で最年少で、ぼくと同じぐらいだった。貪欲そうな目ではなく、眠そうな、とても黒い目をしていたが、これは見せかけにちがいない。スーの話では、彼はもっぱら法廷に立っていて、オマリーが辞めたあとは厄介な事件を一手に引き受けている敏腕弁護士だということだ。実際より小さく見えるのは、前かがみの姿勢のせいだった。

フレデリック・ブリッグズ、ヘレン・トロイのフレッド伯父さんは、白髪で、骨ばった長い顔をしていた。秘書はいるのかもしれないが、ぼくは会ったことがない。間の抜けた顔で目をしばたたきながら、発言している人間を眺めている様子を見ると、どうしてこの男が七十代になって——ひょっとしたら、八十代かもしれないが——共同経営者になれたのか不思議だったが、法律事務所にはいろんな人間が必要なのだろう。ぼくなら、吸い取り紙を取り替えさせるのにも雇おうとは思わない。

コンロイ・オマリー、元代表共同経営者は、陪審長を買収して法曹界から追放されるまでは、法廷の鬼才という異名をとっていた人物だが、いまは当然ながら苦い顔で、口をゆがめた不機嫌な表情は永遠にはりついているようだった。口をまっすぐにして、頬のたるみをなくし、目に光があったら、彼が法廷で幅をきかせたと想像できなくもないが、いまの彼は電話ボックスにひとりで入っても幅が余りそうだった。

ぼくは代表共同経営者のコリガンに赤い革張りの椅子を勧め、ほかの四人にはウルフのデスクを半円形に囲むかっこうで適当に座ってもらった。ふだん、来客があると、ウルフに指示されるまでノートとペンは出さないのだが、やってみてはいけないという法律もないので、ぼくは準備を整え、コリガンが口を開くとメモを取りはじめた。反応はいっせいに五人からあがった。即座に異議を唱え、そろって驚愕し、憤慨している。ぼくはびっくりした顔をした。

ウルフはぼくのことをよく知っているから、痛烈な皮肉のひとつも言うつもりだったはずだが、思わずにやりとした。四人の弁護士と元弁護士ひとりを同時に動転させると いう発想が、彼にも気に入ったのだろう。

「いいんじゃないかね」彼は穏やかにぼくに言った。「記録は取らなくても」

ぼくはノートを手を伸ばせば届くデスクにのせた。彼らはそばに置いてあるのが気に入らなかったらしい。会談中ずっと代わる代わるぼくに目を向けて、こっそりなにか符牒でもつけていないか確認していた。

「これから申し上げるのは個人的な内密の話です」コリガンが言った。

「なるほど」ウルフは認めた。「しかし、私には資格がありませんな。あなたの依頼人ではないから」

「たしかに」コリガンはほほ笑んだが、目は笑っていなかった。「我々としては、そうであってもよろしいのですが。うちは売り込みをするような事務所ではないが、ウルフさん、もしもお役に立てるようなら、我々にとってこのうえない喜びであり名誉です」

ウルフは八分の一インチほど頭を傾けた。ぼくも同じ長さだけ眉をあげた。彼らの社交辞令は通じたわけだ。

「単刀直入に申し上げましょう」コリガンが宣言した。「昨夜、あなたがたはうちの社員の半数以上をここに呼んで、誘惑しようとした」

「法的な誘惑罪ということですか、コリガンさん？」

「いや、いや、もちろん違います。蘭にアルコールにエキゾチックな料理――奪おうとしたのは、彼女たちの貞操ではなく分別です。おたくのグッドウィン氏が取り仕切って」

「私の家の敷地内で私の代理人であるグッドウィン君がとった行動には、私が責任を取ります。私を訴えるおつもりですか、悪事《マルム》で？ それ自体の悪《マルム・イン・シー》、あるいは禁止された悪《マルム・プロヒビト》事《ウム》で？」

「とんでもない。そのどちらでもありません。どうも言い方がまずかったようだ。状況を我々が見ているままに話してみますから、間違っていたら訂正してください。ウェルマンという男が娘の死を調査させるためにあなたを雇った。あなたは、彼女の死と、ほかの二人の死、つまりレナード・ダイクスとレイチェル・エイブラムズとのあいだに関係があると断定して――」

「断定していません。有効な仮説と考えています」

「いいでしょう。では、それにもとづいて進めてください。そう考える理由は二つあるのでしょう。その三件すべてにベアード・アーチャーという名前が出てくること、そして、三人とも非業の死を遂げたこと。第二は単なる偶然で、第一がなければなんの意味もないはずだ。客観的に見てごらんなさい、さほど根拠のある理由とは思えないでしょう。あなたがこの仮説に全力を集中するのは、ほかに集中できるものが見つからないからではないでしょうか、むろん、我々が間違っているのかもしれませんが」

「いや。間違ってなどいません」

彼らは目を見合わせた。六フィートプラスの生き字引、フェルプスがなにかつぶやいたが、ぼくには聞き取れなかった。元代表共同経営者のオマリーだけが、反応を示さなかった。苦い顔をするのに精いっぱいだったのだろう。

「当然ながら」コリガンはわきまえた言い方をした。「我々はあなたが手の内を見せてくれるとは思っていません。我々が来たのは質問するためではなく、あなたに質問してもらうためです」

「なにについて？」

「関連があると思われることはなんでも。我々は手の内を見せるつもりです、ウルフさん。そうせざるを得ないのです。正直なところ、うちの事務所はきわめて苦しい立場です。これまでもありとあらゆるスキャンダルにさらされてきた。一年ほど前に、代表共同経営者が弁護士資格を剝奪され、危ういところで重罪判決を逃れました。事務所にとって大きな打撃でした。組織を再編成して、何カ月かが過ぎ、ようやく失った信用を回復しかけたところへ、今度はベテランの事務員、レナード・ダイクスが殺害され、また振り出しに戻った。オマリーの資格剝奪とダイクスの死との関連には一片の証拠すらないが、スキャンダルには証拠などいりませんからね。前よりもっと深刻な打撃を受けた。すでに一度信用をなくしていますから。数週間過ぎても、ダイクスの事件は解決されなかったが、ようやくおさまりかけてきたと思ったら、突然、またぶり返した。聞いたこともない若い女性が亡くなったことで。ジョーン・ウェルマンという女性です。しかし、これまでにくらべたら、まだ被害は少なかった。被害といっても、警察が我々や従業員に、ベアード・アーチャーという名前の男、もしくは、その名前を使っていた男のことを訊きに来た程度で。成果はあがらなかったようですが。一週間ほど経って、またおさまってきたところへ、またですよ。そのときはわけがわからなかったが、あとで知ったところでは、また我々が聞いたこともない若い女性、レイチェル・エイブラムズという女性が亡くなったからだという。ここへきて、我々がこれは嫌がらせではないかと思ったとしても不思議はないと思われませんか？」

ウルフは肩をすくめた。「私がどう思うかは関係ないでしょう。あなたがたがそう感じたのなら」

「そう受け取りました。いまもそうです。忍耐の限界だ。ご承知のように、エイブラムズという女性が亡くなったのは三日前です。そして、またしても警察はベアード・アーチャーの行方を追っている。もしそんな男やそんな名前の痕跡がうちの事務所に残っているとしたら、とっくに警察が見つけているはずじゃありませんか。いずれにせよ、我我としては警察がそのベアード・アーチャーとやらを見つけて、また騒ぎが鎮まるのを祈るしかありません。昨日まではそう思っていました。今日の午後、法廷でなにがあったと思います？　ルイス・クスティンはいま重大な事件に携わっているのですが、休廷時間に相手の弁護士が近づいてきて――なんと言ったんだった、ルイス？」

クスティンは座ったまま身じろぎした。「次のコネはつけてあるか、事務所が解散したときに備えて、と」彼の声には鋭敏な響きがあり、彼の目のように眠そうな印象ではなかった。「怒らせて、私のペースを崩そうとしたんでしょう。無駄でしたがね」

「こういうわけです」コリガンはウルフに言った。「とにかく、昨日まではそう思っていました。そこへ蘭の箱が届いたんです、おたくのグッドウィンの名前の入ったカードといっしょに。今日、昨夜なにがあったか聞きました。ここであったことだけでなく、グッドウィンが従業員のひとりに言ったことも。あなたはウェルマンという女性を殺した犯人を我々の事務所で探すことができるとお考えだそうですね。これほど頑固なあなたを見たのは初めてだとグッドウィンは言ったそうです。あなたの依頼人ことももあなたも徹底的にやるつもりだとか。我々はあなたのあなたのやり方もよく知っているから、どういう意味かわかりますよ。あなたはいったんこうと思ったら、ぜったいにあきらめない。警察や世間の噂はいずれ下火になるし、消えてしまうかもしれないが、あなたは違う。うちの従業員になにをされるかわからない。それでなくても、彼女たちは引っ掻いたり髪を引っ張り合ったりしかねなかったそうじゃありませんか」

「それは言いがかりだ」ぼくは口を出した。「もう何ヵ月も前からそうだったはずです」

「落ち着きはじめていた。君は彼女たちを酔っ払わせておいて、娘を亡くした父親と母親を連れてきて、彼女たちの同情心に訴えたそうだな。次はなにをするかわかったもんじゃない」コリガンはウルフに顔を戻した。「それで、こうしてうかがったんです。なんでも訊いてください。有効な仮説だというのなら、それにもとづいて進めてください。あなたはジョーン・ウェルマンの殺人事件を調査していて、我々のだれか、もしくは全員がなにか知っていると考えているのでしょう。こうしてそろってやって来た。遠慮なく訊いてください」

コリガンはぼくを見て、丁重に頼んだ。「すまないが、水をもらえないかね?」

ぼくは当然彼が水になにか加えたものを要求したと解釈して、なにがいいか希望を訊いてから、ボタンを押してフリッツを呼んだ。席をはずせと言われないかぎり会談中に出ていくことはできないからだ。ほかの四人にも訊いた。スコッチが二人、バーボンが二人、残るひとりはライウイスキーを所望した。彼らは一言二言言葉を交わした。ブリッグズ——目をしばたたいていた間抜け——は、立ち上がって伸びをすると、部屋を横切って、大きな地球儀を見に行った。たぶん、いま自分がどこにいるか確かめたかったのだろう。ぼくはウルフがビールを持って来させなかったのに気づいたが、これはちょっと度が過ぎていた。当然の用心として殺人者と酒は飲まないという彼の習慣に異議を唱えるつもりはないが、ウルフはこの連中とは初対面だし、これといった決め手はないのだ。頑固という形容は彼にはやさしすぎる。

コリガンが半分からになったグラスを置いて言った。「さあ、どうぞ」

ウルフはうなった。「私が理解しているところでは、あなたはわたしに質問させて、私の仮説が有効でないことを納得させようとしておられる。それには一晩かかるかもしれない。申し訳ないが、今夜の私の食事は融通のきく内容ではないのです」

「いったん帰って、また出直してきますよ」

「それに、納得するのに一時間かかるか、あるいは一日かかるか約束できません」

「約束していただく必要などない。我々の望みは、可及的速やかにそっとしておいてもらって、我々の事務所や我々の評判をこれ以上傷つけないでほしいということだけです」

「わかりました。では、ひとつうかがいます。この会合はどなたが最初に言い出したんですか？」

「それがなにか関係があるのですか？」

「質問をしているのは私です、コリガンさん」

「それはそうだ。実は——」代表共同経営者はためらった。「そうだ、フェルプスだった」

「違いますよ」フェルプスが反論した。「あなたが私の部屋に来て、どう思うかと訊いたんです」

「じゃあ、君だったかな、フレッド？」

ブリッグズは目をしばたたいた。「どうだったかな、ジム。私はしょっちゅう提案してるから、これも私だったかもしれない。たしか、ルイスが昼の休廷時間に電話してきて、なにかの数字を確認したとき、我々はその話をしていたんじゃなかったかな」

「そうですよ」クスティンが同意した。「そのことを検討中だと言っていた」

「なんでこんなに時間がかかるんだ、単純な質問に答えるだけで」鋭い声がした。元代表共同経営者のコンロイ・オマリーだった。「言い出したのは私だ。十一時ごろ君に電話しただろう、ジム、ネロ・ウルフが乗り込んできたと君から聞いて、こうなったら彼と話し合うしかないと言った」

コリガンは唇をゆがめた。「そうでした。それで、エメットの意見を訊いたんだった」

ウルフはオマリーに矛先を向けた。「コリガン氏に今朝十一時ごろ電話したんですね」

「そうだ」

「用件は？」

「情報を得るためだ。一週間街を離れていて、戻ったとたんに警察がまたベアード・アーチャーのことを訊きに来た。どうしてか知りたかったんだ」

「街を離れてなにをしていたんです？」

「アトランタに行っていた、ジョージア州の。橋の建材用スチールの納入に関する情報収集のために」

「だれの代理人として？」

「事務所だ」オマリーは唇が斜線に見せそうなほど口をゆがめた。「同僚が私を飢えさせるとでも思っているのかね？　とんでもない。私は食べるには困っていない。事務所を辞めたとき進行中だった事件から相応の報酬を受けているほかに、社外の仕事をもらっている。私の元同僚のきわだった特質を教えようか。同志愛だ」彼は自分の胸を指で叩いた。「私は彼らの同志だから」

「やめてくださいよ、コン」フェルプスが思わず言った。「どこでそんなことを思いついたんです？　なにが言いたいんですか？　なにを期待してるんです？」

オマリーが話しているあいだにクスティンの眠そうな目には光が浮かんでは消えていた。彼はそっけない口調で言った。「ウルフの質問に答えるために来たんじゃありませんか。質問されたことにちゃんと答えましょう」

「いや」ウルフが言った。「ここは法廷じゃない。無関係な答えが最高のヒントになる場合もあります、嘘がヒントになるように。しかし、できるだけ嘘という便法には訴えないでください。嘘とわかったときしか私の役に立たないし、確かめるには大変な労力がかかるのでね。たとえば、みなさんにお訊きしたいが、どなたかこれまでに小説を書いてみたことや、小説を書きたいというはっきりした継続的な願望を抱いたことはありませんか？　もしみなさんがノーと答えて、あとで私が友人知人に話を聞いて、どなたかが嘘を言ったとわかれば、それはそれで参考になりますが、ばつが悪いと深刻に悩まずに正直に答えてもらえば、手間が省けます。あなたは小説を書こうとしたことがありますか、オマリーさん？　あるいは、書きたいと単なる思いつき以上に考えたことがありますか？」

「いや」

「ブリッグズさんは？」

「いいえ」

五人ともノーだった。

ウルフは椅子によりかかって彼らを見回した。「言うまでもなく」彼は切り出した。「レナード・ダイクスもしくは彼が知っていた人物が小説と呼べるほどの長さのフィクションを書いていたことが、私の仮説には不可欠の前提になります。それがダイクスなら好都合だが——殺害されたのは彼ですから。むろん、この点には警察がみなさんに質問した際に触れており、ダイクスがそのような活動をしていたと聞いたこともないとみなさんは否認されていますが、直接うかがいたいのです。コリガンさん、あなたはダイクスが小説を書いた、あるいは、書いていた、あるいは書きたいという希望や意志を持っていたという事実もしくはその事実を示唆する情報を、なんらかの情報源から入手したことがありますか?」

「ありません」

「フェルプスさん?」

またしても五人ともノーだった。

ウルフはうなずいた。「だからこそ、すでに丸一週間我慢されたとしても、私は社員の方々を悩ませるような行動をとらないわけにいかんのです。その種の行動にかけては、グッドウィン君はきわめて有能です。みなさんが若い女性たちに彼に会うなと注意しても、効果があるとは思えない。彼女たちが従わないからといって解雇したりすれば、それこそ彼にチャンスを与えるようなものでしょう。彼女たちに特定の分野、つまり、ダイクスの文学志向もしくはその分野の野心に関して、たとえ些細な情報でも持っていれば、それを漏らさないよう警告したとしても、遅かれ早かれグッドウィン君の知るところとなり、私はなぜその事実を知らせてくれなかったのかとみなさんに訊くことになります。そして、彼女たちのだれかがそれと気づかないまま、そうした事実を、おそらく、どこかで耳にした話から知っているとすれば、我々はそれを探り出します」

彼らはこれが気に入らなかった。ルイス・クスティンはうんざりした笑みを浮かべた。「私たちは学生じゃありませんよ、ウルフ。とっくに学校を卒業した。私としては、あなたが事件と関係があると考えられるなら、どんな情報を入手しても、いっこうにかまわない。私はなにも知りませんが。私が——私たちが——ここに来たのは、それを納得していただくためです」

「では、教えてください、クスティンさん」ウルフは平然としていた。「私が思うに、オマリー氏の資格剝奪は、事務所の評判にとっては打撃だったでしょうが、あなた個人には益したのではありませんか、共同経営者に昇格し、オマリー氏に代わって主席法廷専門弁護士になったのだから。そうですね？」

クスティンの眠そうな目に光が浮かんだ。「それはあなたの事件と関係がないはずだ」

「私の仮説にもとづいて話を進めています。むろん、答えを拒否されてもいいが、それなら、なんのためにここにいらしたんでしょうな」

「お答えしろ、ルイス」オマリーがあざけるように言った。「イエスと言ったらいいだろう」

二人は顔を見合わせた。二人ともこれほど敵意を込めて相手側の弁護士を見たことはないだろう。やがて、クスティンは眠そうどころではない目をウルフに戻して言った。

「そうです」

「当然ながら、会社の利潤からあなたが受け取る取り分も上がりましたね？」

「ええ」

「大幅に？」

「ええ」

ウルフの視線が左に向けられた。「あなたにも益するところがありましたね、コリガンさん？　代表共同経営者になり、取り分も増えた？」

コリガンはボクサーのような顎を突き出した。「私は破綻寸前の事務所の代表共同経営者になったんだ。私の取り分は上がったが、利潤そのものが下がった。むしろ手を引きたいぐらいだ」

「君を引き止めるものがなにかあったんじゃないのか？」オマリーが訊いた。その口調から、ぼくはその時点で彼がクスティン以上にコリガンを憎んでいることに気づきそうなものだったのだが。

「ああ、コン、あったとも。同僚のことも考えなければならなかった。私の名が彼らといっしょにドアに出ていた。私を引き止めたのは忠誠心だ」

突然、なんの前触れもなく、オマリーが荒々しく立ち上がった。何度も法廷でこんなふうに立ち上がって、尋問に異議を唱えたり、芝居がかったしぐさで却下の動議を出したりしたのだろうが、ほかの四人もぼくにおとらずびっくりしていた。腕を振りまわしながら、轟くような声で言った。「忠誠心だと！」それから椅子に戻ると、グラスを取り上げて高く掲げた。「忠誠心に乾杯」そう言うと、一気に飲んだ。

四人の弁護士は顔を見合わせた。ぼくはオマリーがひとりでは電話ボックスもいっぱいにできないという見方を改めた。

ウルフが話しだした。「それで、あなたは、ブリッグズさん？　あなたもオマリー氏がいなくなって昇進したんでしょう？」

ブリッグズは激しく目をしばたたいた。「気に入りませんな」彼は硬い声で言った。「このやり方自体に反対だ。あなたのことは多少存じていますが、ウルフさん、私の見るところ、あなたのやり方は倫理にもとる言語道断なものだ。私は好きでここに来たわけじゃない」

「フレデリックは」オマリーがもったいぶった口調で言った。「判事になるべきだった。法科大学院《ロースクール》を出てすぐ判事に任命されればよかったんだ。理想的な裁判官になっただろう。大胆な思考の持ち主で、理解もせずに決断を下すのが得意なんだ」

生き字引のフェルプスが異議を申し立てた。「だれもがあなたのように優秀なわけじゃありませんよ、コン。たぶん、そのほうがいいんでしょうが」

オマリーは彼にうなずいた。「まさにそのとおりだ、エメット。だが、君はけっして間違ったことはしないからな。そのことをどうこう思ったことはないよ、君はつねに正しいんだから、なぜだかわからないが。私が失脚して得しなかったのは君だけだからというわけではないだろうが。私はそれをどうこう思ったことはない」

「私も得しましたよ。少し昇進して、大幅に減給された」フェルプスはウルフに向かって続けた。「我々は全員、共同経営者の不運によって得をしたし、もしそれが我々を破滅させなければ、今後もそうでしょう。私も含めて。厳密に言うと、私は弁護士ではありません。私は法学者です。弁護士にとって、もっとも関心をそそられる事件は自分がいま担当している事件だ。だが、私がもっとも関心をそそられるのは、一五六八年にウィーンで審理された事件なんです。こんな話をするのは、今回のあなたの事件が私にはどうしようもなく退屈だということを説明するためです。私がダイクスとその二人の若い女性を殺したとすれば、そうではないかもしれないが、たぶん違うでしょう。私だって当然ながら熱心になれるが、関心はないんです。気を悪くしないでください」

今度フェルプスの秘書のスー・ドンデロと話すとき、これは役に立ちそうだとぼくは思った。彼女から聞いた数少ない上司評から、フェルプスにこういう傾向があるのは知っていたが、もし彼女がまだ知らないのなら、きっとくわしく聞きたがるだろう。女性は上司のことをなんでも知っていることが自分の務めだと思っているから。

ウルフは生き字引に向かって首をかしげた。「殺人事件は退屈ですか、フェルプスさん」

「そうは言っていません。『退屈』には意思がかかわっているでしょう。私はもともと無関心なんです」

「しかし、それで生計を立てているんじゃありませんか？」

「そうです。だから、こうしてここに来たんです。来たからには話しますよ、だが、私からなにか引き出そうなんて期待しないでください」

「それなら、そうしないことにしましょう」ウルフは視線を移した。「ちなみに、オマリーさん、あなたはなぜここにいらしたんです？」

「忠誠心だよ」ぼくがオマリーのグラスを満たしておいたので、彼はまたグラスを掲げた。「忠誠心に乾杯！」

「だれに対する？　元同僚ですか？　私の印象では、彼らにあまり好感を持っていないようだが」

「だから、人は見かけではわからないというんだ」オマリーはグラスを置いた。「旧友のジムとエメットとルイスとフレッドに？　私は彼らのためなら地獄に落ちてもかまわない――実際、落ちたようなものだがね。これは私がここに来た動機として受け入れられませんか?」

「もう少し議論の余地の少ないもののほうがいいですな」

「では、これはどうだ。私は稀に見る才能の持ち主で、野心もないわけじゃなかった。私の才能も能力もただひとつの目的のために磨かれてきた。ブリーフケースを携えて法廷に入り、裁判官や陪審に向かい合い、彼らの思考と感情を巧みに操って、私の思う評決を勝ち取るために。私は四年間一度も負けたことがなかった。ところが、ある日、敗北に直面した。もはや議論の余地はなかった。そのプレッシャーに耐えかねて、私は愚かなことをしてしまった。陪審長を買収したのだ、最初で最後に。評決不能に持ち込んで、数週間後、法廷外の和解が成立した。これでなんとか切り抜けたと思った矢先に災難が降りかかった。だれかが裁判所に密告して、陪審長が呼ばれ、取り調べられて自白した。もう逃げられなかった。証拠不十分で重罪評決は免れ、陪審は六対六だったが、私は弁護士資格を剥奪された」


「だれが密告したのですか?」

「そのときはわからなかった。いまでは陪審長の妻だったと信ずるに足る理由がある」

「あなたの同僚はあなたの行為に関与していなかったのですか?」

「していない。彼らにはあんなことはできなかっただろう。ショックを受けていた。正義漢なら――まだ挫折を味わったことのない正義漢なら、当然だろう。彼らは忠誠を尽くしてくれたし、私の味方になってくれたが、どうしようもなかった。その結果、私は、稀に見る才能を発揮できなくなった。私がそれを発揮できる唯一の場所にもう入れてもらえない。しかも、汚名を着せられた。法廷外で私の才能を利用できる人々も、私を使おうとはしない。私は一文なしだ。私は自分が生きつづけるべきだと主張できる立場ではない。そんなことを主張してもどうなるものでもないが、強情ゆえそうすることにした。私の唯一の収入源はこの事務所だ。辞めたときまだ進行中だった事件からの報酬と、事務所たまにもらう使い走りだけが頼りだ。したがって、事務所が発展することは私の利益にかなう。これを私が彼らといっしょにここに来た理由にあげる。これも気に入らないというなら、まだ代案がある。聞きたいかね？」

「あまり空想的なものでなければ」

「空想的なんかじゃない。私は元同僚たちに恨みを抱いている。裏切られたからだ。彼らのだれかがダイクスと二人の女性を殺した可能性は充分あると思うが、その理由はわからない。あなたは突き止めるまであきらめないだろうから、どうなるかぜひ見てみたいものだ。このほうがいいかね？」

「魅力はありますな」

「いや、もうひとつあった。私がダイクスと女性たちを殺したかもしれないが、その理由はやはりわからない。あなたは警察より危険だから、目を離さないようにしよう」オマリーはグラスを取り上げた。「これで四つだ、もう充分だろう」

「さしあたりは」ウルフは同意した。「言うまでもないが、その四つは互いに相容れません。同僚が味方になってくれたという一方で彼らに裏切られたという。実際にはどちらなんです？」

「彼らは私を救うために猛然と闘った」

「いいかげんにしてください、コン」フェルプスがいきり立った。「やったじゃないですか！　なにもかも投げ出して！　できることはやった！」

オマリーは動じなかった。「それなら、あれだな」彼はウルフに言った。「二番目のだ。あれなら補強証拠もある。これがあると楽ですよ」

「いずれにしろ、あれが気に入っています」ウルフは壁の時計に目をやった。「みなさんにもっとダイクスのことをうかがいたいが、そろそろ私のディナータイムです。さっきも言ったように、残念ながらゲストの分は用意していません」

一同は立ち上がった。コリガンが訊いた。「何時に戻ればよろしいかな？」

ウルフは苦い顔になった。消化中に次の仕事のことを考えるのが嫌いなのだ。「九時では？」彼は言った。「それでよろしければ」

彼らはそれでいいと言った。

12

十二時を一時間ほど回ってから、ようやくウルフが今日はこれぐらいにしておこうと言って彼らを帰したときには、ぼくは何人もの女性の相手をしたような気分だった。彼らが質問に答えなかったわけではない。少なくとも四千の事実がわかったが――一時間あたり平均千――もしだれかがぼくによくやったと十セントくれたら儲け物という程度だった。情報は目いっぱいつめこんだが、ベアード・アーチャーもしくは小説執筆もしくはなにかそれに関した話はちらりとも出なかった。落胆のあまりウルフは、二月二日の夜と二月二十六日の午後どこでなにをしていたか彼らに訊きさえしたが、それはとっくに警察が調べ、確認しているはずだった。

とりわけレナード・ダイクスに関しては、伝記が――単なる記録にしろ小説形式にしろ——書けるほど材料が集まった。事務所の使い走りとして入って以来、勤勉さと真面目さと忠誠心、そして、相当の知性のおかげで、主事になり、やがて腹心の事務員になった。結婚はしていなかった。パイプ煙草を吸い、事務所のパーティーでポンチを二杯飲んで酔っ払い、酒飲みでないことを実証した。仕事のほかにこれといった趣味はなく、夏は野球、冬はホッケーの試合を観戦するぐらいだった。等々。五人とも彼を殺した犯人や動機に心当たりはまったくなかった。

彼らは些細なことでもすぐ口論を始めた。たとえば、オマリーの資格剝奪をダイクスがどう受け止めていたかウルフが訊ねたときのことだった。コリガンがダイクスは辞表を出したと言ったので、ウルフがそれはいつのことだったかと訊いた。夏だったがよく覚えていないとコリガンは答えた。七月ごろだったような気がする、と。ウルフはどんな辞表だったかと訊いた。

「正確な文面は忘れたが」コリガンは答えた。「きわめて良心的な内容でした。所内にオマリーの一件は彼に責任があるという噂が流れていて、それは事実無根だが、彼がこのままいるのは事務所にとってよくないんじゃないかと書いてあった。それに、彼が主事になったのは、オマリーが代表だったときだから、新体制はほかに考えがあるのではないかと考えて、辞表を提出する、と」

ウルフはうなった。「受理されたのですか?」

「まさか。彼を呼んで、事務所は彼にきわめて満足しているから、くだらない噂など無視するように言いました」

「その辞表を見たいな。手元にありますか?」

「ファイルされていたはず——」コリガンは言葉を切った。「いや、違った。あれはコン・オマリーに送った。彼が持っているでしょう」

「君に返した」オマリーが言い返した。

「そうだったとしても、私は覚えてないな」

「彼が持っているはずですよ」フェルプスが断言した。「というのは、あなたに見せてもらったとき——いや、あれは別の手紙だった。あなたにダイクスの辞表を見せてもらったとき、これをコンに送ると言っていたから」

「受け取るには受け取った」オマリーが言った。「だが、返した――いや、待てよ。思い違いだった。あれはフレッドに返したんだった、直接。事務所に寄ったら、ジムがいなかったんで、フレッドに預けた」

ブリッグズは目をしばたたきながら彼を見た。「真っ赤な嘘だ」彼は硬い声で言った。「私はエメットからあの辞表を見せてもらった」彼はまばたきしながら見回した。

「遺憾なことだが、私は驚かない。我々みんな知っているからだ、コンが無責任な嘘つきだと」

「なにを言うんだ、フレッド」フェルプスが言った。「どうして彼がそんなことで嘘をつかなくてはならない？　彼はあなたに見せたとは言ってない、あなたに預けたと言ったんだ」

「嘘だ！　大嘘だ！」

「そんなにかりかりするほどのことではないでしょう」ウルフがあいだに入った。「その辞表にかぎらず、ダイクスが書いたものならなんでもいいから見せていただきたい――手紙でも覚え書きでも報告書でも――写しでもかまわない。彼の言葉遣いを知りたいんです。辞表もあれば、なおいいが。それほどたくさんはいらない、半ダースもあれば。見せてもらえますか？」

彼らは送ると言った。

一同が引きあげると、ぼくは伸びをし、あくびしてから、訊いた。「いまから議論しますか、それとも明日にしますか？」

「議論するようなことがどこにあるんだ？」ウルフは椅子を後ろに押して立ち上がった。「もう寝ろ」そう言うと、エレベーターに向かった。

翌日の金曜日は、ついてないだけなのか、二人に振られたのか、どちらかよくわからなかった。スー・デンドロに電話して、ある種の共同事業に誘おうとしたが、彼女は午後から休みを取って街を離れていて、日曜の夜遅くまで帰らないと告げられた。ピンチヒッター一番手として、エレナー・グルーバーに電話してみたが、すでに予定が入っていた。ぼくはリストを調べながら、客観的に眺めようとして、結局、ブランチ・デュークを選んだ。ぼくの声を聞いてもあまりうれしそうではなかったが、たぶん、交換台ではいつも愛想のいい声は出さないのだろう。金曜日はだめだが、土曜日の七時ならいいと言った。

ソールとフレッドとオリーからは電話で報告を受けていたが、金曜日の六時少し前、ソールがやって来た。ぼくがソール・パンザーをアメリカ大統領に選ばない唯一の理由は、役割にふさわしい服装ができないことだった。あの色あせた茶色の帽子とくたびれた茶色のスーツ姿で、ニューヨークの街を、ほとんどどんなところでも歩きまわって、周囲に溶け込むこともなく、注意を引かずにいられるのか、ぼくにはぜったいわからないだろう。ウルフは彼がほかのだれかよりうまくやれないような仕事は与えない。むろん、ぼくを別としてという意味だ。ぼくは常々、彼を大統領に選んで、スーツと帽子を買い与えたら、どうなるか見ものだと思っている。

ソールは黄色い椅子の端に腰かけて訊いた。「なにかあったか?」

「いいや」ぼくは言った。「君も知ってるように、普通は事件がいつ解決するか予測できないものだが、今回は簡単だ。我々の依頼人が最後の一ドルを使い果たしたら、その時点でやめる」

「そんなにひどいのか? ウルフ氏は気を入れてないのか?」

「働いてるか、ぶらぶらしてるかという意味か? ぶらぶらしてるよ。二月二十六日の月曜の午後三時十五分にどこにいたかとみんなに聞きはじめた。天才がこんなことをしはじめたら世も末だ」

ウルフが入ってきて、ソールに挨拶すると、デスクの奥に陣取った。ソールが報告した。ウルフは例によって細かい点まで知りたがり、満足のゆく答えを得た。裁判官や陪審長はじめ陪審員の名前、オマリーが敗訴しかけていた訴訟の内容や関係者の名前、等々。裁判所への密告は、署名のないタイプされた手紙という形で行なわれ、きわめて詳細な内容だったので、数時間後に陪審長が呼ばれて取り調べられた。手紙の差出人を突き止めようとしたが、だめだった。市職員と長時間話し合ったあと、陪審長はオマリーから三千ドルの現金を受け取ったことを認め、その半額以上が回収された。ルイス・クスティンはこの陪審長とオマリーの両方の裁判で被告側の弁護人となり、すぐれた手腕を発揮して、どちらも評決不能に持ち込んだ。ソールは一日がかりで記録保管所を回って、その署名のないタイプされた密告状を探したが、見ることはできなかった。

買収された陪審長は、アンダーソンという靴屋のセールスマンだった。ソールは彼と彼の妻に二度会った。彼の妻の言い分は四つの論点から成っていた。第一に、彼女はあの手紙を書いていない。第二に、夫が賄賂を受け取ったことを知らなかった。第三に、賄賂を受け取ったと知っていたとしても、夫の告げ口をするはずがない。第四に、彼女はタイプが打てない。夫は明らかに妻を信じていた。これでなにか証明できたわけではない。世の中にはなにがあっても妻を信じるという才能を持った夫もいるからだ。だが、ソールも彼女を信じているなら、ウルフとぼくにはそれで充分だった。ソールはコンクリートの壁越しにでも嘘つきを嗅ぎつけることができる。彼はアンダーソンを連れてくるからウルフに自分で判断するように勧めたが、ウルフは必要ないと答えた。そして、ソールにフレッドとオリーを手伝って、オフィス以外でのダイクスの友人関係を調べるように言った。

土曜日の朝、大きな封筒を使い走りの若者が届けてきた。なかにはエメット・フェルプス、殺人事件には関心がないと言ったあの長身の法学者の手紙が入っていた。事務所のレターヘッドの入った便箋にタイプしてあった。

親愛なるウルフ氏

ご要望のあったレナード・ダイクスが書いた文書を同封いたします。

ごらんになりたいとおっしゃった、一九五〇年七月十九日付の彼の辞表も含まれています。ブリッグズ氏に返したというオマリー氏の言葉は正しかったようです。事務所のファイルに残っておりました。

昨日、オマリー氏が事務所を訪れたので、辞表が見つかったことは知らせておきました。
勝手ながら、ご用が終わりましたら、文書はご返却
ください。

敬具

エメット・フェルプス

ダイクスの辞表は、紙面いっぱいにシングルスペースでタイプされていたが、内容はコリガンから聞いたのとまったく同じだった。すなわち、彼がオマリーを密告したという噂が事務所内で広がっているために事務所の評判を甚だしく損なってしまい、さらには、新体制が変革を希望しているかもしれないので、ここに謹んで辞表を提出する、と。一言ですむところを三倍は言葉を費やしていた。そのほかの資料――覚え書き、報告書、手紙の写しなどは、ウルフがダイクスの言葉遣いを知る参考にはなっても、それを別にすれば、去年の野球のボックススコアのように事件とはなんの関係もなかった。ウルフはいちいち目を通し、読み終えるとぼくに回してきたので、この前、ベアード・アーチャーの名前でしくじったときのように、ぼくの観察力のことをまた言われたくなかったから、ぼくは一語も見落とすまいとじっくり読んだ。全部読み終えると、まとめて返しながら、当たりさわりのない感想を述べて、彼が口述していた手紙のタイプに取りかかった。

せっせと打っていると、彼が突然訊いた。「これはなんのことだ？」

ぼくは立ち上がって見た。彼の手にはダイクスの辞表が握られていた。それをぼくに渡した。「隅に鉛筆で書いてあるメモだ。なんだ？」

ぼくはそれを見た。鉛筆でこんな走り書きがしてあった。

ぼくはうなずいた。「ああ、これなら気づいてました。さあ、なんでしょうね。パブリック・スクール146の三年生かな」

「Sは一段低くなっている」

「そうですね。飛び出させたほうがいいですか？」

「いや。たぶんたいしたことじゃないだろうが、奇異な感じで好奇心を掻き立てられる。君はなにか思いつかないかね？」

ぼくは口をすぼめて考え込んでいるふりをした。「急に言われても。あなたはどうです？」

彼は手を伸ばして辞表を受け取ると、眉をひそめて見つめた。「推測はつく。Ｐが大文字でＳが小文字だから、おそらくイニシャルではないだろう。英語で一般に略語として使われるＰｓで、私が知っている単語もしくは名前はひとつだけだ。Ｐｓに続く数字が、その可能性を裏づけている。まだ思いつかないのか？」

「そうですね、Ｐｓは追伸の略字で、この数字は――」

「違う。聖書を持って来い」

ぼくは本棚に行って、聖書を取って戻ってきた。

「詩篇一四六篇を開いて、第三節を読め」

索引を引いたことは認めなければならない。それから、ページを繰ってその箇所を見つけると、さっと見た。

「なんてことだ」ぼくはつぶやいた。

「読め」ウルフがどなった。

ぼくは声に出して読んだ。「もろもろの君《きみ》を信ずることなく、人の子を信ずるなかれ、彼らに助けあることなし」

「ああ」ウルフはそう言うと、深々とため息をついた。

「わかりましたよ」ぼくは譲歩した。「『信ずるなかれ』は、ベアード・アーチャーの小説のタイトルだ。ついにそれらしき男が浮かんだわけだが、まぐれですよ。よって、記録には、あなたが特に要求した文書にそのメモがあり、あなたがそれを見つけた事実を偶然の一致と記載しておきます。もしそれが――」

「馬鹿な」ウルフが鼻を鳴らした。「偶然の一致なんかじゃない、どんな薄のろにだってあのメモの意味ぐらいわかる」

「僕は超薄のろです」

「いや」ウルフは有頂天で寛大な気分になっていた。「君のおかげだ。君があの女性たちをここに連れてきて脅しをかけた。君の脅しがきいて、連中のひとりもしくはそれ以上が、ベアード・アーチャーと事務所のだれかとのあいだのつながりを認めざるを得ないと感じたんだ」

「連中のひとりって？　女性たちですか？」

「そうじゃないだろう。男だな。ダイクスが書いたものを見せてほしいと私が言ったのは、男たちにだ。君は男のひとりもしくは複数に脅しをかけたんだ。それがだれか知りたい。今夜は約束があるんだろう？」

「ええ。金髪の電話交換手と。三色の金色に染め分けた女性と」

「それはよかった。ダイクスの辞表にあの角ばった独特の筆跡でメモを取った人間を探してくれ。ダイクス自身でないことを祈るばかりだ」ウルフは眉をひそめて首を振った。「訂正しなければならない。私が君に期待するのは、だれの筆跡があのメモに似ているか探ることだけだ。あの辞表やメモそのものは見せないほうがいいだろう」

「わかりました。あなたですら満足するようにがんばりますよ」

だが、それほど難しいことではなかった。あの筆跡はまねしやすかったからだ。何度か練習を重ねて餌を用意した。六時四十分にデートに出かけるときには、いちばん新しい軽いブルーのスーツの胸ポケットには、届けられた文書のひとつ——レナード・ダイクスがタイプした覚え書きが入っていた。その余白にぼくは鉛筆でこう書いておいた。

CO3-4920

13

その夜、ブランチ・デュークはぼくを驚かせた。ディナーの前に彼女のオリジナル・カクテル——ジン、ベルモット、グレナディン、ペルノを混合したもの——を二杯飲んで、それでやめてしまったのだ。それ以上飲もうとしなかった。それに、シンプルなしゃれた青いドレスを着て、化粧もあっさりしていた。それに、もっと大事なことだが、スー・ドンデロよりダンスがずっとうまかった。全体的に見ると、彼女はボボリンクで衆目を集めるほどではないが、ダンスは申し分がなく、おかげでボボリンクのバンドの演奏がふだんより上手に聞こえた。十時ごろには、ぼくは喜んで我々の依頼人と経費を折半する気になっていた。しかし、ここには仕事で来たのだった。

ぼくが精いっぱい想像力を働かせてサンバらしきものを踊り、何度もいっしょに踊ったことがあるかのように彼女が調子を合わせてくれたあと、テーブルに戻って、ディナーが遠い記憶になったいま、なにか飲んだほうがいいと言ったが、彼女は断わった。

「困るんだ」ぼくは抗議した。「これでは。ぼくは楽しんでいるばっかりで。仕事しなくちゃいけないのに。酔わせて気を許させるつもりなのに、君は水を飲んでる。飲まない君をどうやってしゃべらせたらいいんだ?」

「ダンスが好きなの」彼女は言った。

「驚かないよ、踊るのを見たから。ぼくも好きだけど、こうしてはいられないんだ。楽しむのはあきらめて、君からなにか引き出さなくてはいけないんだ」

彼女は首を振った。「ダンスするときは飲まないの、ダンスが好きだから。明日の午後、私が髪を洗ってるときに訊いてみて。髪を洗うの大嫌いなの。どうして私から引き出すようなものがあると思うの?」

ウエイターがそばを離れないので、なだめるために飲み物を注文した。

「それは」ぼくはブランチに言った。「理由があるにきまってるから、オマリーがダイクスを殺したと思っているのなら。理由もないのに――」

「そんなこと思ってないわ」

「水曜の夜に言ったじゃないか」

彼女は手を振った。「あれはエレナー・グルーバーを怒らせるためよ。オマリーに夢中なの。私、そんなことぜんぜん思ってないわ。レン・ダイクスは自殺したと思う」

「へえ。今度はだれを怒らせるつもり？」

「だれも。もしかしたらスーが怒るかもしれないけど、私は彼女が好きだから、そんなこと言わない。ただ思ってるだけよ」

「スー・ドンデロが？　どうして彼女が？」

「それは――」ブランチは顔をしかめた。「もちろん、あなたはレン・ダイクスを知らないでしょ」

「ああ」

「あの人、変だったの。ある意味ではいい人なんだけど、どこかおかしかった。自分から女性に近づけないみたいだった。なのに、財布に写真を入れてたの、だれの写真だと思う？　妹の写真なのよ、それが！　それに見たのよ、ある日彼が――」

彼女は急に話をやめた。バンドがコンガを演奏しはじめた。彼女はビートに合わせて肩をゆすっていた。こうなったら、することはひとつしかない。ぼくが立ち上がって手を差し出すと、彼女もついてきて、二人でフロアに出た。十五分後、テーブルに戻り、腰をおろして、文句なしの賞賛のまなざしを交わした。

「さっさと仕事をすませてしまおう」ぼくは提案した。「それから、またなにか本格的なのを踊ろう。ある日ダイクスを見たと言ってたね――なにをしてた？」

彼女は一瞬ぽかんとしてから、うなずいた。「ああ、そうだっけ。ほんとにこんなこと続けなきゃいけないの？」

「そうなんだ」

「わかった。見たのよ、彼がスーを見つめてるのを。あの目つきったら！　それでからかったんだけど、間違いだった。おかげであの人、私を相談役にすることに決めてしまった。

ったの。あんなこと初めてで――」

「それはいつのこと？」

「一年か、もうちょっと前。初めてだったわ、彼が女性に目を向けるなんて、あの年で！　彼女に惚れこんで、潰瘍ができそうなほどだった。うまく隠してたけど、私だけは別で、ちゃんと知ってたわ。彼女とデートしたくてたまらないんだけど、なにもできないの。どうしたらいいだろうって私に訊くから、なにか言わなくちゃいけないと思って、スーは華やかなことが好きだから、なにかで有名になったらと言った、上院議員になるとか、ヤンキースのピッチャーになるとか、本を書くとか。それで、本を書いたけど、出版社に断わられて、それで自殺した」

ぼくは興奮を顔に出さなかった。「彼が本を書いたと言ったの？」

「いいえ、そんなこと一度も言わなかった。ちょうどそのころから、彼女の話をしなくなったの。私も持ち出さなかった、また相談役にされたら大変だもの。でも、そう勧めたのは確かよ。それで、今度、出版社から返された本のことで大騒ぎしてるから、こんな推理をしてみたわけ」

十二月にダイクスが自殺したとすれば、二月にジョーン・ウェルマンとレイチェル・エイブラムズが殺害された説明がつかないと反論することもできたが、バンドが演奏を再開する前に要点に触れておきたかった。ぼくは飲み物を一口飲んだ。

彼女にほほ笑みかけて、なごやかな雰囲気をこわさないようにした。「自殺に関しては君の言うとおりかもしれないが、相手を間違ってたらどうする？　彼が惚れこんでたのがスーじゃなくて君だったら？」

ブランチは鼻を鳴らした。「私？　お世辞のつもりなら、お門違いよ」

「そうじゃない」ぼくは胸ポケットに手を入れて、折りたたんだ紙を取り出した。「これはダイクスが事務所の経費のことで作った覚え書きで、去年の五月の日付になってる」ぼくは紙を広げた。「君に訊こうと思ってたんだ、どうして彼が君の自宅の電話番号をメモしたのか。でも、いま彼がスーのことを君に相談して、アドバイスを求めていたと聞いたから、そのためだったんだね」ぼくは紙をたたみはじめた。

「私の電話番号ですって？」彼女が訊いた。

「ああ。コロンバス３の４６２０」

「見せて」

ぼくが紙を渡すと、彼女は眺めた。右側に向けて、もっと明るいところで、もう一度見た。「レンが書いたんじゃないわ」彼女は断言した。

「どうして？」

「彼の字じゃないもの」

「じゃあ、だれ？　君か？」

「違うわ。これはコリガンの字よ。こういう角ばった字を書くの」彼女は眉をひそめてぼくを見た。「だけど、どうして？　どうしてコリガンがこの古い覚え書きに私の電話番号を書いてるの？」

「いいじゃないか、そんなこと」ぼくは手を伸ばして彼女の手から紙を取った。「もしかしたらダイクスが書いたのかもしれないから、君に訊いてみようと思ったんだ。コリガンは勤務時間外に君になにかの件で電話しようと思ったのかもしれない」ドラムの音が響き、バンドがトロットを演奏しはじめた。「もういいよ。今度はどうか試してみようよ」

結果は最高だった。

家に帰ったのは二時ごろで、ウルフはもう寝ていた。玄関と裏口のドアの錠をおろし、金庫のダイヤル錠を回し、ミルクを一杯飲んでから、部屋に上がった。ベッドに入り布団にくるまりながら考えたのは、人生はうまくいかないということだった。なぜあんなに踊れるのがブランチでスーではないのか？　徹底的に調べる方法さえ見つかったら……

ウルフ家の日曜のスケジュールは、彼の親友であるラスターマンズ・レストランのオーナー、マルコ・ヴュクシックから、地下室にビリヤード台を置くように勧められてから一変した。いまではウルフは、日曜の午前中を厨房でフリッツといっしょに特別料理を用意するのに費やす。一時半にマルコがやって来て、それをいっしょに味わい、そのあと二人で地下室におりて、五時間キューと格闘して過ごす。ぼくはそばにいることはあっても、めったに参加しない。ぼくがついていて、続けざまに得点を入れると、ウルフが不機嫌になるからだ。

その日曜日、ぼくはスケジュールを大幅に狂わせるつもりだったが、ちょうど部屋で朝食をすませたウルフが厨房に入って来たので、彼に言った。「あの辞表にあったメモの筆跡は、ジェームズ・A・コリガンのものでした、代表共同経営者の」

ウルフはいやな顔をしてぼくをにらんでから、フリッツに視線を向けた。「決めたぞ」彼は挑むような口調で言った。「ガチョウの脂は使わないことに」

ぼくは声を張り上げた。「あの辞表の筆跡――」

「もう聞いた！　クレイマーにあれを届けて、説明して来い」

ウルフがこんな声を出したときはわめいても無駄なので、ぼくは自分を抑えた。「あなたの訓練のおかげで」ぼくは硬い声で言った。「話したことは一言一句覚えてますよ、あなたが言ったことも含めて。昨日、あなたは我々がだれに脅しをかけたか、あのメモがだれの筆跡に似ているか調べろと言いました。ぼくは一晩がかりで、ウェルマンの金をふんだんに使って、探り出してきたんです。それをクレイマーに渡せですって？　日曜だからどうだっていうんです？　脅しがきいたなら、連中はやってきますよ。電話を借りていいですか？」

ウルフは固く口を結んだ。「ほかになにを持ってきた？」

「なにも。あなたに言われたことだけです」

「そうか。よくやった。フリッツと私はこれからホロホロチョウの雌を料理するから、時間がない。君がコリガンや、あの連中をここに呼び寄せたところで、どうなるというんだ？　私があのメモを見せても、彼はなにも知らないと否認するだろう。あの辞表はどこにあったのかと訊いたら、だれでも近づけるところにあったと答えるに決まっている。おそらく、五分とかからないだろう。そのあとどうする？」

「馬鹿な。どうしても日曜はビリヤードに当てて働きたくないというなら、明日まで待てばいい。どうしてクレイマーに渡すんです？」

「そのひとつの目的に関しては彼が私におとらず有能だからだ、いや、私以上かもしれん。それで、あの事務所のだれかが三人の殺害に関与しているという私の説が、彼らに――私にではなく――実証される。我々はすでにその人間に脅しをかけて、ここまで進めた。あの辞表があれば、警部がその人間に脅しをかけて、別のことを探り出すかもしれん。あれをクレイマーに届けて、私の邪魔をしないでくれ。ビリヤードは私にとって遊びでないことは君も知ってるだろう。エクササイズなんだ」

彼はのしのしと冷蔵庫に近づいた。

いっそダウンタウンに出かける前に二時間ほど日曜紙を読んで過ごそうかとも思ったが、ウルフがそうだからといって、こっちまで子供じみたまねをすることはないと考え直した。それに、彼のことは永遠にわからなかった。ただ料理して食べてビリヤードがしたいだけで、働く気がないのかもしれないが、なにか途方もないことをしようとしている可能性もなくはなかった。彼はとらえどころがなくって、ぼくを寄せつけないことがよくあったから、あのメモ、あるいは我々がそれを手に入れた方法には、自分でやるよりもクレイマーに渡したほうがいいと彼に判断させるようななにかがある可能性もなくはなかった。二十丁目まで十五ブロック歩くあいだ、右側から冷たい三月の風を受けながら、ぼくはそのことを考えつづけ、雨か雪になりそうだという結論に達した。

クレイマーはいなかったが、パーリー・ステビンズ巡査部長がいた。彼はぼくをデスクの端の椅子に座らせて、ぼくの話を聞いた。ぼくはなにも隠さなかったが、ただコリガンの筆跡だと判明したいきさつは省略した。ブランチを巻き込むことはないと思ったからだ。彼にはそれがコリガンの筆跡と信じられる理由があると言っただけだった。むろん、彼もベアード・アーチャーの小説のタイトルが『信ずるなかれ』だということは知っていた。彼は詩篇一四六篇第三節を調べようと聖書を探したが、見つからなかった。

彼は腑《ふ》に落ちない様子だったが、ぼくの話を疑っているわけではなかった。「ウルフはこの辞表を昨日手に入れたと言ったな?」彼は訊いた。

「そうだ」

「なのに、なにもしなかったのか?」

「そうだ」

「コリガンや、ほかの連中にそのことを訊かなかったのか?」

「そうだ」

「いったいどうなってるんだ?」

「ぼくが知ってるかぎりではなにも。我々は協力関係にあるから」

パーリーは鼻で笑った。「ネロ・ウルフがおれたちにこんなうまい汁を吸わせるはずがない、真っ先に自分でいいとこを吸い取らずに。笑わせるなよ」

「気に入らないなら」ぼくはもったいぶって言った。「持って帰って、なにかいい方法を考える。日付と場所を書いた署名入りの自白書を受け取ってもらえるか?」

「署名入りの供述書なら受け取るよ、どうやってこれを手に入れたか説明したやつを」

「喜んで、ただしまともなタイプライターを貸してくれるなら」

提供されたのは予想どおりのしろもので、ぼくと同じぐらいこの世に存在しているアンダーウッドのタイプライターだった。リボンを替えたいと要求すると、やっとどこかから探し出してきた。

家に帰ってオフィスの雑用をすませてから、ようやく落ち着いて日曜紙を読みはじめた。ウルフは時折、厨房に持っていくものを取りに入ってきた。正午に入ってくると、デスクの奥に陣取り、ぼくが昨夜デューク嬢とどう過ごしたか詳細な報告を要求した。どうやら、ホロホロチョウの雌はうまく料理できたらしい。ぼくはいそいそと応じ、もしかしたら作戦に参加させてもらえるのではないかと期待したが、彼は無言でうなずくばかりだった。

その日曜日はそれだけで終わった。それ以外のことといえば、昼食のあと誘われてビリヤードのゲームに加わって、二十九点取ったのと、夕食後、ソールとフレッドとオリーに明日の朝十一時に来るように連絡しろと指示されたことぐらいだった。

三人が来ると、ウルフは植物室からおりてきた。ソール・パンザーは、小柄で痩せているが屈強そうな男で、いつもの茶色いスーツを着ていた。フレッド・ダーキンは、丸い赤ら顔の男で、見るたびに頭のはげたところが広がっている。いちばん年上ということで、赤い革張りの椅子に座った。オリー・キャザーは顎が角ばっていてクルーカット、まだプロフットボールでやっていけそうな若さだった。ウルフはまずフレッドに報告させ、次にオリーの話を聞いて、ソールは最後に回した。

彼らの報告を、警察のファイルや事務所の女性や経営者たちの話からわかったこと、それに土曜の夜のブランチのささやかな貢献にプラスすると、レナード・ダイクスに関する情報は相当のものになった。彼のことだけで五十ページは書けそうだが、そうしたところで新たな展望が開けるわけでもないから、やるだけ無駄だろう。彼がだれに、なぜ殺されたかいくらかでも知っている人間がいたとしても、なにも言わなかった。ソールとフレッドとオリーはそろって優秀な調査員だが、なにひとつ探り出せなかった。考えうるかぎりの情報源に当たった結果がこれで、唯一話を聞けなかったのは、カリフォルニアに住んでいるダイクスの妹だけだった。ウルフは三人を昼食時までとどめて、それで任を解いた。ぼく以上に手ぶらで帰って来ることを嫌うソールは、あと二日ほど無給で続けたいと言ったが、ウルフは断わった。

三人が帰ると、ウルフは座ったまま虚空を見つめていた。フリッツが昼食の用意ができたと知らせに来たが、ようやく椅子を後ろに押したのは、それからたっぷり三分は過ぎてからだった。彼は大きなため息をつくと、体を引き上げ、低い声でぼくに行こうと言った。

およそ陽気とはいえない昼食を無言ですませてオフィスに戻ると、玄関のベルが鳴ったので、ぼくは応対に出た。これまで何度となく玄関の階段に警官の姿を見つけて喜ばしく思ったことがあるが、今回もまたそうだった。下っ端でも警官が来たら、なにか起こったか、なにか起こりかけているわけだが、なんとクレイマー警部がじきじきにやって来た。ぼくはドアを開けて彼を招き入れ、帽子とコートを預かってから、オフィスに案内したが、名前を告げる手間はかけなかった。

彼はうなるようにウルフに挨拶し、ウルフもうなり返した。彼は腰をおろすと、チョッキのポケットから葉巻を出し、ちょっと調べてから口にくわえ、顎を動かして、いろんな角度でくわえ直してから、また口から取り出した。

「どこから始めるか考えているところだ」彼はつぶやいた。

「私にできることがあったら」ウルフが丁重に訊いた。

「ああ。だが、期待するだけ無駄だろう。ひとつ言っておくが、私は怒る気はない。それでいい結果になるとは思えない。私が君を非難したら、後を引くだろうから。我々が交わした取り決めはまだ効力があるのか?」

「もちろん。あたりまえだろう」

「それなら、教えてもらえないかね。君が我々を騙して、だれかを突つかせることに決めたとき、どうしてコリガンに決めたんだ?」

ウルフは首を振った。「言い直してもらったほうがよさそうだな、クレイマーさん。そんな言い方はないだろう。騙したり――」

クレイマーは無作法に、それも粗野な言葉で遮った。「怒る気はないと言った。怒ってなどいないが、これはどういうことだ。君はあの走り書きのある辞表を手に入れた。あの事務所のだれかがベアード・アーチャーと、つまりは、三件の事件とかかわりがあることを示す最初の本物の証拠だ。すごい発見じゃないか。君がそれを利用する方法はいくらでも考えられる。なのに、それを放棄して、あの辞表を私に回した。今朝、ロウクリッフ警部補をあそこへ行かせた。コリガンは走り書きの字が自分の筆跡に似ていることを認めたが、自分が書いたものではない、見たこともないし、なんの意味かもわからないと言った。ほかの連中も同じだった」

クレイマーは首をかしげた。「これまで私はここに何度となく座って、君がいまの私より貧弱な根拠にもとづいて推理するのを聞いてきた。君がコリガンの筆跡のサンプルをどうやって手に入れたか知らないが、難しいことではなかったんだろう。それに、あの辞表に走り書きしたのが、君なのかグッドウィンなのか知らないが、どっちだっていい。どっちかが書いたに決まってる。私が知りたいのは、なぜそうしたかということだけだ。君たちは意味もないのにあんないたずらをするほど馬鹿ではないし、まめでもない。だから、怒ってはいないし、怒る気もないと言ってるんだ。なにか狙いがあってしたはずだ。それはなんだ？」

彼は葉巻を口に入れて、歯で嚙みしめた。

ウルフは彼に目を向けた。「困ったものだ」彼は残念そうに言った。「話しても無駄らしいな」

「どうして？　ちゃんと説明してるじゃないか」

「たしかに。だが、話が嚙み合わない。私が君の推理を支持しないかぎり、つまり、グッドウィン君か私があの辞表にあのメモを書いたという君の説を認めないかぎり、君は私の話を聞こうとしない。私が否定して、それに代わる説、つまり、あれはたしかにいたずらだが、私がしたのではないという説を立てても、君は耳を貸さない。どうかね？」

「聞こうじゃないか」

「そうか。何者かが私がとっている方針を支持する証拠を私に提供したいと考えた。しかし、その証拠の性質や提供された方法のために、私は先に進むことができない。コリガンを標的にしたのは故意かもしれないし、単に偶発的なものかもしれない。だれかを標的にしなければならなかったのだが、おそらくコリガンが選ばれたのは、彼がほかの人間より強い立場にいるからだろう。私は自分で愚にもつかない行動はとりたくなかった。どうせ、否定の答えが山ほど返ってくるだけだ。いまのロウクリッフ警部補がそうだが、私はそれにかかわってはいない。彼らは――単独犯かもしれないが――私がそれをどう受け取ったか知らない。私のほうは、犯人がだれか、なぜこんなことをするのか、なぜ私を刺激しようとするのか知らないが、知りたいと思っている。もう一度向こうがなんらかの行動に出たら、見つけられるかもしれない」

ウルフは手のひらを上に向けた。「それだけだ」

「そんなことは信じない」

「そうだろうと思ってた」

「君の説は聞いた。今度は私の説を聞いてもらおう。君があの辞表にあのメモを書いて、私にプレゼントした。なぜだ？」

「いや、クレイマーさん。あいにくだが、それは私の手に余る。私が正気を失ったという想定が君の説に含まれているなら、話は別だが、それなら、私と話して時間を無駄にすることはないだろう」

「そのとおりだ」クレイマーは立ち上がった。それと同時に、怒らないという彼の決意が崩れた。彼は火のついていない葉巻をぼくの屑籠に投げたが、一ヤードほど狙いがはずれて、ぼくの足首に当たった。「脂ぎったデブの嘘つきめ」耳ざわりな声で言うと、背を向けて、憤然として出て行った。

こういう状況では、ひとりで体をくねらせてコートを着てもらったほうがよさそうだったので、ぼくはその場を離れなかった。だが、ひょっとしたら彼が自分もちょっとしたいたずらをしようと考えつくのではないかと思って、玄関のドアがバタンと閉まると、ぼくは立ち上がって玄関に出て、マジックミラーの窓から覗いてみた。彼が舗道を横切るのが見えた。車に近づくと、だれかが警部のためにドアを開けた。

オフィスに戻ると、ウルフは目をつぶり、額に皺を寄せて椅子にもたれかかっていた。ぼくも座った。ぼくは彼がいまのぼくのように無力で無能でないことを神に祈ったが、彼の表情から察すると、ほかに祈ることを考えたほうがよさそうだった。腕時計に目をやった。二時五十二分。次に見たときは、三時六分だった。あくびしたかったが、ぼくにそんな資格はないと思って、嚙み殺した。

ウルフの声がした。「ウェルマンさんはどこにいる？」

「ピオリアです。金曜日に帰った」

彼は目を開けて、まっすぐ座り直した。「ロサンジェルスまで飛行機でどれぐらいかかる？」

「十時間か十一時間。もうちょっとかかる便もあります」

「次の便はいつ出る？」

「知りませんよ」

「調べろ。いや、待て。これまでこんな窮地に立たされたことがあったかな？」

「いいえ」

「私もそう思う。なんであの辞表にあんなメモを――狙いはなんだ？　いまいましいやつめ！　否定の答えばかり。カリフォルニアにいるダイクスの妹の名前と住所はわかるな」

「はい、わかります」

「ウェルマン氏に電話して、君をその妹に会いに行かせたいと私が言っていると伝えてくれ。そうするか、手を引くかどちらかだと言え。彼がその経費を出すと言ったら、次の便を予約して、旅の支度をしろ。それまでに君に出す指示を考えておく。金庫に金は充分あるか？」

「はい」

「多めに持って行け。飛行機で大陸を横断してくれるか？」

「やってみましょう」

ウルフは身震いした。タクシーで二十ブロック先に行くのも彼にとっては無謀きわまる賭けなのだ。

14

西海岸《ウエストコースト》に行くのは数年ぶりだった。夜のあいだはほとんど眠っていて、客室乗務員がモーニングコーヒーを運んでくれて目を覚まし、あとはずっとこの国を見おろしていた。たしかに、砂漠の風景は物が勝手に生えているところよりすっきりしているし、雑草の心配もないが、ずっとそういう風景を眺めていると、少しぐらい雑草でも生えていたほうがましだという気になってきた。

飛行機がロサンジェルス空港のコンクリートを滑走して止まったのは、ぼくの腕時計では十一時十分だったが、それを八時十分に戻してから、立ち上がってタラップに向かう列に並んで外に出た。生暖かくて、湿度が高く、太陽はまったく見えなかった。スーツケースを受け取ってタクシーをつかまえるころには、ハンカチで顔や首筋をぬぐう始末だった。タクシーの開いた窓から風が入ってきたが、知らない土地で肺炎になるのはごめんだったので、窓を閉めた。人間にはさほど異質な印象を受けなかったが、一部の建物と大半の植物は目新しかった。ホテルに着くまでに雨が降りだした。

型どおりの朝食をとり、型どおりの風呂に入った。ぼくの部屋は——リヴィエラ・ホテルに泊まったのだが——いろんな色があふれすぎだったが、悪くはなかった。湿った匂いがこもっていたが、雨が降っていたので窓を開けられなかった。風呂に入って髭を剃って着替えて荷物の整理をすると十一時過ぎになり、それから電話をかけて番号案内にグレンデールのホワイトクレスト通り二八一九番地のクラレンス・O・ポッターの電話番号を訊いた。

教えられた番号に電話すると、三回ベルが鳴ってから、女性の声がもしもしと言った。

ぼくは愛想よく、しかし、慇懃すぎないような口調で言った。「クラレンス・ポッター夫人はいらっしゃいますか?」

「私ですが」高いが、きんきんした声ではなかった。

「ポッター夫人、私はトンプソン、ジョージ・トンプソンという者です。ニューヨークの者なので、ご存じないでしょう。こちらには商用で来たのですが、重要な用件でお目にかかりたいのです。ご都合のいい時いつでもかまいませんが、早ければ早いほどありがたい。いまリヴィエラ・ホテルからお電話していますが、よろしければ、すぐにうかがいます」

「トンプソンさんとおっしゃいました?」

「ええ、ジョージ・トンプソンです」

「でも、どうして——ご用件は?」

「個人的なことです。なにも売りつけるつもりはありません。亡くなったお兄さん、レナード・ダイクスのことで、ぜひうかがいたいことがあるんです。あなたになんらかの影響が及ぶとすれば、あなたに有利なもののはずです。今日お目にかかれると大変ありがたいのですが」

「兄のことでなにをお知りになりたいんですか?」

「ちょっと込み入った事情なので電話では無理です。そちらにうかがって直接お話しできませんか?」

「そうね、どうしようかしら——いいです。三時までは家にいます」

「これからすぐ出ますから」

ぼくはすぐ部屋を出た。帽子とレインコートをつかめば、すぐ出られた。だが、ロビーで少々手間取った。正面玄関に向かおうとすると、トンプソンさんと呼ぶ声がしたのだ。これからのことで頭がいっぱいだったので、もう少しで通りすぎるところだった。気を引き締めて振り返ると、フロント係がベルボーイに黄色い封筒を持たせたところだった。

「電報です、トンプソンさん」

ぼくはロビーを横切って受け取ると、封を切った。こんな電文だった。「イッタイゼンタイ、無事ニ着イタノカドウナンダ」ぼくは外に出てタクシーに乗り込むと、運転手にグレンデールまでだが、途中でドラッグストアに寄ってほしいと言った。車がドラッグストアの前で停まると、ぼくは電話ボックスに入って電報を打った。「ツツガナク到着シ談合ニ向カウ途中」

タクシーがグレンデールに着くまでの三十五分間に、四分の三インチぐらい雨が降った。ホワイトクレスト通りは新興住宅地で、道路はまだ舗装されていなかった。二八一九番地ははずれに近いところで、すぐ裏にヤマヨモギの大きな茂みがあって、その向こうは峡谷、そこだけはヤマヨモギの茂みはないようだった。前庭にうなだれたヤシの木が二本と、もう一本なにか木が植えてあった。運転手は家の前の道路の端っこで車を停め、右側のタイヤを溝に突っ込んで四インチも雨水を跳ね上げながら告げた。「着きましたよ」

「ああ」ぼくは言った。「だが、ぼくは海軍の設営隊員じゃない。ちゃんと家の前につけてもらえないか?」

運転手はぶつぶつ言いながら車をバックさせ、ドライヴウェイのつもりらしい轍《わだち》のついた小道に入れると、栗色の縁取りをつけた大きなピンクの箱みたいな家の玄関の二十歩ほど先で車を停めた。運転手には待たなくていいと言ってあったから、料金を払って車をおりると、玄関に向かった。ドアの上にカードテーブルぐらいの大きさの張り出しがあって雨風を防いでいた。ベルを押すと、ぼくの目の下あたりにある細長い覗き窓が開いて、そこから声が聞こえた。

「ジョージ・トンプソンさん?」

「そうです。ポッター夫人ですね?」

「ええ。申し訳ないんですけど、トンプソンさん、あのあと主人に電話したら、知らない人を家に入れてはいけないと言うものですから。ごらんのようにここはへんぴなところですから、それで、ご用件を言ってもらったら……」

レインコートの表側は、カードテーブル大の張り出しのおかげで、横殴りの雨に濡れていた。レインコートの内側もぐっしょりと湿っていたが、これは汗だった。絶望的というほどの状況ではなかったが、相手の注意を喚起する必要があった。ぼくは訊いた。「その覗き穴からぼくが見えますか?」

「ええ、もちろん。そのための窓ですもの」

「ぼくはどう見えます?」

忍び笑いのような声が聞こえた。「濡れてるわ」

「悪人に見えるかという意味です」

「いいえ。見えないわ、ぜんぜん」

実は、ぼくはほっとしていた。はるばる三千マイルもやって来たのは、このポッター夫人をぺてんにかけるためだったから、諸手をあげて歓迎されていたら、後ろめたさを隠すのに苦労しただろう。だが、夫の命令のおかげで、こうしてどしゃぶりの雨の中に立つはめになったので、良心の呵責を感じずにすんだ。

「聞いてください」ぼくは言った。「こうしてはどうでしょう。ぼくはニューヨークの文芸著作権代理業者《リテラリー・エージェント》で、話は二十分そこそこで終わります。電話のところへ行って、だれか友達を呼び出してください、できれば近くの人を。彼女に電話口で待っていてもらって、ここに戻ってきてドアを開けたら、また急いで電話に戻る。そして、電話を切らないように頼んでください。ぼくは中に入って、部屋の、あなたと反対側に座る。ぼくがなにかしても、友達が電話口にいてくれるというわけです。これでどうですか？」

「でも——私たち、一カ月前にここに越してきたばかりで、いちばん近くの友達でも何マイルも離れてるんです」

「わかりました。台所用のスツールはありますか？」

「台所用のスツール？　ありますけど」

「それを持ってきて腰かけてください。覗き穴越しに話しましょう」

忍び笑いのような声がまた聞こえた。それから、錠をはずす音がして、ドアがすっと開いた。

「こんなこと馬鹿げてるわ」彼女は挑むように言った。

「入ってください」

敷居をまたぐと、狭い玄関ホールだった。彼女は雄々しくドアを押さえて立っている。ぼくはレインコートを脱いだ。彼女はドアを閉め、クローゼットの扉を開けてハンガーを出すと、滴の垂れているレインコートを掛けて、クローゼットの隅に掛けた。ぼくは同じ場所に帽子を掛けた。

「こちらです」右側をさしたので、角を曲がって入ったところは広い部屋で、一面はガラス張り、端のほうに庭に出るガラス戸があった。反対側の壁ぎわにはまがい物の暖炉があって、まがい物の薪が赤く輝いていた。赤と白と黄色の絨毯と同系色のクッションが籐椅子に並べてあり、本や雑誌がのっているテーブルの天板はガラスだった。

座るように勧めてくれたので、そうした。彼女はぼくから離れたところに立っていた。もし抱きつくとしたら、三歩は跳んでいかなければならなかったが、そうする値打ちはあったと言ってもあながち見当違いではないだろう。彼女はぼくが抱きつきたい理想像より三インチ小柄で、何歳か年上で、少なくとも十ポンドふくよかだったが、小さな丸顔に輝く目をした彼女は、不器量にはほど遠かった。

「濡れてるのなら」彼女は言った。「どうぞ火のそばに」

「いえ、だいじょうぶです。日が照ったら、さぞすてきな部屋でしょうね」

「ええ、きっと気に入ると思ってるんです」彼女は椅子の端に腰をおろし、足を引いて、ぼくとの距離を保とうとした。「なぜ入ってもらったかわかります？　あなたの耳なの。私、耳で人を見るの。兄のレンとはお知り合いだったんですね？」

「いえ、お会いしたことはありません」ぼくは脚を組んで椅子によりかかった。跳びかかる気のないところを示すためだ。「ぼくの耳のおかげで、雨に打たれない場所に入れていただいて感謝しています。ぼくがリテラリー・エージェントだということはもう言いましたね？」

「ええ」

「お目にかからなければならなかったのは、あなたがお兄さんの唯一の相続人だからです。お兄さんはすべてをあなたに遺されたんですね？」

「ええ」彼女は少し深く座り直した。「それでこの家を買ったんです。現金で払いました、ローンなしで」

「それは素晴らしい。雨がやんで太陽が出たら、ここも素晴らしいでしょうが。こういうことなんです、ポッター夫人、遺言によってあなたはお兄さんの唯一の相続人なので、彼が所有していたものはすべてあなたのものになります。そして、ぼくは彼が持っていたと思われるあるものに関心があるんです――いや、ご心配には及びません。すでにあなたが持っておられるものではありません。おそらく、ご存じないでしょう。お兄さんと最後に会ったのはいつですか？」

「もう六年も前なんです。一九四五年に結婚してカリフォルニアに移ってから、兄とは会っていません」彼女は少し顔を赤らめた。「亡くなったときも、お葬式にも行きませんでした。その余裕がなくて。こんな大金や株券を遺してくれたと知っていたら行けたのに、でも、それはあとになってわかったから」

「手紙のやりとりはしてなかったんですか？ お兄さんから来た手紙はありますか？」

彼女はうなずいた。「ずっと月に一度か、ときにはもっと手紙を出し合ってました」

「本を、小説を書いたといっていませんでしたか？ あるいは書いているところだと？」

「いいえ」そう言ってから、急に眉をひそめた。「ちょっと待って、そんなことを書いていたような気も」彼女はためらった。「実は、レンは昔からなにか大きなことがしたいと言ってました。でも、私以外の人に打ち明けたとは思えないわ。父と母が亡くなってから、兄には私がすべてだったんです。兄は私を結婚させたくなくて、しばらくは手紙もくれませんでした。私から書いても返事をくれなかったけれど、そのうちまたくれるようになって、長い手紙を、何枚も何枚もあるような手紙をくれました。でも、本を書いてたんですか？」

「お兄さんのお手紙は取ってありますか？」

「ええ、たしか——取ってあります」

「いま手元にあるんですね？」

「ええ。でも、その前にご用件をうかがったほうがいいと思いますけど」

「ぼくもそう思います」ぼくは腕を組んで、彼女を眺めた。丸い小さな、正直そうな顔を。外で雨に濡れていたときもやましさを感じていたが、ついに決めなければならない時が来た——彼女を騙すか、本当のことを教えるか。このきわめて重要な問題を、ウルフはぼくが彼女に会ってから自分で判断するように言った。ぼくは彼女の顔を見つめた。彼女の目はもう輝いていなかった。ぼくは決心した。これが裏目に出たら、ぼくは尻尾を巻いてニューヨークに帰ることになる。

「聞いてください、ポッター夫人、神経を集中して聞いてくださいよ」

「もちろん」

「いいですか、これから話すのは、ぼくがあなたに言うつもりだったことです。ぼくがいまあなたに言っていることではなく、言うつもりだったことなんです。ぼくはジョージ・トンプソンというリテラリー・エージェントで、小説の原稿を持っている。『信ずるなかれ』という小説で、著者はベアード・アーチャー。しかし、ベアード・アーチャーはあなたのお兄さんが使っていたペンネームで、その小説を書いたのはあなたのお兄さんだと信じる根拠があるのです。ただし、確信はしていません。さらには、この小説を大手映画会社にかなりの金額、五万ドルぐらいで売ることができると信じています。あなたはお兄さんの唯一の相続人なので、あなたにお願いして、お兄さんが書いた手紙を調べて、彼がその小説を書いた、あるいは、書いていたという証拠を探してほしいのです。その証拠が見つかる見つからないにかかわらず、その原稿を地元の銀行の貸し金庫に保管し、あなたにはニューヨークのある法律事務所に手紙を書いていただきたい。お兄さんが勤めていた法律事務所です。手紙には、こう書いてほしい。お兄さんがベアード・アーチャーというペンネームで書いた小説の原稿があなたの手元にあること、題名も書いてください。トンプソンというエージェントが、五万ドルで映画会社に売れると言っていること、そして、こんなことをしていいのかどうかわからないから、専門家の立場からアドバイスしてほしいと書いてください。さらに、トンプソンはその原稿を読んだが、あなたはまだ読んでいないとも書いてください。わかりましたか?」

「だけど、それが売れるのなら――」彼女は目を見開いていた。だが、それで彼女に対するぼくの考えが変わるわけではなかった。五万ドルという大金が思いがけず転がり込むと言われたら、どんな正直な人間でも目を丸くするだろう。彼女がまた言った。「それが私のものなら、あなたに売ってくださいと言えばすむことなんじゃないの?」

「だから、言ったでしょう」ぼくはとがめた。「ちゃんと聞いてくださいって」

「だって、私はちゃんと――」

「いや、聞いてなかった。これはぼくが言うつもりだったことだと断わったじゃありませんか。まったくのでたらめというわけじゃないが、本当のことじゃない。ぼくはあなたのお兄さんがベアード・アーチャーという名でその題名の小説を書いたと思っているし、彼が手紙の中でそのことに触れていないか調べてもらいたいが、原稿なんか持っていないし、映画会社に売り込める見込みもない。ぼくはリテラリー・エージェントではないし、ジョージ・トンプソンという名前でもない。これからそのことを――」

「じゃあ、全部嘘だったのね！」

「いや、ある意味では――」

彼女は立ち上がった。「あなたはだれ？　ほんとの名前は？」

「ぼくの耳が変わりましたか？」ぼくは訊いた。

「狙いはなんなの？」

「話を聞いてほしいだけです。たとえぼくが言うつもりだったとしても、言わなかったんだから、嘘はついていません。これからほんとに言いたいことを言います。これは真実です。座ったほうがいいですよ、こっちのほうが長くなるから」

彼女は腰をおろしたが、シートの三分の一ぐらいのところに座った。

「ぼくの名前は」ぼくは言った。「アーチー・グッドウィンです。私立探偵で、ネロ・ウルフのところで働いています、彼も探偵で――」

「あのネロ・ウルフ？」

「そうです。あなたがご存じだったと知ったら、彼も喜ぶでしょう、必ず伝えますよ。彼は最近、ウェルマンという人物の依頼を受けて、殺害された彼の娘さんのことを調べることになったんです。その後、もうひとり、レイチェル・エイブラムズという若い女性が殺されました。それに、その前にあなたのお兄さんも殺害されている。我々は同一人物がこの三つの殺人を犯したと考えています。その理由は複雑で、話せば長くなるので省略します。知りたいなら、あとで説明しましょう。いまはただ我々がこう推理しているということだけを説明しておきます。すなわち、あなたのお兄さんはあの小説を書いたために殺され、ジョーン・ウェルマンはそれを読んだために殺され、レイチェル・エイブラムズはそれをタイプしたために殺された」

「その小説を――レンが書いたって？」

「そうです。内容は訊かないでください、我々も知りません。知っていたら、はるばるここまで来てあなたを煩わせずにすんだでしょう。ここに来たのは、あなたに手伝ってほしいからです、三人の人間を殺害した犯人をつかまえるのを。そのひとりはお兄さんです」

「でも、私が――」彼女は息を呑んだ。「手伝うといってもどうやって」

「だから、言ったでしょう、あなたを騙すこともできたって。おそらく、あなたは五万ドルにつられて、ぼくの話に乗っていたはずだ。ぼくにお兄さんの手紙を調べさせ、証拠が見つかっても見つからなくても、法律事務所に手紙を書いたでしょう。あなたにしてほしいのはそれだけです。ただし、今回は嘘はついていないし、大金のためでなく、お兄さんを殺した犯人をつかまえるために力を貸してほしいとお願いしてるんです。もしあなたがお金のためにしていたなら――そうしていたのは自分でもおわかりでしょう――犯人を法に照らして処断するために、同じことをすべきだと思いませんか？」

彼女は額に皺を寄せて考え込んでいた。「でも、わからないわ――なぜ私に手紙を書いてほしいのか」

「そうなんです。それはこういうことです。我々はお兄さんがあの小説を書き、それが三件の殺人事件の大きな鍵を握っていると考えています。あの法律事務所のだれかが関与していて、その人物が殺人を犯したか、犯した人間を知っていると考えています。そして、その人物はあの原稿をぜったいにだれの目にも触れさせてはならないと決心したと考えています。我々が正しくて、あなたがそういう手紙を出してくれたら、その人物はなんらかの行動に出るでしょう、それも迅速に。それが我々の狙いなんです、行動を起こさせることが。我々が間違っていても、あなたがその手紙を出したからといって、だれに危害が及ぶわけでもありません」

彼女はまだ考え込んでいた。「その手紙になんて書くんでしたっけ?」

ぼくはもう一度くわしく繰り返した。話の終わりのほうで、彼女はゆっくりと首を振りはじめた。ぼくは説明し終えると、彼女は言った。

「でも、嘘じゃありませんか——原稿を持っていないのに持ってるだなんて。わかっていて嘘なんかつけないわ」

「そうでしょうか」ぼくは無念そうに言った。「あなたが人生で一度も嘘をついたことのない人なら、たとえ犯人を捜すためでも嘘をついてもらえるとは思わない。お兄さんを殺し、二人の若い女性を殺した男を——ひとりは車で轢かれ、もうひとりは窓から投げ出されたんです。たとえ無実の人を苦しめることはないとわかっていても、あなたに人生最初の嘘をついてくださいとは言わなかったでしょう」

「皮肉を言わないで」彼女の顔がほんのりピンク色になった。「嘘をついたことがないなんて言ってません。私は天使じゃないわ。あなたの言うとおりよ。お金のためならやったでしょうよ。でも、あのときは嘘だとは知らなかったから」急に、彼女の目が輝いた。「最初からやり直したらどうかしら? 逆から」

ぼくは彼女をぎゅっと抱き締めたくなった。「聞いてください」ぼくは提案した。「ひとつずつかたづけていきましょう。まず彼の手紙を調べる必要がある。これには異議はありませんね。それなら、まずそれをすませてから、次を考えるということで。手紙はあるんでしょう?」

「あると思うわ」彼女は立ち上がった。「ガレージの箱の中に」

「お手伝いしましょうか?」

けっこうですと言って、彼女は部屋を出て行った。ぼくは立ち上がって窓際まで行って、カリフォルニアの気候はどうかと外を見た。ぼくがアザラシだったら、きっと素晴らしいと思っただろう。それでも、もしダイクスの手紙にぼくが思っているようなことが書いてあったら、やっぱり素晴らしいと思うだろう。小説のプロットの要約などと贅沢なことは言わない。たった一文でも触れていたら、それだけでいい。

彼女は思ったより早く、紐をかけた白い封筒の束を二つ持って戻ってきた。それをガラスのテーブルに置いて、腰をおろし、結び目をほどいた。

ぼくは近づいた。「一年ほど前のから調べてください、去年の三月ごろから」ぼくは椅子を引き寄せた。「ぼくも調べますよ」

彼女は首を振った。「私がやります」

「見落とすかもしれませんよ。それとなく匂わせてあるだけで――」

「見落としたりしないわ。兄の手紙をあなたに読ませるわけにいかないんです、トンプソンさん」

「グッドウィンです。アーチー・グッドウィン」

「申し訳ないけど、グッドウィンさん」彼女は消印を調べはじめた。

反論の余地はなさそうだったので、さしあたりはこの問題を棚上げすることにした。あいた時間に仕事をすることにした。ノートとペンを取り出し、ページの上から書きはじめた。

コリガン・フェルプス・クスティン・アンド・ブリッグズ
マディソン街五十丁目五二二番地
ニューヨーク州ニューヨーク

拝啓

皆様のアドバイスをいただくために一筆差し上げますのは、兄が亡くなるまで貴社でお世話になっていたからです。兄はレナード・ダイクスです。私は妹で、兄の遺言によって、すべてを相続しましたが、うかがいたいことがございます。

最近、ウォルター・フィンチという人が訪ねてきました。リテラリー・エージェントだということです。

その人の話では、兄は昨年小説をひとつ書いたそうです。

ぼくはペンを置いて考えた。ポッター夫人は下唇を噛んで手紙を読んでいた。よし、入れてしまおう。あとで削除するのは簡単なことだ。ぼくはまたペンを走らせた。

そのことは知っていました。兄が以前手紙に書いていたからですが、くわしいことは存じません。フィンチさんの話では、その原稿を預かっているということで、小説のタイトルは『信ずるなかれ』だそうです。兄はベアード・アーチャーという名前を使っているけれど、兄が書いたものに間違いないとのことです。これは映画会社に五万ドルで売れると彼は言っています。それで、兄がすべてを私に遺したので、私はその原稿の法定所有者だから、彼を私の代理人にして、映画会社から受け取る金額の十パーセントを支払うという書類にサインするようにと言っています。

この手紙は航空便で出します。金額が大きいことと、皆様なら適切なアドバイスをしてくださるだろうと思うからです。こちらでは信頼できる弁護士はひとりも知りません。十パーセントが妥当で、書類にサインすべきか知りたいのです。もうひとつ知りたいのは、その原稿が入っていた封筒を彼から見せられただけで、彼はどうしても置いていってくれなかったのですが、売るとすれば、なにを売るのか知っておかなければならないから、それを見せてもらって読んだほうがいいと思うのですが、いかがでしょうか。

たいへん勝手ですが、航空便でお返事をくださいますか。フィンチさんが急を要することで、迅速に行動しなければならないと言うものですから。なにとぞよろしくお願い申し上げます。

敬具

いっぺんにすらすら書いたわけではない。何度も消したり、書き直したりして、最終的に書いたのがこれで、ぼくはそれを清書した。それを読み返して、よしとした。一カ所だけ削除しなければならないかもしれないが、そうならないことを祈った。

ぼくの共犯者は着実に手紙を読み進んでおり、ぼくはその進み具合を見守っていた。右側に四通の封筒が重ねてある、読み終えた分だ。三月から始めて、ダイクスが月に一通の割合で書いていたとしたら、いまは七月の手紙のはずだ。次の手紙に手を伸ばしたくて、指がむずむずした。ぼくは逸《はや》る心を抑えて、彼女が手紙を読み終え、折りたたんで封筒に戻すのを見届けると、立ち上がって歩きだした。彼女はいらいらするほど時間をかけて手紙を読んでいる。窓際のガラス戸のところまで行って、外を眺めた。雨の中で、植えられたばかりの、ぼくの二倍は高さのある木が、片側にかしいでいるのを見て、そのことを心配しようと決めたが、その気になれなかった。なにがあっても、ぜったいにあの木の心配をするのだと決意して、そうしかけたとき、突然、彼女の声がした。

「どこかで見たような気がしてたの。ほら、これ！　聞いて！」

ぼくはくるりと向き直って、急いでそばに寄った。彼女は声に出して読んだ。

「おまえだけに教えておきたいことがあるんだ、ペギー。これまでいろいろやってきたことは、全部おまえのためだったが、これだけはおまえにも内緒にしていた。だが、もう終わったから、打ち明けなくてはね。実は、小説を書いたんだ！　題名は『信ずるなかれ』。わけがあって、実名で出版することはできないので、ペンネームを使わなければならないが、おまえが知っていてくれれば、そんなことはどうだっていい。必ずや出版されると信じている。文章を書くことにかけては、私はなかなかのものだからね。でも、おまえにだけ打ち明けるんだからね。ご亭主にも教えてはいけないよ」

ポッター夫人は目をあげてぼくを見てから、自分の肘を見た。「これよ！　すっかり忘れてた、題まで聞いてたのに。でも、あのときは――だめ！　なんてことを――」

彼女はあわててつかもうとしたが、少々出遅れた。ぼくはついに襲いかかったのだ。左手で彼女の手から手紙を奪うと、右手でテーブルの上の封筒をつかみ、彼女の手の届かないところに逃げた。

「あわてないでください」ぼくは彼女に言った。「あなたのためなら火の中にでも飛び込みますが、水の中にはもう行ってきたし、でも、この手紙は持って帰ります。これはあなたのお兄さんがあの小説を書いたことを証明するたったひとつの証拠なんです。エリザベス・テイラーから手を握らせてほしいという手紙をもらったとしても、ぼくはこの手紙を取りますよ。法廷で読み上げられたくない箇所があるなら、そこは読まれないようにしますが、封筒も含めて、全部必要なんです。いざとなったら、あなたを殴り倒し、あなたを踏みつけてでも、これは持って帰ります。もう一度、ぼくの耳をよく見たほうがいいかもしれませんね」


彼女は腹を立てていた。「なにもそんなふうに奪い取ることはないでしょ」

「ええ、思わず手が出てしまって、謝ります。これを返しますから、ぼくに渡してください。いやだというなら、ぼくが力ずくで奪うと理解したうえで」

彼女の目が輝いた。そして、自分でもそのことに気づいて、ちょっと顔を赤らめた。彼女は手を差し出した。ぼくは手紙を折って封筒に入れ、彼女に渡した。彼女はそれを見てから、ぼくにちらりと目を向け、それを差し出し、ぼくはそれを受け取った。

「こんなことをするのは」彼女は真剣な口調で言った。「兄もそれを望んでいるだろうと思うからです。かわいそうなレン。その小説を書いたから殺されたとほんとうに思う？」

「ええ。これではっきりしました。彼を殺した犯人をつかまえられるかどうかは、あなた次第だ」ぼくはノートを取り出して、一ページ切り取って、彼女に渡した。「この手紙を便箋に書いてもらうだけでいいんです。いや、もうちょっとょっとあるかな。残りは口で言います」

彼女は書きはじめた。ぼくは腰をおろした。彼女は美しかった。まがい物の暖炉で赤く輝いているまがい物の薪も美しかった。どしゃぶりの雨さえも——いや、そこまで言うのはやめよう。

15

三時二十三分に、グレンデールのどこかのドラッグストアの公衆電話から、ウルフに電話した。外で仕事をして彼に報告し、「よくやった」と言われるのは、つねにぼくの喜びだ。今回はもう少しよかった。彼に言われたことはすべて実行し、いまポケットにはダイクスの手紙が入っているし、ポッター夫人に書いてもらった手紙は、航空郵便の切手を貼って、ついさっきグレンデール郵便局で投函したと報告すると、五秒ほど沈黙があって、「申し分ない」という答えが返ってきた。あと五ドル通話料金をかけて、今後のことを相談し、できるかぎり不測の事態にも備えて計画を練ってから、ぼくは雨の中に出て、待たせておいたタクシーに乗ると、運転手にロサンジェルスのダウンタウンにある行き先を告げた。雨はずっと降っていた。交差点でもう少しでトラックに衝突しそうになって、運転手が雨の日に走るのに慣れていないもんでと謝った。そのうち慣れるさと言うと、彼はむっとした顔をした。

サウスウェスト・エージェンシーのオフィスは、薄汚い古いビルの九階にあり、きいきい悲鳴をあげるエレベーターで上がらなければならなかった。オフィスはフロアの半分を占めている。何年も前に一度来たことがあり、今朝ホテルから、たぶん行くことになるだろうと電話しておいたので、ぼくが来ることは予想していたはずだ。部屋の隅から、フェルディナンド・ドルマンという男が——二重顎で、禿頭のてっぺんに長い茶色い髪の毛を十四本きれいに撫でつけてある——立ち上がって握手しに来て、大きな声で言った。「これはこれは！　また会えてうれしいよ。あのおデブさんは元気か？」

ネロ・ウルフのことをおデブさんと呼ぶほど親しい間柄の人間はほとんどいないし、このドルマンがそのひとりでないのは確かだったが、わざわざ礼儀を教えてやるほどのこともないので、無視することにした。失礼にならない程度に挨拶を交わすと、ぼくはすぐ本題に入った。

「ぴったりの男がいる」ドルマンは断言した。「偶然ついさっき戻ってきたんだ、きわめて厄介な仕事をかたづけて。あんた、ついてたよ、ほんとに」彼は電話を取って言った。「ギブソンを呼んでくれ」

すぐにドアが開いて、男が入ってきた。ぼくは彼を一目見た。一目で充分だった。カリフラワーみたいな耳の男で、その目はどうしようもなく濃い靄の向こうを見通そうとしているかのようだった。

ドルマンが話しはじめたが、ぼくは遮った。「だめだ」きっぱりと言った。「タイプじゃない。話にならないよ」

ギブソンは苦笑した。ドルマンが彼に行っていいと言うと、彼は出て行った。ドアが閉まると、ぼくははっきり言った。「どういうつもりだ、あんな叩き上げの猿みたいなやつを押しつけようなんて。あの男が厄介な仕事をかたづけたというなら、厄介でない仕事をしてる連中には会いたくないな。こちらの希望は、教養のある男、もしくは、それらしくしゃべる男で、若すぎても年取りすぎていてもだめで、頭が切れて勘が鋭く、一気に大量の情報を受け入れて、それをすぐ活用できるやつだ」

「やれやれ」ドルマンは両手を組んで頭の後ろに回した。「FBIのJ・エドガー・フーバー長官でも呼ぶか」

「名前はどうだっていいが、そういう男がここにいないのなら、そう言ってくれ。ぼくは買い物にでも行くよ」

「いるに決まってるだろう。五十人以上そろえてあるんだ、いるに決まってる」

「じゃあ、会わせてくれ」

ドルマンが注文に応じたことは認めなければならないが、それには五時間そこそこにいて、一ダースほどの候補者に面接する必要があった。そして、これも認めなければならないが、ぼくは相当細かい注文を出していた。特に、なにもせずに二十ドルの日当と経費を徴収されるだけという可能性もあるが、ぼくが思っているとおりに事が運んだ場合、土壇場でドジなやつに計画をぶちこわされたくなかったからだ。最終的に選んだのは、ぼくと同年齢の、ネイサン・ハリスという男だった。骨ばった顔で、関節がやけにめだつ手の持ち主だったが、ぼくが目を見て人を判断できるとすれば、この男はよさそうだった。ぼくはペギー・ポッターのように、耳で人を判断しない。

ぼくは彼をリヴィエラのぼくの部屋に連れていった。部屋でいっしょに食事して、そのまま午前二時まで引き止めて仕事の内容を説明した。それから彼は家に帰り、スーツケースの用意をしてサウス・シーズ・ホテルに行き、ウォルター・フィンチという名で、ぼくが指示したような部屋を取ることになっていた。ぼくは彼にメモを取っていいと言ったが、彼ならその時までに全部頭に入れているだろう。むしろ問題は、その時が来ないかもしれないということだ。ぼくがひとつ決めていたのは、彼にはリテラリー・エージェントであるウォルター・フィンチが知っているはずのことしか教えないということで、これは彼を蚊帳の外に置こうというわけではなく、混乱させないためだった。だから、ぼくの部屋を出たとき、彼はジョーン・ウェルマンという名も、レイチェル・エイブラムズの名も、コリガン、フェルプス、クスティン、ブリッグズという名も知らなかった。

ベッドに入るとき、ぼくは窓の下のほうを三インチほど開けておいたが、朝起きてみると、絨毯の端まで水たまりができていた。ナイトテーブルから腕時計を取ると、九時二十分。ニューヨークでは十二時二十分だ。グレンデール郵便局の局員の説明では、あの航空郵便は、ニューヨーク時間の午前八時にラ・ガーディア空港に到着する飛行機にのせるということだったから、いまごろはマディソン街に配達されているだろう。ぼくが伸びをしてあくびしたこの瞬間にも、届いているかもしれない。

クラレンス・ポッター夫人のほうも心配だった。彼女の話では、夫はいいと言われてもかかわりたがるようなタイプではないそうだが、それでも、心配しはじめると、胃が痛くなってきた。空きっ腹だったからなおさらで、もし亭主がコリガン・フェルプス・クスティン・アンド・ブリッグズに電報でも打ったら、なにもかもおしまいだ。ぼくはいても立ってもいられなくなった。窓も閉めず、バスルームにも行かず、まっさきにグレンデールの彼女の家に電話した。彼女が出た。

「おはようございます、ポッター夫人。アーチー・グッドウィンです。ちょっと気になったんですが——ご主人にあのことを話しましたか？」

「ええ、もちろん。あなたにも話すと言ったはずよ」

「それはそうですが。で、ご主人はなんと？　ぼくがお会いしたほうがいいですか？」

「いいえ、その必要はないわ。あの人、よくわかってないようだし。あなたは原稿を持っていないし、どこにもないらしいと説明したら、なんとか探し出せば、映画会社に売れるんじゃないかと言ってたわ。とにかく、私の手紙に返事が来るまで待つことにしましょうと言ったら、それもそうだって。あの人もよく考えればきっとわかると思うわ」

「そうですとも。それで、ウォルター・フィンチのことですが、彼を見つけました。いまサウス・シーズに泊まっています。平均より少し背が高くて、あなたはたぶん三十五歳と見当をつけるでしょう。骨ばった顔で、手も骨ばっていて指が長い。目は濃い茶色で、あなたは黒だと思うかもしれない。あなたの目をまっすぐ見て話し、声は中ぐらいのバリトンで、あなたの気に入るでしょう。メモしますか？」

「いいえ、だいじょうぶ」

「ちゃんと覚えましたか？」

「ええ」

「あなたを信じますよ。今日はずっとリヴィエラの部屋にいますから。なにかあったら、いつでも電話してください」

「わかったわ、そうします」

ぼくは電話を切りながら、きらきら輝く目をした誠実なペギー・ポッターを思い浮かべた。彼女は勘の鈍い男と結婚したことはよくわかっているはずだが、ぜったいそれを口に出すことはないだろう。ルームサービスで朝食と新聞を取り寄せて、顔を洗い、歯を磨いてから、パジャマのまま朝食をとった。それから、サウス・シーズ・ホテルに電話して、ウォルター・フィンチにつないでもらった。彼は一二一六号室にいて、宿題はちゃんとやっていると言った。ぼくはまた連絡するまで、そのまま待機するように言った。


シャワーを浴びて髭を剃り、着替えをして、新聞を読み終えると、しばらく窓の外の雨を眺めていたが、またフロントに電話して、雑誌を数冊取り寄せた。電話のベルに耳をすますのはよそうと思った。一昼夜待って、明日になっても、かかってくるとはかぎらないし、そんなことで神経をすり減らしてもなんにもならない。それでも、ぼくは何度も腕時計を眺めて、ニューヨーク時間に換算した。雑誌をぱらぱらめくりながら。十一時五十分は二時五十分。十二時二十五分は三時二十五分。一時四分は四時四分。一時四十五分は四時四十五分、そろそろ終業時間だ。ぼくは雑誌を放り出して、窓際に行き、もう一度雨を鑑賞してから、ルームサービスで昼食を頼んだ。


ビンナガマグロのステーキを一口かじったところに電話がかかってきた。泰然としていることを示すために、ぼくはマグロを咀嚼し、飲み下してから、受話器を取った。ポッター夫人からだった。

「グッドウィンさん！　たったいまかかってきたわ！　コリガンさんから！」

マグロを飲み下しておいてよかった。「そうですか！　で、彼はなんて？」

「フィンチさんのことをくわしく知りたいって。あなたに言われたとおりに言ったわ」彼女は早口になっていたが、ぼくは口をはさまなかった。「原稿はどこにあるのかと訊くから、フィンチさんが持ってると言ったわ。それを見たり読んだりしたかと訊かれたから、いいえと答えた。彼に会うまで、どんな書類にもサインしないように、なにごとにも応じないようにって。これからニューヨーク発の飛行機に乗って、明日の朝八時にロサンジェルスに着くから、空港からまっすぐ私の家に来るって」

面白いことになった。マグロはとっくに胃に向かっていたはずだが、ぼくはもう一度ぐっと唾を飲み込んだ。いい味だった。

「なにか疑ってる感じでしたか？」

「ぜんぜん！　私、ちゃんとやったもの！」

「そうでしょうとも。ぼくがその場にいたら、頭をよしよししてあげたのに。それ以上のことをしてたかもしれないな。だから、やっぱりいないほうがよかったんでしょう。そちらにうかがって、おさらいしたほうがいいですか？　彼になんて言うんでした？」

「その必要はないわ。ちゃんと覚えてます」

「わかりました。彼はできるだけ早くフィンチのところに行きたがるでしょうが、お兄さんが小説のことを書いていた手紙を見せてほしいと言われたら、なんと言いますか？」

「持っていないと言うわ。取っておかなかったって」

「そうです。彼がお宅に着くのは九時ごろでしょう。ご主人は何時にお出かけですか？」

「七時二十分」

「そうですか。あなたが危険な目に遭うことはまずありません。彼が殺人犯だとしても、あなたが原稿を見たこともないのはわかっているし。しかし、万が一の場合に備えておきたいんです。ぼくは行くことができません。彼より先にフィンチの部屋に着いていなければならないから。聞いてください。朝八時に男がひとり来て、サウスウェスト・

エージェンシーの身分証明書を見せます。探偵社です。その男をどこかに隠してください。話が聞こえる範囲で、ぜったいに見つからないところに。話がすんでも――」

「なにもそこまでしなくても。なにも起こりっこないわ」

「それはそうですが、原稿一本をめぐって三件も殺人事件が起こってるんです。彼がいるあいだにもし――」

「主人に午前中休みをとって家にいてもらいます」

「いや、申し訳ないが、それはだめだ。あなたとコリガンの話は慎重を要するものだから、たとえご主人でも第三者が加わるのはまずいんです。身分証明書を持った男が行きますから、彼を家に入れて適当な場所に隠し、コリガンが帰っても一時間いてもらってください。そうするか、ぼくが行くかしかないが、それだと計画がだいなしになってしまう。フィンチが泊まっているホテルは?」

「サウス・シーズ」

「どんな男か言ってください」

「背は高いほうで、三十代、顔も手も骨ばっていて、目は黒に近い色。しゃべるときはまっすぐ相手の目を見る」

「そうです。くれぐれも用心して、うっかりぼくと間違えないでくださいよ。あなたに会いに行ったのはフィンチだということを忘れないで――」

「だいじょうぶよ、グッドウィンさん、私を信用してないの?」

「してます。してますとも」

「だったら、安心して」

「そうしたいのはやまやまですが。午後はちょっと出る予定です。なにかあったら、伝言を残してください。幸運を祈ってますよ、ポッター夫人」

「あなたもね」

ビンナガマグロは少し冷めていたが、それでもおいしくて全部平らげた。いい気分だった。それからサウス・シーズのフィンチに電話して、魚が餌に食いついてきたが、どうやら大物らしいので、明日朝八時にそちらに行くと告げた。彼は準備はオーケーだと言った。もう一度受話器を取り上げて、ニューヨークに電話しようと思ったが、考え直して受話器を置いた。ジョージ・トンプソンがネロ・ウルフに電話することになんらかの危険を想定するのは考えすぎかもしれないが、あとで後悔するはめになりたくなかった。レインコートと帽子を取って、ロビーにおり、雨の中を一ブロック歩いてドラッグストアに入った。そこの公衆電話からかけた。ウルフを呼び出して、進展を報告すると、彼は大陸の向こう側でうなった。それだけだった。追加の指示も提案も出さなかった。ぼくの印象では、たぶん彼がなにか重要なこと、たとえば、クロスワードパズルをしている最中に邪魔してしまったようだった。

ずぶ濡れになってタクシーをつかまえ、サウスウェスト・エージェンシーの住所を告げた。ドルマンには昨日のような細かい注文はつけなかった。どんなへぼ探偵でも、目と鼻の先で女が男に殺されるのを阻止することぐらいできるだろうが、それでも、ギブソンもしくはギブソン級のやつはごめんだった。ドルマンが選んだのはまずまずのやつで、ぼくは入念な指示を与え、それを復唱させた。それから、予告なしにサウス・シーズ・ホテルにフィンチを訪ねた。それとなく彼の仕事ぶりを調べられるし、部屋の下見もできると思ったからだ。彼はベッドに寝転んで本を読んでいた。『絶対的なものの黄昏』という本で、探偵が読むにしては落差がありすぎる気もしたが、フィンチはリテラリー・エージェントなのだから、コメントは控えた。部屋は注文どおりで、ほどほどの広さ、突き当たりの角にバスルームのドアがあり、片側にかなり大きなクローゼットのドアがあった。ぼくは長居はしなかった。いつリヴィエラのぼくの部屋の電話が鳴るかと気が気ではなかったからだ。なにかあったら、すぐ知っておきたかった。たとえば、クラレンス・ポッターがもうじき仕事から帰ってくるか、すでに帰ってきているかとか。彼がまた物分かりの悪いところを見せて、自分もかかわりたいと行ったら、どうしたらいいのだろう?

しかし、寝る時間になっても、電話はりんとも鳴らなかった。

16

木曜日の午前八時二分にぼくはフィンチの部屋に入った。彼は起きて着替えをすませていたが、朝食はまだで、ぼくもリヴィエラを出る前にオレンジジュースを一杯飲んだだけだった。今日も雨滴をしたたらせている帽子とレインコートを大きなクローゼットの内側に掛けると、ぼくは彼に命令を出した。ホットケーキ、ハムエッグ、蜂蜜、そしてコーヒー。彼はそれをルームサービスに伝え、自分の分も頼んだが、それがプルーンとトーストとコーヒーだけだったので、思わず顔を見てしまったが、彼は平然としていた。彼が注文を終えると、ぼくは電話を取ってグレンデールにかけた。四回目のベルで相手が出た。

「アーチー・グッドウィンです、おはようございます、ポッター夫人。例の男は来ましたか？」

「ええ、十分前に。キッチンに隠れることになったわ。私、胸がどきどきしてしまって」

「当然ですよ、それが。顔に出たってかまいません。コリガンは五万ドルがかかっているからだと思うでしょう。あまり気にしないで。なにか訊きたいことはありませんか？」

「いいえ、なにも」

「それはよかった。ぼくはサウス・シーズのフィンチの部屋にいますから。なにかあったら電話してください、それから、もちろん、彼が帰ったときにも」

彼女はそうすると答えた。電話を切ると、今度は空港にかけた。八時到着予定のニューヨーク発の便は、七時五十分に、予定より十分早く到着していた。

サウス・シーズの料理はリヴィエラほどではなかったが、ぼくは自分の分を全部食べた。朝食のワゴンを廊下に出してから、ベッドメイキングをするかしないかで議論した。ハリス――いまはフィンチ――は、ベッドをきちんと整えたがったが、ぼくの考えでは、リテラリー・エージェントがこの時間にすでに起きていて、メイドに部屋を明け渡したと想定するのは、どう考えても無理があった。結局、彼もそれを認めざるを得なかった。次に、彼がぼくにクローゼットで立っているのか座るのかと質問したので、ぼくは立っていると答えた。体重を移動したとき、ぜったい音を立てないと保証できる椅子はないからだ。ちょうど合意に達したとき、電話が鳴った。ぼくは電話のそばに座っていたが、フィンチに出るように言って移動した。彼が近づいて電話を取った。

「もしもし……ウォルター・フィンチです……ええ、ポッター夫人に会いました……そうです……いえ、知りませんでした、あなたに手紙を書いたことは、コリガンさん。専門家に相談してみるとは聞いていましたが……ええ、夫人と直接話したいんですが」

中断。

「はい、フィンチです、ポッター夫人。コリガンさんが私に会いたいとおっしゃるんですよ、例の原稿の件であなたの代理人として……ああ、なるほど……ああ、そういうことですか……もちろん、契約するとすれば、ご相談してから……彼に代わってもらえますか」

中断。

「ええ、わかりました、コリガンさん……いや、かまいません、私としても、ぜひその件でご相談を……ええ、これからすぐ来てくださるのなら。十一時に約束があるもので……一二一六号室です、サウス・シーズの……わかりました、お待ちしています」

電話を切ると、彼はぼくを見てにやりとした。「網で引きあげるか？」

「いや、鉤竿を使おう。食いつき方はどうだった？」

「普通だ。依頼人をつかんだと思っていたらしいが、彼女が同意しなかった。ここには個人としてやってくる。彼女に偏見を抱くことなく、分別のない低級な人間を守るために」

「聞きたいと思うなら教えようか」ぼくは言った。「我々の文明はどこがおかしいか」

「聞きたいものだな。どこだ？」

「室内履きを履いて家にいるような女性を尊重しなくなったことだ。ぼくは彼女の室内履きなら大切にしたい」

ぼくは腰をおろして、かがんで靴紐をほどき、靴を脱いでクローゼットに持っていくと、邪魔にならないところに置いた。そして、クローゼットの中を歩いてみて、どこに立ったら床をきしませずにすむか調べた。

フィンチのところへ戻ってきたとき、また電話が鳴った。彼が出て、送話口を手で覆いながら、ぼくに言った。「ポッター夫人だ。君が何色の室内履きが好きか知りたいそうだ」

ぼくは近づいて電話を取った。「はい、ポッター夫人、アーチー・グッドウィンです」

「あの人、十分もいなかったわ！　ほとんどなにも訊きもしなかった、フィンチさんのことと兄の手紙のことしか。それから、私の弁護士として代理人にならせてほしいと言ったけど、私はあなたに言われたとおりに答えたの。でも、フィンチさんと話しているときは、代理人みたいな言い方をしてたわ。もっといろいろ訊くと思ってたけど、あなたが訊くかもしれないと言ってたようなことをね。でも訊かなかった。だから、特に報告するほどのことはないけど、電話すると約束したから、かけたの」

「もう帰ったんですね？」

「ええ、タクシーを待たせてた」

「じゃあ、たぶんこれであなたの出番は終わったでしょうから、そうしたければ、ボディガードを帰らせていいですよ。いまちょうどフィンチ君に言ってたところです、あなたの室内履きなら大切にしたいって」

「えっ？　なんですって？」

「だめです。二度は言わない。あとで報告しますよ。あなたも彼からまた電話がかかってくるようなことがあったら知らせてください――すぐに」

「そうします」

ぼくは受話器を置いて、フィンチを見た。「二十分ほどある。景気づけになにか飲むか？」

「いや。もうその気になってる――それを祈るばかりだ」ぼくは腰をおろした。「いまのうちにコリガンに関する情報を提供してもいいが、やっぱり知らないほうがいいと思う。これだけは言っておこう。いまとなっては三分の一の確率で、コリガンが犯人だと思う、もしそうなら、彼は追いつめられて、極度に攻撃的になっているはずだ。そうした状況下で、どんなふうに君に襲いかかるかわからないが、もしそうなっても、ぼくを当てにしないでほしい。ぼくは殺人以外のことではぜったいにクローゼットから出るつもりはない。もし殺されそうになったら、大声をあげろ」

「頼りにしてる」彼は笑いかけた。だが、上着の腋の下に手を入れて、拳銃を取り出すと、それを脇ポケットにすべり込ませた。

フィンチはコリガンに部屋番号を教えたから、コリガンはロビーから電話してくるかもしれないし、してこないかもしれない。それに、タクシーの運転手がどこまでスピードを出すかわからなかったから、コリガンが思ったより早く到着し、まっすぐ部屋に上がってきて、ドアの前で立ち止まり、話し声を聞く可能性もなくはなかった。だから、大事を取って早めに話をやめた。ぼくは椅子によりかかって天井をにらんでいた。ノックの音が聞こえた。メイドの叩き方ではないようだ。ぼくは体を起こして、すっと立ち上がり、フィンチはドアに向かった。彼がドアの前に立つ前に、ぼくはクローゼットに入って、隙間を残さないようにドアを閉めたが、掛け金は掛けなかった。

フィンチの問いに答える声がした。替え玉ではなく、コリガン本人だった。ドアが閉まる音、クローゼットの前を通りすぎる足音。フィンチが客に肘掛け椅子を勧めた。コリガンが話しだした。

「私が来た理由はおわかりでしょう、フィンチさん。ポッター夫人から私どもの事務所に専門家の立場からアドバイスがほしいという手紙をもらいました」

フィンチ：「ええ、聞いています」

コリガン：「夫人によると、あなたはベアード・アーチャーなる人物が書いた『信ずるなかれ』という小説の原稿を所有しておられるそうですな。そして、その著者は夫人の亡くなった兄、レナード・ダイクスであり、ベアードド・アーチャーとは彼のペンネームだということですが」
ぼくは息をつめた。のっけから、彼に指示しておいた難関に入った。
フィンチ：「それは少々違います。私はダイクスが著者だとは言わなかった。そうだと考えられる理由があると言ったのです」
ぼくはふっと息をついた。音を出さないように気をつけて。
コリガン：「その理由をうかがえますか？」
フィンチ：「きわめて妥当な理由ですが、率直に申し上げて、コリガンさん、なぜあなたに反対尋問されなければならないのかわかりませんね。あなたはポッター夫人の代理人ではない。ご本人が電話でそう言ったのを聞かれたはずだ。むろん、夫人に訊かれれば、どんな質問にでも答えますが、なぜあなたに教えなければならないんですか？」
コリガン：「それは」短い沈黙。「ポッター夫人以外の人間の利害がからんでいる可能性があるからです。ダイクスが私ども事務所の従業員だったことはご存じですね？」
フィンチ：「ええ、知っています」
まずい。彼は知らないはずなのだ。ぼくは唇を嚙んだ。
コリガン：「あなたにダイクスが著者だと考える理由があるように、私にはほかの人間の利害がからんでいると考える理由がある。単刀直入に話して、時間を無駄にしないほうがいいでしょう。その原稿を見せてください。この場で、あなたの目の前で目を通させてもらう。それで話がつくはずだ」
フィンチ：「あいにくですが、それはできない。私の所有物ではありませんから」
コリガン：「しかし、手元にあるわけでしょう。どういう方法で入手したんですか？」
フィンチ：「正当かつ合法的な方法で、リテラリー・エージェントとしての業務を通してです」
コリガン：「ニューヨークの電話帳には載せておられませんな。二人のエージェントに問い合わせたが、名前を聞いたことがないと言っていた」
フィンチ：「それなら、私に無駄な時間をかけることはないでしょう。ここはソ連じゃないんですよ、コリガンさん。あなたはソ連内務省の役人じゃないでしょう？」
コリガン：「違います。だが、私にその原稿を見せたところで、だれに被害が及ぶというんですか？」
フィンチ：「そういう問題ではない。ごく普通の職業倫理です。エージェントは依頼人の原稿を見たいというだれにでも見せたりしない。もちろん、あなたに喜んでお見せするだろうし、実際、その義務があるはずです、もしあなたがポッター夫人の代理人ならばね。夫人は原稿の所有者だと私は信じていますから。しかし、いまの実情では、どうすることもできない。再考の余地はありません」
コリガン：「実質的に、私はポッター夫人の代理人だ。夫人は私の事務所にアドバイスを求める手紙を送ってきた。私に全幅の信頼を置いているんだ。私を代理人にしようとしないのは、ニューヨークの法律事務所に頼んだら、法外な謝礼を取られると心配しているからだ。うちはそんなことはしない。無報酬でやるつもりでいる」
フィンチ：「夫人におっしゃることですな」
コリガン：「そう言った。しかし、西海岸の人間、とりわけ彼女の階級の女性は、ニューヨーカーに根深い疑いを抱いているんだ。君も知ってるだろう。愚かな偏見にすぎないが、ポッター夫人は愚かな女だから」

　ぼくは内心でつぶやいた。人を見る目のないやつだ。

　コリガンは話しつづけた。「私がなぜこんなことぐらいで大騒ぎするのか、わざわざここまで飛んできたのかと思っているだろうから、それを説明しよう。ほかの人間の利害がからんでいる可能性があると言ったが、実際には、そう断言できる妥当な理由がある——重大な利害がからんでいると。ここではっきり警告しておくが、君は自分とポッター夫人の双方の名誉を取り返しがつかないほど傷つける恐れがある。信頼できる筋からの情報によって、私はあの原稿が名誉毀損に該当すると信じている。あれを売ろうとしただけでも、厳しい刑罰を科せられる恐れがある。そのことで有能な法の専門家のアドバイスを受けるよう強く勧めるが、私がその適任であることも保証しておこう。無報酬で引き受けるつもりだが、それは衝動的に慈善を施したくなったからではなく、さっき言った利害を守りたいからだ。あの原稿を見せてもらいたい！」
フィンチ：「法の専門家のアドバイスが必要だと思ったら、どこに行けばいいかわかっています。あなたとはこれが初対面だ。あなたの名前を聞いたこともない。あなたがどういう人間か判断できるはずがないでしょう」
コリガン：「そうだな。当然だ」椅子から立ち上がるような音がした。「これを。これなら君も納得するだろう。さあ、これを——どうした、なんのまねだ？」

また音がした。フィンチ：「礼儀を尽くしているだけのことですよ。客が立ち上がったら、私も立ち上がる。信用証明はしまってください、コリガンさん。あなたがどれほど優秀だろうが私には関心がない。私に関するかぎり、あなたは人の用事に首を突っ込みにきた赤の他人で、私のほうはあなたになんの用もない。原稿が名誉毀損に該当する可能性があるというだけでわざわざここまで来たというが——どうも眉唾ですな。私が管理している原稿はお見せするわけにいかない。どうしてもというなら、その前に——ワウッー！」

その音を文字で表わすとしたら、これが精いっぱいだった。続けてほかの物音もしたが、こっちは文字で表わせないにしても、なんの音かはわかった。椅子がひっくり返る音。素早く動きまわる重い足音。そして、うめき声。たてつづけに三回聞こえた音は聞き違えようがなかった。単数あるいは複数の拳がなにかに当たる音だ。そして、そのすぐあとに、なにか椅子より重いものが床に倒れる音がした。

フィンチ：「立ち上がって、もう一度やってみたらどうです？」

効果音つきの短い沈黙。

コリガン：「思わず正気をなくしてしまった」

フィンチ：「次は命をなくすことになりますよ。お帰りですか？」

それで会話がとぎれた。コリガンは口にしたいような捨て台詞を思いつかなかったのだろう。聞こえたのは足音とドアが開いて閉まる音、それからまた足音、もう一度ドアが開き、少し待ってから、ドアを閉めて鍵をかける音がした。ぼくは動かなかった。やがてクローゼットのドアが、ぼくが触れないのにぱっと開いた。

フィンチが笑いながら立っていた。「どうだ？」彼は訊いた。

「叙勲ものだ」ぼくは彼に言った。「今週はついてたよ、最初はポッター夫人、次は君だ。どこにお見舞いした？」

「ボディジャブを二発、あとは首筋に一発」

「そんな目に遭うようなことをあいつがしたのか？」

「向こうが先に襲いかかってきて、組み伏せようとした。たいしたことをしたわけじゃないが、話をするのに緊張したし、あんたは聞いてるし――腹が減ったな。昼食にしよう」

「あいにくだが、お預けだ。なんなら、タクシーの中でサンドイッチでも食べろ。君の出番だ。あの男はなんとしてでも原稿を手に入れる気でいる。賭けてもいいが、いまごろポッター夫人のところに向かってる、愚かな女と彼が思っている女性の家に。車を飛ばせば、先回りできるだろう。彼女から離れるなよ。住所はグレンデールのホワイトクレスト通り二八一九番地。彼女に電話しておく。早く行け！」

「しかし、なにを――」

「急げ、ぐずぐずするな！　向こうに着いたら手紙でもくれ」

彼はすぐ行動した。クローゼットから帽子とレインコートを取ると、飛び出していった。ぼくは倒れた椅子を起こし、絨毯をまっすぐに直してから、クローゼットから靴を取り出して履いた。それから、電話のそばの肘掛け椅子に腰をおろして、グレンデールに電話した。

「ポッター夫人ですか、アーチー・グッ――」

「あの人行った?」

「来ましたよ。ぼくはクローゼットに隠れて、フィンチが彼と話すのを聞いてたんです。彼はあの原稿を見るためにロースクールの卒業証書まで見せようとした。どうしてもだめだとわかると、フィンチを殴り倒そうとして、逆にやられてしまった。あたふた出て行きましたよ、十中八、九、そちらに向かってるから、フィンチを行かせました。コリガンより先に着くといいんですが。あなたは――」

「あら、グッドウィンさん、私、怖くなんかないわ!」

「知っています。だが、コリガンは自分を代理人にしろと強引に迫るだろうから、フィンチがその場にいれば、話はずっと楽になる。いずれにしても、きっとフィンチが気に入るでしょう。ぼくみたいに粗暴でも礼儀知らずでもありませんから。なんなら、昼食をご馳走してやってください。コリガンになんと言われようと、もし彼を代理人にしたら、ぼくは飛んでいって、お宅の窓から石を投げ込みますからね」

「それこそ粗暴で礼儀知らずじゃない? あなたはぜんぜん私を信用してくれないんだから」

「そんなことはありませんよ。コリガンのほうが先に来たら、フィンチが来るまで時間稼ぎしておいてください。それから、フィンチは以前にもお宅にうかがっていることを忘れずに」

「わかったわ」

ぼくたちは電話を切った。

窓際に行くと、うれしいことに雨はかなり弱くなっていたので、窓を四インチほど開けて、新鮮な空気を入れた。さて、ウルフに電話するか、それとも、もう少し様子を見てからにするかと考えた。まだ朝刊を読んでいなかったので、電話して部屋に取り寄せ、新聞が来ると、くつろいで読みはじめた。スポーツ面以外はたいしたことはなかったが、ゆっくり時間をかけて、いますぐぼくの注意を引くような出来事も起こっていないことを確かめた。それから、フィンチの本、『絶対的なものの黄昏』を手に取って読んでみた。ぼくの印象では、もっとも至極ではあるが、これまでこれを読まずに生きてきたのは間違いだったと感じ入るようなことにはぶつからなかった。

電話が鳴った。フィンチからだった。ポッター夫人の家からかけていた。まず、あの賭けを受けたつもりはないからと念を押した。ぼくは異議は唱えなかった。「わかってるよ。彼は来たんだな?」

「ああ。ぼくは彼より五分先に着いた。ぼくを見てびっくりしてたが、うれしそうじゃなかった。どうしてもポッター夫人と二人きりで話したいというので、ぼくは彼女の許可をもらってキッチンで話を聞いてた。名誉毀損で訴えられる恐れがあるとまくしたてて、あの原稿を読んで専門的なアドバイスをしても報酬なんか請求しないからと説得しようとした。あまりの勢いに彼女もたじたじだった。ぼくみたいに、赤の他人だと突っぱねることもできなかった。彼女がどう言ったか君に聞かせたかったよ」

「ぼくも聞きたかった。それで、彼女はなんて?」

「単純明快だった。その原稿が名誉毀損に該当するなら、そんなことは知りたくないし、フィンチさんにも知ってほしくない。なぜなら、知ったうえで映画会社に売るのは正しいことではないが、このまま知らないで売れば、あとは映画会社の責任で、きっと向こうにはいい弁護士がいるはずだから、と。彼にはそれでも彼女に責任があると納得させることはどうしてもできなかった」

「そうだろうな。ぼくの代わりに彼女にキスしておいてくれ」

「お安い御用だ。いまここに座っている。はっきり言って、ぼくをここに駆けつけさせたタクシー代は無駄だった」

「そんなことはない。むろん、コリガンはもう帰ったんだな?」

「ああ。タクシーを待たせていた」

「舞い戻ってくるかもしれないぞ。なにがなんでもあの原稿を手に入れようとして。今度来たら、なにをするかわからない。待機していてくれ。ぼくが連絡するまで離れるな」

「ポッター夫人はご主人が自分の留守中に家に男がいるのを好ましく思わないだろうと考えている、とりわけ、いちどきにひとりというのは」

「それはそうだろうが、ぼんくら亭主のことは心配するな。残って家事でも手伝ってろ。そこにいるあいだに裏庭の木をまっすぐ植え直しておいたらいい。傾いてるから。亭主が帰る前に君がそこを出られるようにする」

彼はそうしたほうが賢明だと言った。

ぼくは脚を伸ばして両手を頭の後ろで組み、眉を寄せて自分の爪先を眺めた。ウルフに電話してもよさそうだった。ぼくに判断できるかぎりでは、あとはコリガンの動き次第だが、ひょっとしたらウルフには、こうしてつくねんと座っている以外になにか提案があるかもしれない。それでも、ぼくはまだ自分で指示を出して動ける余地があったし、ポッター夫人に報いられるような方法を考え出すことができるなら、そうすべきだった。だから、座ったまま いくつか妙案をひねり出したが、どれも妙味が足りず、四つか五つ考えたとき、ドアの物音に気づいた。鍵穴に鍵が差し込まれて回っている。メイドには部屋に入る前に必ずノックするよう教育すべきだと思っていると、ドアがすっと開いて、そこに立っていたのは、ジェームズ・A・コリガンだった。

彼もぼくを見た。そのときはまだ背後の窓から差す光のせいで、彼にはぼくだとわからなかったことに気づかなかったから、「すみません、部屋を間違いました」とかなんとか彼が言ったときは、まだいくらか残っていた冷静さを誇示しているのかと思った。しかし、次の瞬間、彼はぼくに気づいて目を剝いた。口もぽかんと開けている。

ぼくは立ち上がって話しかけた。「間違いじゃありません。さあ、どうぞ」

彼は凍りついたように突っ立っている。

「ドアを閉めて入ってください」ぼくはまた言った。「そうしたほうがいいですよ。あなたを待ってたんだ。フィンチがグレンデールに急ぐあまり、この部屋の引き出しに原稿を残したまま見張りもつけずにすっ飛んで行くとでも思ったんですか？」彼が動いたので、ぼくは急いでつけ加えた。「逃げるつもりなら、後を追う気はありません。フロントに電話して、必要とあらば警察に通報します。あなたを捜してくれるだけでなく、その鍵を入手した方法も突き止めてくれるでしょう。家宅侵入とはいわないが、これだけのことをしたんだから、その責任は追及します」

彼は肘でドアの端を押した。ドアはまだ少し開いていたが、背中で押して閉めた。それから部屋に入ってきて、手を伸ばせば届くぐらいのところで立ち止まった。

「後をつけてきたんだな」彼は言った。声が少しかすれている。騎手の体格とプロボクサーの顎と貪欲な目をしていても、それほど迫力はなかった。彼の頭のてっぺんは、ぼくの目線よりたっぷり一インチは下にあった。

彼は同じことを、今度は質問の形で繰り返した。「後をつけてきたんだな？」

ぼくは首を振った。「あなたに訊かれて答えたくなるような質問は、ひとつも思いつきませんね。あなたに訊いてみたい質問もない。あるとしたら、ひとつだけだ。なぜネロ・ウルフに電話して相談しないんですか？　コレクトコールでかければいい。電話はそこです」

彼は腰をおろしたが、あいかわらず不愛想だった。膝でも痛むのだろう。

「これは嫌がらせだ」彼は言った。

「法に触れるわけじゃないでしょう。だが、あなたがいましたこと、買収したのか泣き落としたのか知らないが、他人の部屋の鍵を手に入れたのは、違法行為だ。なにか言いたいことがありますか？」

「いや」

「まったくないんですか？」

「ない」

「ウルフ氏に電話しますか？」

「いや」

「それなら、ぼくが電話を使います。ちょっと失礼」ぼくは電話帳を取って番号を調べると、受話器をあげてフロントに番号を告げた。女性の声が出たので、名前を言って、ドルマン氏と話したいと言った。すぐ彼が電話に出た。

「ドルマンか？　アーチー・グッドウィンだ。いまサウス・シーズ・ホテルの一二一六号室にいる。ジェームズ・A・コリガンという男もいっしょだが、もうじき帰るから、彼をしっかり尾行してほしい。優秀な男を三人すぐ寄越してくれ、それから、あと三人、必要になったら交代できるようにしておいてくれ。彼はたぶん――」

「なんだって、その男はそばで聞いてるのか？」

「ああ、だから、ギブソンは寄越すな。たぶん動きまわるだろうから、車で来てもらいたい。急いでくれよ」

ぼくは電話を切った。話は終わったし、コリガンがすでに動きまわりはじめていたからだ。ドアに向かっていた。ぼくは近づいて、肩をつかんで引き戻すと、正面から彼を見た。

彼は正気を失っていなかった。「これは暴行だ」彼は言った。

「嫌がらせのうえに暴行ですね」ぼくは異議は唱えなかった。「あなたを帰してしまったら、この部屋に不法侵入したことをどうやって証明すればいいんです？　ホテルのガードマンを呼びましょうか？」

彼は荒い息をしながら、貪欲な目でぼくをにらんでいた。ぼくは彼とドアのあいだに立っていた。彼は背を向けると、椅子に近づいて腰をおろした。ぼくは立ったままだった。

「早くても十五分はかかるでしょう」ぼくは彼に言った。「なにか言ったらどうですか？」

一言も返ってこなかった。彼のがっしりした顎は動かなかった。ぼくはドアを閉めたクローゼットによりかかって、彼を見つめた。

十五分が三十分になりかけたころ、やっとドアにノックが聞こえた。ぼくが近づいてドアを開けると、男たちは一列になってぼくの前を通りすぎた。こともあろうに、三人組の三番目はギブソンだった。彼はぼくににやりと笑いかけて通りすぎた。ドアを開けたまま、ぼくは彼らのそばに戻って顔を見た。中のひとり、鼻の曲がった痩せ型の屈強な男が、話しだした。

「フィル・ブラッティだ。おれが責任者だ」

「そうか」ぼくは彼に言った。「普通の尾行仕事だ」ぼくは親指を突き出した。「こちらはジェームズ・A・コリガン、ニューヨークの弁護士だ。もうすぐ帰るところだ。彼は君たちの顔を知ってるから、好きなだけ近づいていい。報告はぼくに直接してくれ、ここに」

ブラッティがまじまじとぼくを見た。「この人をつけろって？」

「そうだ。見失うなよ」

ギブソンが窓ガラスが音を立てるほど馬鹿笑いをした。コリガンが立ち上がって歩きだした。ドアまで直進するには三人組とぼくのあいだを通るしかなかったから、彼はそうした。そして、部屋を出た。三人組は動かなかった。

「なにしてる」ぼくは訊いた。「猟犬が来るのを待ってるのか？」

「変なやつだな」ブラッティは言った。「さあ、行くぞ」

彼が動くと、二人はついていった。

ぼくはドアを閉めると、肘掛け椅子に近づいて座った。


ウルフに電話する前に、漫然と座っていて突然コリガンに踏み込まれた自分の愚鈍さ加減を見きわめたかった。腕時計を見ると、十二時二十分だった。ニューヨークは三時二十分。たぶん明敏ではなかったのだろうが、それを宣伝してもしかたがないと決心して、電話をかけた。回線は混み合っていた。言うまでもなく、電話するには最悪の時間だった。ロサンジェルスやハリウッドでは、昼食に出る前にニューヨークに電話しようとするし、ニューヨークでは昼食から戻ってきて西海岸に電話しようとする。ぼくは座って待ち、そのうち部屋を行ったり来たりして、またしばらく座って待った。十分か十五分ごとに電話しても、交換手は回線が混み合っていると言うだけだった。一時になり、やがて一時十五分になった。ようやく電話がつながって、ウルフの声が聞こえた。

ぼくは細かい点まで報告した。コリガンがポッター夫人に会いに行き、フィンチをホテルに訪ねてきて、ちょっとした暴力沙汰になったこと、彼がもう一度グレンデールに行き、先回りしていたフィンチに出くわし、フィンチがぼくに電話してきたこと。ぼくは続けて言った。「フィンチから電話があって、コリガンがしくじって帰っていったと聞いたとき、当然、彼がホテルのフィンチの部屋に戻ってきて、あの原稿を探すと思ったんです。ドアの前で見張っているのはちょっと無理がありました、ぼくは彼に顔を知られてますから。それで、じっと座って待って、彼が来たら歓迎することにしたんです。彼は来ましたよ、鍵を持って。案の定、ぼくを見てぎょっとしてました。話をしようと誘ったんですが、ひとりでいたいようで、だから、あなたの役に立ちそうなことはなにもありません。ドルマンに電話したら、男を二人とユーモアのセンスのある猿を一匹寄越したので、コリガンが出ていったとき——一時間十分前ですが——尾行させました。いまのところ、これぐらいです」

「ポッター夫人にはだれかついてるんだろうな?」

「ええ、言ったと思いますが。フィンチがついています」

「それなら、新しい指示はなにもない。それでいい」

「もう一突きしてやりたいんですが」

「突く材料がないだろう。ビンナガマグロはどうだった?」

「最高でした」

「そうだろうな。なにかあったら電話してくれ」

「わかりました」

彼は電話を切った。つまり、なにごとも相関的なものだということだ。ぼくがコリガンに突然入ってこられて驚いたと打ち明けていたら、彼もなにか感想を述べただろう。窓際に行って雨を眺めながら、そのことを考えていると、電話が鳴った。

ブラッティからだった。「いま空港だ」彼は報告した。「彼はまっすぐここに来た。近づいてろと言われたから、彼のすぐそばに立ってたら、ニューヨーク行きのいちばん早い便の航空券を頼んでた。五時発のTWAしかなかったんで、それを買った。いま電話ボックスに入って、電話をかけてる。ニューヨークまでついていくのか?」

「いや、それはいい。ギブソンを連れて行きたいところだが、あいつもこっちに用があるだろう。同じ便の航空券を一枚買って、そこで待っていてほしい。いくつか用をかたづけてから行くから、じりじりしないでくれ。彼がなにかしでかす可能性はまずないが、しっかり見張っててくれよ」

受話器を置くと、今度はグレンデールに電話した。ポッター夫人にもう一度会いに行くことはないだろうが、少なくとも電話で話すことはできた。

17

ニューメキシコか、ひょっとしたらオクラホマの上空で、コリガンと同じ飛行機に乗ったのは賢明なことではなかったと気づいた。もっと遅い便にしておくのだった。実際には、ぼくの座席が五番、彼が後ろの十四番だったので、ぼくは一睡もできなかった。こういう状況では、理屈だけではどうすることもできない。満席の飛行機の中で彼がふらふら歩きまわって、ぼくにナイフを突き立てるという想定は合理的ではないが——ぼくはブリーフケースなど、小説の原稿を入れられるような携帯具を持っていないのだからなおさら——それでもぼくは眠る気になれなかったし、彼が後ろに座っているのが気に入らなかった。席を交換しないかと持ちかけようかとも思ったが、考え直した。

長いさんざんな夜だった。

翌朝、ラ・ガーディア空港に定刻どおり到着すると、彼はぼく以上にあせっていた。鞄をつかむなり、あわててタクシーに乗り込んだのだ。ぼくはスーツケースを受け取る前に電話ボックスに入って、フリッツに朝食に間に合うよう三十分で帰るから、ホットケーキの種を大量に用意しておいてほしいと頼んだ。タクシーがクイーンズボロ・ブリッジに差しかかったとき、四日ぶりで太陽を見た。

ウルフは午前中は十一時に植物室の用をすませるまでぜったいにおりてこないが、フリッツはぼくが一年も留守にしていたみたいに歓迎してくれた。玄関で出迎え、スーツケースを受け取り、帽子とコートを掛けると、すぐ厨房に案内して鉄板に火をつけた。スツールに腰かけてオレンジジュースを飲んでいると、エレベーターの音がして、ウルフが入ってきた。なんと彼は規則を破ったのだ。これは認めるに値すると思ったから、ぼくは彼が差し出した手を握った。ぼくたちはこの場にふさわしい挨拶を交わした。彼は座った。厨房は彼が臀部《でんぶ》のはみ出す椅子に座るのを厭わない唯一の場所だった。ぼくが朝食用のテーブルの自分の席につくと、フリッツが一枚目のホットケーキを温めた皿にのせてくれた。

「こんなに痩せてしまって」フリッツがぼくのことをウルフに言った。フリッツは自分がいなければ、ぼくたちは一週間で餓死すると思い込んでいる。

ウルフはうなずいて同意してから、ぼくに言った。「シプリペジューム・ミノスが二輪開いた」

「すごいじゃありませんか」ぼくは口いっぱいにして言った。そして、口の中のものを飲み込んでから「報告が聞きたいでしょう。話すことが――」

「朝食を食べろ」

「食べてますよ。あなたと違って、ぼくは食事中に仕事の話ができる。すでにご存じのことを補足するだけですが、ただぼくはコリガンと同じ飛行機で帰ってきました、計画どおりに。空港で彼は鞄をつかむなり、あわてて逃げ出しましたよ。あなたがここで収集したことと総合して、そろそろ突ついてもいいんじゃないでしょうか？」

ウルフは鼻を鳴らした。「どこを？　だれを？」

「わかりません」

「私もだ。ウェルマン氏が初めて私に会いに来たとき――十八日前だが――私はダイクスがあの小説を書き、彼と二人の女性がその内容を知っているがゆえに殺害され、そのことにあの法律事務所のだれかが関与していると推理した。その推理が正しいことは証明されたが、それだけだ。新たな知識はなにひとつ増えていない」

　ぼくは食べ物を飲み込んだ。「じゃあ、ぼくが雨のカリフォルニアまで行ったのも水の泡だ」

「とんでもない。我々にできたのは、彼もしくは彼らが行動に出て姿を現わすように仕向けることだけだった。いま我々にできるのは、それを続けることだ。方法を考えてみよう」

「朝食がすんだらすぐ？　ぼくは一睡もしてないんです」

「様子をみよう。いったん動き出したものは止めるのが難しい」彼は壁の時計に目を向けた。「遅くなった。まあ、様子をみよう。君が帰ってきたのは喜ばしい」彼は立ち上がって出ていった。


　ぼくは朝食をすませ、朝刊に目を通してから、オフィスに行った。封を切っていない郵便物が山積みになっていても驚かなかっただろうが、どうやらウルフはぼくの留守中しゃかりきになって働いたようだった。請求書のたぐいは封筒から出して、きちんと整理してぼくのデスクにのせてあり、卓上の日めくりは三月九日、今日のところまではぎ取ってあった。ほろりとした。少しかたづけものをすると、ぼくはスーツケースを持って自分の部屋に上がった。部屋もぼくが帰って喜んでいた。いつも部屋に上がると内線電話を切り替えておくのだが、今日はうっかり忘れていた。スーツケースから荷物を出し、服を脱いでシャワーを浴び、電気かみそりを使っていると、フリッツがバスルームに顔を出した。息を切らせている。

「電話だ」彼は言った。「コリガン氏がウルフ氏と話したいそうだ」

「わかった。切り替えるのを忘れてた。いま出る」

　ぼくは電話のところに行って、スイッチを入れると、受話器を取った。「アーチー・グッドウィンです」

秘書のアダムズ夫人がかけてきたのかと思ったが、コリガン本人だった。そっけない口調でウルフと話したいと言ったので、十一時以降でなければだめだと答えた。面会の予約をしたいというから、会いたがっているのはだれかと訊いた。

「私と同僚たちだ」

「十一時では？　それとも、十一時半でも」

「十一時のほうがいい。こちらから出向く」

ぼくは髭剃りは後回しにして、内線電話でウルフを呼び出した。「あなたの言ったとおりだ。いったん動き出したものは止めるのが難しい。法律事務所の連中が十一時に来ます」

「そうか」彼は言った。「方法を考えるまでもなさそうだな」

まだ十時半だったので、ぼくはゆっくり自分の用をすませた。その気になったら大急ぎで服を着ることもできるが、そんなことはしたくない。下におりたときは、すぐなにかに取りかかれる状態だった。たとえば、二時間ほど仮眠するとかだが、それはもう少しお預けだった。

一行が十分遅刻してきたので、ウルフはすでにオフィスにいた。話が始まる前に、ぼくはちょっと興味深いことに気づいた。ウルフのデスクは部屋の奥にあって、それに向き合う形で赤い革張りの椅子がおいてあり、来訪者がウルフと話すには最適の場所だから、二人以上の来訪者があると、ここには優先権のある人間が座る。この一行が前に来たときには、代表共同経営者のコリガンが座った。しかし、今回そこに座ったのは、なんとあのしじゅう目をぱちぱちやっている白髪のブリッグズ、ヘレン・トロイのフレッド伯父さんだった。だれもそれを気にとめていない様子で、これもまた興味深かった。全員が席についた。ぼくの隣にはエメット・フェルプス——長身で腕の長い生き字引が座り、その隣にコリガン、そして、眠そうな目の、姿勢の悪いルイス・クスティン——オマリーに代わる花形法廷専門弁護士と並び、口元を不機嫌にゆがめたオマリーがいちばん遠くに座った。

ウルフは視線を左から右へと移してから戻した。「さて、みなさん、ご用件は?」

三人が同時にしゃべりだした。

「私は喧騒の中では話せない」ウルフが突っけんどんに言った。

赤い革張りの椅子に座ったフレデリック・ブリッグズが、目をしばたたきながら、代表して話しはじめた。「この前は」彼はゆっくりと一語一語はっきり話した。「私は同僚たちに説得されてここに来た。あのときはあなたに質問してもらうためだった。今回はあなたに質問させてもらいたい。覚えておられるかもしれないが、あのとき私はあなたのやり方を倫理にもとる言語道断なものだと非難したが、あなたはそれが間違っていないことを実証した。ダイクスの辞表に、我々のだれかの筆跡をまねてメモを書き加えたうえで警察に渡すことによってだ。この行動について、なんと抗弁しますか?」

ウルフの眉があがった。「なんとも、ブリッグズさん」

ブリッグズは激しく目をしばたたいた。「承服できませんな。私は——我々としては、ぜひ答えていただきたい」

「では、答えましょう」ウルフは平然としていた。「おっしゃるように、あれはコリガン氏の筆跡だった。あのメモがどういう経緯で書かれたかに関しては、三つの可能性が考えられます。第一は、コリガン氏自身が以前に書いた。第二は、私が最近書いた。第三は、コリガン氏も含めて、あなたがたのだれかが、私が辞表を見せてほしいと言う前あるいはその後に書いた。あの辞表を入手するのは簡単なことだった。事務所のファイルに保管されていたのだから。おそらく、みなさんにはこの三つのどれが事実かわからないでしょう。自分であのメモを書いたのなら話は別だが。警察に訊かれて、みなさんは全員、あれを書いたことを否認している。私も同じです」ウルフはさっと手を振った。「まさか虚言癖を私の専売特許にするつもりはないでしょうな」

「それは言い逃れだ。私としては——」

「おやめなさい、フレッド」クスティンがじれったそうに遮った。眠そうだった目が覚めていた。「言ったでしょう、あの件はどうしようもないと。たとえあなたがやり方を知っているとしても、ここには陪審はいないんです。それより、要点を言ったほうがいい」

「彼には無理だ」無関心な法学者、フェルプスもいらいらしていた。「コンにやってもらおう」

オマリーは首を振った。そして、口をゆがめたまま言った。「気持ちはうれしいが、エメット、私は資格を剝奪された。忘れたのか？」

「続けてくれ、フレッド」コリガンが格下の──年齢は上だが──共同経営者に言った。

「私の意見では」ブリッグズは続けた。「その件に関してぜひとも答えを要求すべきだと思うが、異議申し立てがあったので、従うことにする」彼はウルフに向かって目をしばたたいた。「話を進めよう。我々五人は、オマリー氏も含めて、我々の事務所の評判と経営を守るという相互共通の関心を持っている。この関心において、我々は固い絆で結ばれている。あなたの見解は、公式に表明されたものとしては、レナード・ダイクスの死の主たる要因は、彼が偽名で書いたと推定される小説の原稿であり、その原稿はまた二人の女性の死の主たる要因でもあり、当事務所のひとりもしくはそれ以上の人間が、その原稿に関して加害的知見を持っており、したがって、彼の死に関与している。そうでしたな？」

ウルフはうなずいた。「表現はまずいが、それはまあよしとしましょう」

「助手にノートを取るように言ったらどうです、繰り返しますから」

「フレッド、もういいでしょう」クスティンが反対した。「彼は認めたんです。それでいいじゃありませんか。先を続けてください」

ブリッグズは目をしばたたきながら彼を見た。「同意を得たのだから、私のやり方で進めさせてもらいたい。不要な横槍を入れられずに」彼はウルフに向き直った。「けっこう、あなたは認めたわけだ。それでは、その原稿の内容は、あなたの調査の中できわめて重要な要素というわけですな。いかがですか？」

「そうです」

「それならば、その原稿の内容は、我々事務所の人間およびオマリー氏にとって、きわめて重要だ。そうですね？」

「そうです」

「それならば、もし我々がその原稿の内容を知る機会を提供されたら、それを活用しようとするのは自然であり妥当なことですね。違いますか？」

ウルフは鼻をこすった。「難癖をつけたくはないが、それはきわめて自然だとしても、妥当性に関してはどうでしょうな。合法的な利益を守るためなら、妥当と言える。犯人をかばうためなら、そうではない」

「犯人をかばうなどという可能性はまったくない」

ウルフは肩をすくめた。「そう保証されるなら、あなたのおっしゃったとおりだ」

「けっこう。そのことはコリガン氏のカリフォルニアに赴くという努力の説明となるものです。さらには、我々がこうしてやってきたことの説明になる。あなたにどうしてコリガン氏の努力を予測できたかはわからないが、現に、あなたは予測したわけで、あなたの助手は現地に赴いたばかりでなく、彼に直接接触した。あなたの助手がコリガン氏に頑として原稿を見せようとしなかったのは、彼自身はそれを見ており、したがって、現在あなたと彼はその内容に通じている。そう想定していいだろう。我々の事務所をこの事件に巻き込んだのはあなただ。我々が関与していると警察を説得したのも、あなただ。我々が送った辞表にメモを捏造《ねつぞう》したうえ――」

「それは撤回してもらおう」ウルフが鋭い口調で言った。

「言うだけ無駄だ、フレッド」オマリーが忠告した。「蒸し返すのはやめろ」

ブリッグズは目をしばたたきながら彼を見てから、ウルフに顔を向けた。「考慮した結果、前言はさしあたりは撤回する。しかし、それで私の結論が変わるわけではないし、その原稿の内容を知らせてほしいという我々の要求の正当性が変わるわけでもない。我々を巻き込んだのはあなただ。その正当な根拠を明らかにしていただきたい」

ブリッグズは目をしばたたきながら、あたりを見回した。「どうかな？」挑むように言った。「明快かつ適切な説明だったかな?」

四人はそのとおりだったと認めた。

ウルフはうなった。「きわめて明快だった。しかし、ずいぶん手間をかけましたな。上を下への大騒動だ、徒党を組んで押しかけてきたりして。あなたがたのだれかひとりが私に電話して、あの原稿になにが書いてあったと訊けばすむことなのに。訊くのは五秒ですむし、私は二秒で答えられた」

「なんと答えました?」クスティンが訊いた。

「まだ準備が整っていないと」

「なんの準備が?」

「行動するための」

この短い返事がもたらした効果は、ウルフの声を聞かないかぎり理解できないだろう。大声を出したわけでも厳しい口調だったわけでもなく、いつもの彼の声だったのだが、不安を抱く人間がその場にいたら、穏やかだが決然とした口調に縮み上がったにちがいない。一同は顔を見合わせた。

ブリッグズが憤然として訊いた。「その件に関して答えることを拒否するというわけか?」

ウルフはうなずいた。「当面はそういうことだ。まだ準備が整っていないので。弁護士さんなら、知識はいつ、どう使うかによって発揮する力が違うことぐらいご存じでしょう。いささか苦労して手に入れたので、最大限に活用したいんです」

エメット・フェルプスが立ち上がった。「だから言ったじゃないか。彼に会ったところで時間を無駄にするだけだと」

「フェルプスさんは退屈したようだ」ウルフはそっけなく言った。

「彼から買ったらいい」オマリーが提案した。「金額を提示してみたらどうだ。合法的な必要経費で落とせるだろう、どうだ、エメット?」彼は立ち上がった。「私に協力しろと言わないでくれよ。文無しだからな」

ウルフが声を張り上げた。「意図的な悪意に満ちた批判は、いつでも歓迎します。私はいつまでも謎を謎のままにしておくのは嫌いだ、自分の場合でも、他人の場合でも。

行動するにはまだひとつ二つ事実を明らかにしなければならないと言ったのは、私のきわめて率直な感想だ。準備が整わないのに行動したり、早まって手の内をさらすのは、愚かなことで、私は愚か者ではない」

クスティンが立ち上がって、デスクに近づくと、両手をデスクにのせて身を乗り出した。「ぼくの感想を言いましょうか。あなたはお粗末なはったり屋だ。私たち同様、あの原稿のことはなにも知らないんだろう。一週間前の昨日、私たちがここに来たときからなにひとつ進展していないはずだ」彼は体を起こした。「さあ、帰りましょう。こんないかさま師と話してもしょうがない」彼はぼくに体を向けた。「君も同じだ、グッドウィン。ジム・コリガンの代わりにぼくがカリフォルニアに行けばよかった。一泡吹かせてやったのに」

彼は戸口に向かった。フェルプスとオマリーが続いた。それまでほとんど発言しなかったコリガンは、なにか言わなければならないと思ったのか、一歩デスクに近づいたが、思い直して、ちらりとぼくを見ると、ドアに向かった。ブリッグズは赤い革張りの椅子から立ち上がると、目をしばたたきながらウルフに言った。「あなたのやり方や策略に対する私の評価は、今日のこの場で揺るぎないものになった」そして、向きを変えて出ていった。

ぼくは廊下に通じるドアに近づいて、彼らが体をくねらせてコートを着るのを敷居際で眺めていた。喜んで彼らを送り出すつもりだったが、その前にフェルプスがドアを開けて同僚のために押さえていたので、その手間をかけずにすんだ。彼が間違いなく閉めたとだれにでもわかるぐらい大きな音を立ててドアを閉めると、ぼくは踵を返して自分のデスクに戻って、やれやれと大あくびをした。ウルフは目を閉じて椅子によりかかっていた。

「まだなにか行動するんですか?」ぼくは訊いた。「それとも、方法を考えてるんですか?」

返事はなかった。ぼくはまたあくびをした。「たまにはあなたも、ずばり核心に触れて、あっさり本当のことを言うこともあるんですね。行動するにはまだひとつ二つ事実を明らかにしなければならないと言ったときのように。ひとつ二つではなくて、もっと多くの事実ではないかと反駁することもできるが、そうじゃないんでしょう。ひとつの事実は、フェルプスが法学者であるばかりか文学愛好者で、あの小説が自分でも耐えられないほどひどい出来だったので、三人を始末した、なんていうのはどうです？」

言葉もため息も返ってこなかった。ぼくはかっとなった。荒々しく立ち上がって、どなった。「たまには仕事したらどうです！　なにか考えたら。なにかしたらいいでしょう」

目を閉じたままウルフはつぶやいた。「だから、君が帰ってきたのは喜ばしいと言ったじゃないか」

18

生きているかぎり二度と繰り返したくないような午後だった。たとえあの夜なにが起こるかわからなかったとしてもだ。まず第一に、ウルフがどうしようもないほど耐え難かった。昼食後、彼は本を持ってデスクにつき、ぼくは手を替え品を替え彼を会話に引き込もうと十回以上試みたあげくにあきらめた。次いで、ソール・パンザーから電話が入ったが、彼はぼくに受話器を置けと突っけんどんに言った。ウルフがソールになにか追わせているのには気づいていた。金庫と帳簿を調べて、ソールに三百ドル渡したのがわかったからだが、これで確証が得られた。日頃からウルフがぼくに内緒で調査員のだれかに仕事をさせ、それが当然みたいな顔をしていると癪にさわったが、今回はふだんよりもっと腹が立った。なにしろ、こっちは無駄口を叩くともできずに、あくびしながら座っているだけなのだから。

といっても、悪いのはウルフより、むしろぼくだった。彼は二度ぼくに昼寝してこいと言った。だから、当然ながら、ぼくは部屋に上がらなかった。そこにいて電話が鳴るかどうか確かめたかった。そこにいて、ひょっとしてアダムズ夫人が三件の殺人を自白しに来ないか確かめたかった。だが、小切手を切ったり、発芽記録を調べたり、カタログを眺めたりはしたくなかった。問題は、目を開けていなければならないようなことをなにもしないで、いかに目を覚ましておくかだった。四時にウルフが植物室に行ってしまうと、これはいっそう深刻な問題になった。丸二時間のあいだに思いついた多少なりとも心を動かされる唯一の考えは、グレンデールのポッター夫人に電話して、無事に到着したと知らせることだったが、癖になりそうだったので、やめることにした。それでも、誓ってもいいが、ぼくはちゃんと目を覚ましていた。あの朦朧とした状態がそう呼べるとすればだが。

夕食の直前にソールから電話がかかってきて、またしても聞くなと言われた。ウルフの応答はときおりうなるだけだった。夕食がすむと、彼はぼくに寝ろと言い、本当はどれだけそうしたかったかわからないが、ぼくは意地を張って、寝る代わりに散歩に出た。映画館に入ってみたが、隣の座席の女性のふくよかな肩に頭を預けたいと心から願っている自分に気づいて、はっとして体を引くと、立ち上がって家に帰った。十時ちょっと過ぎだった。

ウルフはデスクについて、ぼくがいないあいだにたまった発芽記録票を整理していた。ぼくは訊いた。「あれからなんらかの行動をとりましたか?」

「いや」

ぼくはあきらめた。「部屋に上がって、しばらく横になったほうがよさそうだ」ぼくは金庫に近づいてノブを回した。「正面には錠をおろしたし、裏側も確かめました。おやすみなさい」

「おやすみ」

電話が鳴った。ぼくはデスクに行って取った。

「はい、ネロ・ウルフの自宅。アーチー・グッドウィンです」

「ウルフと話したい」

「どなたでしょう？」

「ジェームズ・A・コリガンだ」

ぼくは送話口を手で覆ってウルフに言った。「コリガンです。かすれた、疲れきった声です。出ますか？」

ウルフは電話を取り上げ、ぼくは自分の電話にまた耳を当てた。

「ネロ・ウルフです。コリガンさん？」

「ああ。君に手紙を出したが、これは君のせいだから、聞かせるべきだと思ったんだ。望むらくは、君が生きているかぎり夢で聞かんことを。これからやる。聞いているか？」

「ああ、しかし――」

「さあ、いくぞ」

次の瞬間、鼓膜が破れた。少なくとも、ぼくはそう思った。爆音と轟音が入りまじった音。反射的に受話器を落としてしまって、あわてて取り上げた。なにかがばたばた落ちるような音に続いて、重いものが倒れたような音がしたと思うと、急に静かになった。ぼくは送話口に向かって言った。「もしもし、もしもし」

返事はなかった。受話器を持ったまま振り返った。ウルフは受話器を握ったまま手をおろして、ぼくをにらんでいた。

「これは？」彼は訊いた。

「これはって？　ぼくにわかるわけがない。拳銃自殺を図ったようですが」

「彼はどこにいたんだ？」

「知るわけないでしょう。ぼくがお膳立てしたとでも思ってるんですか？」

「ラジオが鳴ってた」

「聞こえました。『陽気なライリー』だった、WNBCの」

彼は電話を置いた。スローモーションのようだった。それから、ぼくを見た。「こんなことがあるはずがない。信じられん。クレイマー氏を呼び出せ」

ぼくは回転椅子をデスクに向けて、ダイヤルを回した。クレイマーを出してほしいと言ったが、彼はいなかった。ステビンズもいなかった。アウアーバックという巡査部長が出たので、ウルフにそう言うと、彼は受話器を取り上げた。

「アウアーバック君? ネロ・ウルフだ。きみはダイクス・ウェルマン・エイブラムズ事件にはくわしいかね?」

「はい」

「ジェームズ・A・コリガンという名を知っているか?」

「はい、知ってます」

「たったいま電話があった。相手はジェームズ・A・コリガンと名乗ったが、声はかすれて、うわずっていたから、本人だとは言い切れない。電話の声は――メモを取ったほうがいいな。紙と鉛筆はあるか?」

「少々お待ちを――はい、どうぞ」

「電話の声はコリガンと名乗ってから、こう言った。引用符、『これは君のせいだから、聞かせるべきだと思ったんだ。望むらくは、君が生きているかぎり夢で聞かんことを。これからやる。聞いているか? さあ、いくぞ』引用終わり。その直後に、銃声に似た爆発音と、混乱した音がして、そして静かになった。例外はラジオの音で、それは終始聞こえていた。これだけだ」

「どこから電話しているか言いましたか?」

「私は知っていることは全部言った。いま言ったように、これだけだ」

「あなたはいまどこに?」

「自宅だ」

「なにかの場合はお宅に連絡がつくんですね?」

「ああ」

「わかりました」彼は電話を切った。ウルフもそうした。ぼくもそうした。

「記憶力が落ちましたね」ぼくは言った。「彼があなたに手紙を出したことを言い忘れた」

「まず私宛ての郵便物を見たい、邪魔されずに。コリガン氏はどこに住んでいるんだ?」

ぼくはマンハッタンの電話帳を出すと、ページを繰って探し出した。それから、念のために、ファイルキャビネットの鍵を開けて、ウェルマンのホルダーを引き出し、指でたどっていった。「コリガンの住所は、東三十六丁目一四五番地です。フェルプスは、セントラルパーク・ウエスト街三一七番地。クスティンはパーク街九六六番地。ブリッグズは、ラーチモントに住んでいる。オマリーは、東八十八丁目二百二番地」

「だめだ」

寝ていいですか？」

ホルダーをしまってキャビネットに鍵をかけた。「もう

「だと思ってました。さて、ここに座って待ちますか？警察は遺体を発見したとしても、知らせてくるのは朝になるかもしれない。タクシーを飛ばしたら、三十六丁目とレキシントン街が交差する地点まで五分で行ける。チップを含めても五十セントですみます。なにもなかったら、帰りは歩いてきますよ。行きますか？」

「ああ」

ぼくは玄関ホールで帽子とコートを取って、外に出ると、北に一ブロック歩いた。十番街でタクシーを拾い、乗り込んで行き先を告げた。

東三十六丁目一四五番地の前には、警察の無線車が二重駐車していたが、だれも乗っていなかった。ぼくは建物の中に入った。エントランスの壁の案内を見ると、コリガンの住まいは最上階の五階。ぼくは奥に進んだ。古い個人の邸宅をアパートメントに改造した建物で、セルフサービスのエレベーターがついていた。ちょうど一階に止まっていた。どこからかかすかな話し声が聞こえたが、あたりにはだれもいなかった。ぼくはエレベーターのドアを開けて乗り込むと、五階のボタンを押して上にあがった。エレベーターが止まり、外に出た。狭いホールの右側にはドアはひとつしかなくて、その前に警官が立っていた。

「だれだ？」社交的とは言い難い口調で警官が訊いた。

「アーチー・グッドウィンだ。ネロ・ウルフのところで働いている」

「なにをしようっていうんだ？」

「したいのはベッドに入ることだが、その前に確かめなきゃならないんだ、担がれたのかどうか。通報したのは我々だ。ここに住んでいる男が――少なくとも、そう名乗る男が、電話してきて、よく聞けと言ってから、銃をぶっ放したか、もしくは銃声に似た音を発した。電話はつながっていたが、応答はなかった。それで、殺人課に知らせたんだ。ここから電話したのかどうかわからないが、調べに来た」

「なんで殺人課なんだ？」

「警察が追ってる事件にからんでいる可能性があるからだ。警察に友達がいるんだ――あるときは友達、あるときは敵と、まあそういう関係だ。相棒が中にいるのか？」

「いや。ドアに鍵がかかってるんだ。いま管理人を呼びに行ってる。その男は電話でなんて言った？」

「聞かせるものがあるから、よく聞いてろと言って、バーンだ。ドアに耳をつけてもいいかな？」

「耳をつけてどうするんだ？」

「ラジオを聞くんだ」

「ああ、聞いたことあるよ、あんたのこと。しょっちゅうギャグ飛ばしてるんだってな。笑ったほうがいいか？」

「今夜はギャグは飛ばさない。眠くてだめだ。電話でラジオの音がしてた。だから、確かめようと思ったんだ。いいかな？」

「ドアにもノブにも触れるなよ」

「ああ」

警官が脇に寄ったので、ぼくはドアと支柱のあいだに耳を当ててた。十秒で充分だった。耳をすましていると、ホールから別の物音がして、エレベーターが下がりはじめた。

ぼくはドアから離れた。「やっぱりだ。ビル・スターンだ。チャンネルはWNBC」

「ビル・スターンが電話に出たのか？」

「いや、WNBCに出てたんだ。『陽気なライリー』だよ。ビル・スターンは十時半に出る」

「ヤンキースは調子がよさそうだな」

ぼくはジャイアンツファンだが、部屋に入りたかったので、如才なくふるまう必要があった。それで言った。「ああ、絶好調だ。マントルが打ってくれるといいな」

警官は自分もそう思うが、安心はできない、ああいうスーパースターは前宣伝どおりやったためしがないからと言った。彼にはほかにもいろいろ考えていることがあって、それを聞かされているうちに、エレベーターが戻ってきてドアが開いた。乗客がいた。ひとりはこの警官の相棒、もうひとりは脚の悪い、歯の欠けた小男で、ガウン代わりに古いオーバーをはおっていた。エレベーターで上がってきた警官はぼくを見ると、びっくりして同僚に訊いた。「だれだ、こいつ？ 管轄署のやつじゃないだろ？」

「違う。ネロ・ウルフのとこのアーチー・グッドウィンだ」

「ああ、あいつか。なんで来たんだ？」

「そんなことどうだっていいだろ。おい、ドアからさがれ。その鍵をくれ」

小男は鍵を渡すと、あとずさりした。警官は鍵を鍵穴に差し込んで回した。ノブを回すのにハンカチを使っているのを見て、ぼくは笑いを押し殺した。警官はドアを押し開けて入った。もうひとりの警官が続き、ぼくもすぐあとから入った。狭い廊下の両端にドアがひとつずつ、真ん中にひとつあった。右側のドアが開いていて、警官がまっすぐ入っていった。二歩進むと急に立ち止まったので、ぼくは敷居を踏んだだけだった。

かなり広い居間で、なかなか居心地がよさそうだった。といっても、さっと見回したかぎりの印象で、家具を鑑定する必要があるとしても、それは後日に譲らなければならなかった。奥の二つの窓のあいだにテーブルがあり、その上に電話機がのっていて、受話器がはずれたまま床に落ちていた。さらに、床の上の、受話器から六インチほど離れたところに、ジェームズ・A・コリガンの頭が横たわっていて、体は窓のほうにのびていた。床の上にある第三のものはコリガンの腰から二フィートほど離れたところに転がっていた銃で、ぼくの立っているところから見た感じでは、マーリンの三二口径のようだった。電気はついていた。テーブルの端にのっているラジオもついていて、ビル・スターンが野球評をやっていた。大きな黒っぽいしみが――この距離からはほとんど黒に見えた――コリガンの右こめかみにあった。

　警官が彼に近づいて、しゃがみ込んだ。十秒もすると――少々早すぎるようだが――彼は立ち上がって言った。「DOA《到着時にすでに死亡》」声が少し震えているようだった。彼は声を張り上げた。「この電話は使用できない。下に行ってかけてこい。あせらなくていいぞ」

　相棒の警官が出ていった。警官は相変わらず甲高い声で言った。「そこから見えるのか、グッドウィン？　近寄ってもいいが、手を触れるなよ」

　ぼくは近づいた。「彼だ。電話してきた男だ。名前はジェームズ・A・コリガン」

「じゃあ、ピストル自殺するのを聞いたのか」

「どうやら、そうらしい」ぼくは片手を腹に、片手を喉に当てた。「昨夜は一睡もしなかったんだ、気分が悪くなってきた。バスルームに行ってくる」

「なにかに触るんじゃないぞ」

「わかってる」

　ラジオが鳴っていなかったら、こっそり逃げ出すことはできなかっただろう。ラジオの音が足音を消してくれたおかげで、ぼくは開いたままになっていた玄関のドアから外に出て、階段に通じるドアを開けた。五階から一階までおりると、ドアを開ける前に耳をすませたが、なにも聞こえなかったので、ドアを開けた。あの小男の管理人がエレベーターの前に怯えた顔で立っていた。彼はなにも言わず、ぼくも無言でエントランスを横切った。街路に出ると右に曲がり、少し歩いてレキシントン街に出てタクシーを拾って、七分後にはウルフの家の前で車をおりた。

　オフィスに入ると、ぼくは思わずにやりとした。ウルフが読んでいた本がデスクにのっていて、本人は一心不乱に発芽記録票を整理していた。笑いを誘う光景だった。本を読んでいるところへ玄関のドアが開く音がしたものだから、あわてて本を投げ出して、やりはじめたのだろう。ぼくが記録票を記録カードに転記しておかなかったから、自分でせっせとやっているところを見せつけるために。あまりの子供っぽさに笑わずにいられなかった。

「お取り込み中すみません」ぼくは丁重に言った。

彼は顔をあげた。「こんなに早く帰ってきたところをみると、興味を引かれるようなことはなかったようだな」

「あなたの推理もはずれることがあるんですね。ぼくがこんなに早く帰ってきたのは、ぐずぐずしてたら鑑識の連中がやってきて、一晩中帰れなくなる恐れがあったからです。コリガンを見ました。死んでいた。こめかみに一発撃ち込んで」

ウルフは持っていた記録票をデスクに落とした。「報告してくれ」

ぼくはくわしく報告した。あの警官がヤンキースをどう思っているかまで伝えた。話しはじめたときウルフはいくぶん険しい顔をしていたが、話し終えると、もっと険しい顔になった。彼は二、三質問すると、椅子の肘掛けを人差し指で叩きながらしばらく黙っていたが、だしぬけに言った。「あの男は頓馬だったのか?」

「あの男? 警官のことですか?」

「違う。コリガン氏だ」

ぼくは肩をあげて、またおろした。「カリフォルニアでは、きわめて利発とは言えなかったが、頓馬ではないでしょう。どうしてです?」

「筋が通らないからだ。こんな馬鹿なことがあるか。君がもう少し長くあの場にいたら、ヒントになるようなものを見つけたかもしれないな」

「もう少し長くあの場にいたら、隅に押し込められて一時間かそこら待たされたあげく、だれかにとっちめられるのがおちですよ」

彼はしぶしぶうなずいた。「だろうな」彼は時計を見上げると、両手の親指をデスクの端において、ぐいと椅子を引いた。「くそいまいましいことだ。これから寝ようというのに、こんな小癪なたわ言を引きずるとはな」

「たしかに。夜中の十二時かもっと遅くに、電話か来訪者に叩き起こされるとわかっているとなおさらですね」

しかし、叩き起こされることはなかった。ぼくは九時間、泥のように眠った。

19

土曜日の朝、ぼくは著名な弁護士、ジェームズ・A・コリガンの非業の死を報じた新聞記事を最後まで読むことができなかった。朝食のあいだに四回も電話がかかってきた。一回は《ガゼット》紙のロン・コーエンからで、ウルフにコリガンから受けた電話についてインタビューしたいという依頼だった。同じ用件でほかのジャーナリストから二回。ぼくは適当に取り繕った。四回目はエイブラムズ夫人からだった。朝刊を読んで、拳銃自殺したコリガン氏がレイチェルを殺した男かどうか知りたいと、表現はこれほどあからさまではなかったが問い合わせてきたのだ。こちらも適当に取り繕った。

おかげで朝食の時間が延びてフリッツのスケジュールを狂わせてしまったので、午前中の郵便物が届くと、二杯目のコーヒーを持ってオフィスに入った。郵便物に目を通して、封書を一通別にして残りをデスクに投げ出すと、壁の時計を見た。八時五十五分。ウルフは判で押したように九時きっかりに植物室に行く。ぼくは階段を駆け上がって彼の部屋に行き、ノックして返事は待たずに入って告げた。

「来ましたよ。事務所の封筒だ。消印はグランド・セントラル駅、昨夜の十二時。分厚い手紙だ」

「開けろ」ウルフは着替えをすませて部屋を出るところだった。

ぼくは封を開いて手紙を取り出した。「タイプで打ってある、シングルスペースで。日付は昨日、いちばん上に『ネロ・ウルフへ』と書いてあります。全部で九ページ。署名はありません」

「読んでみろ」

「声に出してですか？」

「いや。もう九時だ。用があったら、電話するなり上がって来るなりすればいい」

「馬鹿な。なにもこんなときに格好をつけなくてもいいでパーリー・ステビンズ巡査部長からだった。パーリーはいつもウルフより、むしろぼくと話したがる。けっして愚鈍な男ではなく、ロングレン事件でウルフに出し抜かれて、ひどいぽかをやったのを忘れていなかった。

ぶっきらぼうだが、つんつんした口調ではなかった。彼はぼくたちから直接二つのことを訊きたいと言った。昨夜のコリガンからの電話の件と、ぼくがカリフォルニアでなにをしたか、とりわけコリガンとの接触について訊きたいという。ぼくが喜んでそちらに出向くと言うと、彼はそれには及ばない、クレイマー警部が十一時もしくは十一時少し過ぎにそっちに行くからと答えた。ぼくの知るかぎりでは、その時間でだいじょうぶだろうと答えると、パーリーは何も言わずに電話を切った。

ぼくはデスクに座って、続きを読みはじめた。

動機がなんであれ、私はこれを書くことにして、投函するか破棄するかは、そのうえで決めるつもりだ。投函するにしても、署名するつもりはない。法的効

しょう」

「そうじゃない。意のままにスケジュールを変更していたら、放逸に流れてしまう」彼はのしのしと部屋を出ていった。

ぼくは書き出しの文に目を向けた。

私はこれを書く決心をしたが、署名はしないことにした。これを書きたかったのは、主として浄化効果《カタルシス》を得るためだが、私の動機は簡単に説明できるようなものではない。ここ一年いろいろなことがあって、私はなにごとにも確信を持てなくなった。それでも、心の奥深くでは、若いころ、宗教教育および一般教育を通して身につけた真実や正義を尊ぶ気持ちがまだ残っているのだろう。だからこそ、これを書かなければならないと感じたにちがいない。動機がなんであれ——

一階で電話が鳴りだした。ウルフの部屋の内線電話は切ってあったから、大急ぎで階下におりて受話器を取った。

力を生じさせたくないからだ。無論、君はこれを警察に見せるだろうが、署名がなければ、私から届いたものとして公表することはできないはずである。内容から私が書いたと推測するのは容易だろうから、そんなことをしても意味がないかもしれないが、私の動機がなんであれ、署名がなければ、これは私の望む目的にかなうものであり、その目的とは道徳的なものであって法的なものではない。

私の動機について長々と述べるのはやめよう。私にとってこれは出来事そのものより重要だが、君やほかの人間にとって、重要なのは出来事だろう。君の関心はもっぱら事実に関する供述、すなわち、私が裁判所に匿名の手紙を書き、オマリーが陪審長を買収したという情報を提供したという事実だけだろうが、私の動機が複雑なものだったことをつけ加えておきたい。代表共同経営者の地位、それに伴う権力や権限や収入が一因だったことを否定しようとは思わない。しかし、事務所の将来を考えたのも事実だった。陪審を買収するような人間を代表共同経営者にしておくことは、好ましくないばかりでなく、きわめて危険なことである。それなら、オマリーに直談判して辞任を求めればよかったではないかと君は言うだろう。だが、情報源と情報の性質から——この点はくわしく述べる気はないが——決定的証拠が欠けており、他の共同経営者たちとの人間関係から、私の期待する結果になるとはかぎらなかった。それはともかく、私はたしかに裁判所に密告状を書いた。

手紙に署名しない習慣はここでつけたらしい。ぼくは先を読んだ。

オマリーは弁護士資格を失った。無論、これは事務所にとって打撃ではあったが、致命的ではなかった。私は代表共同経営者となり、クスティンとブリッグズが新たに経営陣に加わった。数カ月過ぎると、失った信用も徐々に挽回できた。昨年の夏から秋にかけては、収益も上向きはじめた。ひとつには、法廷弁護士としてのクスティンのめざましい活躍によるものだが、私の経営者としての手腕も一因だったと自負している。そんな折、十二月四日の月曜日のことだった。もし私がこの先も生きているとしたら、この日をけっして忘れないだろう。その日の晩、私は所用があって事務所に戻り、書類を探すためにダイクスのデスクに近づいた。当たりをつけた場所になかったので、引き出しを探した。引き出しのひとつに、茶色い布の紙バサミが入っていたので、覗いてみた。探していた書類はなかった。きちんと束ねた紙が何枚も入っていた。一枚目は表題紙のようで、『信ずるなかれ。挫折した弁護士をめぐる現代小説』、ベアード・アーチャー著とタイプで打ってあった。私は興味をそそられて二枚目を見た。本文が始まっていて、書き出しはこうだった。「弁護士がみんな冷酷非情というのは事実ではない」。私はもう少し読んで、そのうちダイクスの椅子に座って本格的に読みはじめた。

ダイクスがなぜこんな馬鹿なことをしたのか、まだ信じられなかった。法律事務所で働いているのだから、名誉毀損罪のことはある程度知っているだろうに、こんなものを書いて公表しようなどとは。たしかに、弁護士も虚栄心のために信じられないことをするが——陪審長を買収したオマリーのように——おそらくダイクスは、偽名を使えばわからないと思っていたのだろう。

その小説は、実質的に、うちの事務所の活動と人間関係を描いていた。名前は変えてあり、場所や状況は創作だったが、紛れもなくうちの事務所だった。下手な書き方だったから、一般読者には退屈だろうが、私は退屈どころではなかった。オマリーが陪審長を買収したこと（ダイクスが使った名前の代わりに、ここでは実名を使うことにする）、私がそれを知って裁判所に匿名の手紙を出したこと、オマリーが資格を剝奪されたことも書いてあった。結末は彼の創作だった。小説の中で、オマリーは酒に溺れたあげく、ベルヴュー病院のアルコール依存症病棟で死ぬのだが、私は死の床にある彼を見舞いに行く。すると、彼は私を指差して、「信ずるなかれ！」と叫ぶのだ。結末ではオマリーは私に密告されたことを知っているが、どこにもそれが説明されていないので、なぜわかったのかはわからない。

私はその原稿を家に持って帰った。私が偶然見つけて読んだのなら、ほかのだれかもそうする可能性があり、そのままにしておくことはできなかった。帰ってから、どうしても眠れなかったので、また外に出てタクシーを拾い、ダイクスのアパートのあるサリヴァン・ストリートに行った。そして、彼を叩き起こして、原稿を見つけて読んだと告げた。興奮していたので、私は信じられないことをしてしまった。私がオマリーを密告したのを彼が知っていると思い込んで、なぜわかったのかと訊いたのだ。彼の創作だと決めてかかるべきだった。

だが、たいした違いはなかった。実際、彼は知っていたのだから。私は裁判所への密告状は自宅にあるタイプライター、すなわち、いま私がこれを書いているタイプライターでは打たなかった。用心してトラベラーズ・クラブのタイプライターを使った。タイプライターから足がつく可能性は万にひとつしかないだろうが、それでも用心に用心を重ねたのである。オマリーの買収事件の弁護をするために、事務所では裁判所に届いた匿名の手紙も含めて、証拠物件すべての複写写《フォトスタ》真《ット》を用意してあった。ダイクスは書類仕事にかけてはプロだったし、仕事柄あの手紙のフォトスタットも目にしていた。そして、tが少しずれて右側の活字寄りになっているうえに、いくぶん傾いていることに気づき、同じような特徴をほかの書類で見たのを思い出したのだった。彼はその書類を探し出した。私がその二カ月前にトラベラーズ・クラブにある同じタイプライターで打って、彼に渡した覚え書きだった。私はそのことを忘れていたし、たとえ覚えていたとしても、たぶん気にするほどのことはないと思っただろう。しかし、ダイクスはフォトスタットとその覚え書きを拡大鏡でじっくり調べ、同じタイプライターで打ったものと確信した。むろん、私があの手紙をタイプして裁判所に送ったという決定的証拠とはならないが、ダイクスにとってはそれで充分だったのである。

私が原稿を見つけて読んだと知ると、彼はひどく驚いた。私を告発しようなどというつもりはないと断言した。それでも、私はだれか、おそらくオマリー自身に告げたにちがいないと問い詰めたが、彼は誓ってだれにも言っていないと反論し、私はそれを信じた。彼は自宅に原稿のカーボンコピーを置いていた。オリジナルは出版社のショール・アンド・ハンナに送ったが返されてきたので、いずれリテラリー・エージェントに委託するつもりで、一時的に事務所のデスクに入れておいたのだという。手書き原稿をタイピストに清書してもらったのだが、その手書き原稿も部屋にあった。彼はカーボンコピーと手書き原稿を私に渡し、私は家に持って帰って、両方とも破棄した。オリジナルのタイプ原稿のほうは、もう一度読んでから、その二日後にやはり破棄した。

これでだれにも知られることはないだろうと私は安心した。言うまでもなく、私は訴えられるようなことをした覚えはないが、匿名の手紙で共同経営者を密告したことが世間に知られたら、私の将来と評判は取り返しのつかないことになる。オマリー自身になにをされるかより、むしろ現在の共同経営者やほかの弁護士からどう思われるかのほうが怖かった。一歩間違えば、私は破滅していたところだった。だが、これで安心だと思った。ダイクスの言葉が本当だとすれば――私はそう信じていた――あの原稿もカーボンコピーもすべて破棄した。彼は真剣な顔でだれにも言わないと誓ったが、私はそれ以上に、沈黙を守ることが彼の利益につながるという事実を重く見ていた。彼の将来は事務所の今後の発展にかかっており、彼がしゃべれば事務所は破綻するからである。

その後、ダイクスとは夜、彼の部屋で数回会ったが、あるとき私は実に愚かで軽率なまねをしてしまった。そのときは、たいしたこととは思わなかったのだが。いや、あれは彼の部屋でなく、事務所で就業時間が終わったあとだった。私は彼が何ヵ月も前に書いた辞表をファイルから抜き出してデスクにのせていたのだが、覚えているかぎりでは特に理由もなく、ふと思いついて、『信ずるなかれ』という題名はシェークスピアからの引用かと彼に訊いた。彼はそうではなくて、詩篇一四六篇第三節から採ったと答え、私は彼の辞表の隅に「Ps 146-3」と走り書きした。


電話が鳴っていたが、ぼくはその段落を読んでから受話器を取り上げた。ルイス・クスティンだった。声を聞くかぎり、眠そうな目をしている感じではなかった。ウルフと話したいと言うので、十一時過ぎないと無理だと答えた。

「君は彼と話せるんだろう?」彼はぶっきらぼうに訊いた。

「はい、いっしょに住んでますから」

「同僚と協議した結果、私が代表して話すことになった。いまオフィスにいる。ウルフに至急話があると伝えてくれ。我々の代表共同経営者の自殺は我々にとって取り返しのつかない打撃であり、ウルフが故意に悪意をもって彼を追いやったことが立証されたら、彼には弁明の責任があると伝えてほしい。いいな?」

「彼の一日をだいなしにしそうですね」

「彼の人生をだいなしにしてやりたい」

電話が切れた。続きを読みたかったが、先に伝えておいたほうがいいと思って、内線で植物室に電話した。ウルフが出た。ぼくはクスティンとのやりとりを報告した。

「くだらん」ウルフはそう言うと、電話を切った。ぼくはコリガンの手紙に戻った。


その後、まったく気にならないわけではなかったが、私はいちおう安心していた。自分の立場を思い知らされたのは、十二月末になってからだった。勤務時間中にダイクスが私の部屋に入ってきて、五十パーセントの昇給を要求した。彼の言い分では、あの小説を売ればまとまった金になると期待していたのに、その収入源を放棄したのだから、相応の昇給は当然だというのだ。もっと早く気づくべきだった。このままでは、一生とは言わなくても今後何年も彼の言いなりにされ、彼の要求はとどまるところを知らないだろうと即座に理解した。私は文字どおりパニックに陥ったが、なんとかそれを隠した。そして、これだけ大幅な昇給を同僚に納得させる方法を考えなければならないから、翌日の夜、十二月三十日の土曜日の夜、その相談をするために私の家に来るようにと彼に言った。

彼が約束の時間に来るまでに、私は彼を殺すしかないと決心していた。それを実行するのは拍子抜けするほど簡単だった。彼は私の意図にまったく気づいておらず無防備だったからだ。彼が座ると、私はなにか些細な口実をつけて彼の背後に回り、重い文鎮をつかんで、彼の頭に振り下ろした。彼は声も立てずに崩れ落ち、私はもう一度殴りつけた。人通りがなくなる深夜もしくは早朝まで四時間待つあいだに、あと三回殴らざるを得なかった。その間に、私は車を取りに行って、建物のすぐ前に駐めておいた。潮時をみて、私は彼を一階までおろし、だれにも見られずに車に乗せた。九十丁目の、イーストリバーの現在は使われていない桟橋まで車を走らせ、遺体を川に投げ込んだ。自分で思っていたほど冷静沈着ではなかったようで、私は彼を死んだものと思い込んでいた。その二日後、遺体が回収されたときの新聞記事によると、死因は溺死だったというから、私が投げ込んだとき彼は気絶していただけだったのだ。

遺体を処理したときは午前二時になっていたが、まだしなければならないことがあった。私はサリヴァン・ストリートに戻って、ダイクスのポケットから取っておいた鍵で彼の部屋に入った。素手なら一時間で充分だっただろうが、手袋をはめていたので、徹底的に捜索するのに三時間かかった。収穫は三つだけだったが、捜した甲斐はあった。そのうち二つは、レイチェル・エイブラムズの署名のある領収書で、ベアード・

アーチャーが支払ったタイプ料金に対するものだった。三番目はクリントン駅局留めのベアード・アーチャー宛ての手紙で、ショール・アンド・ハンナのレターヘッドを刷り込んだ便箋に、ジョーン・ウェルマンという署名が入っていた。徹底的に捜索したと書いたが、本棚の本が多すぎて、そうすべきだとは思ったが、いちいちページを繰って調べている時間はなかった。そうしていれば、ダイクスが書いたベアード・アーチャーの名前が入ったリストを見つけていただろうから、それが君の目に触れることはなく、いま私がこれを書くこともなかっただろう。

その後しばらく、一週間ほどは、ジョーン・ウェルマンにもレイチェル・エイブラムズにも接触するつもりはなかったのだが、やがて次第に心配になってきた。彼女たちのひとりは原稿をタイプし、もう一人は原稿を読んでいる。オマリーと陪審長をめぐる裁判と彼の資格剝奪は、当然ながら詳細に報道されたが、あれから一年しか経っていない。彼女たちのどちらか、あるいは両方が、現実の出来事とダイクスの小説との類似性、いや、むしろ同一性に気づいたとしたら？　彼女たちがすでにだれかにそのことを話していたり、将来だれかに話す機会が出てきたら？　彼女たちはダイクスほど危険ではなかったが、危険なことに変わりはなく、現在はそうでなくても将来そうなる恐れがあった。

考慮した結果、私は対策を講ずることにした。一月最後の日、水曜日だったが、ジョーン・ウェルマンのオフィスに電話をかけた。そして、ベアード・アーチャーと名乗り、私の小説についてアドバイスしてくれたら謝礼をすると持ちかけて、翌々日の金曜日の五時半に会う約束をした。チャーチル・ホテルのルビールームで待ち合わせて、飲みながら話をした。彼女は魅力的で知性的で、この女性に深刻な危害を加えることなどできないと思いかけたとき、彼女があの小説のプロットと一年前にここニューヨークで起こった事件との顕著な類似について、ずばり質問してきた。彼女は資格を剝奪された弁護士の名前ははっきり覚えていない、たしかオマラだったような気がするが、あなたなら覚えているのではないかと私に訊いた。

私は覚えていないと言った。そして、小説のプロットを考えているときに意識的に現実に起こったことを使ったつもりはないが、もちろん、そのことは潜在意識にはあったかもしれないと答えた。彼女は自分が覚えているかぎりでは、オマラが同僚に裏切られたという報道はなかったが、調べてみたら面白いかもしれないと言った。ひょっとしたら私の潜在意識は公表されたことをヒントにしただけでなく、洞察力や直感によって、公表されないことも予言したのかもしれないというのだ。それ以上聞く必要はなかった。私にはもう限界だった。

食事のあいだ、私は巧みに会話を進め、ブロンクスの私のアパートメントまで原稿を取りに行こうと提案しても不自然ではないように話を持っていった。ブロンクスに住んでいるのに、なぜ住所をクリントン駅局留めにしたのかと訊かれてあわてたが、なんとか彼女を満足させる返答ができた。彼女はいっしょに原稿を取りに行ってもいいが、部屋には上がらないと釘を刺した。ルビールームのような人目の多い場所で彼女に会ったことを後悔したが、二人とも知り合いには会わなかったので、私は計画を進める決心をした。

私はひとりで車を取りに行って、チャーチルの前で彼女を乗せると、ワシントン・ハイツに向かった。その裏通りで、ダイクスと同様、あっさりとかたがついた。フロントガラスの内側が曇ったと言って、ハンカチを取るようなふりをして後ろに手を伸ばし、車を取りに行ったときそこに用意しておいた重いレンチをつかむと、それで殴りつけた。彼女はうめき声もあげなかった。彼女を起こそうとしたが無理だったので、後部座席に移して床に置いた。ヴァン・コートランド・パークに着くまで、私は何度か車を停めて彼女を見た。一度動いたように見えたので、また殴らざるを得なかった。

私は車を公園の人けのない裏道に入れた。あたりにはだれもいなかったが、まだ十時だったので、二月とはいえ、土壇場で車が通りかからないとはかぎらないので、いったん公園から出て、二時間ほどその一帯を走ってから、また公園の人けのない裏道に戻ってきた。その時間帯ならリスクは最小限だろうし、いずれにせよ、それ以上躊躇している余裕はなかった。私は彼女を車からおろし、道路際に横たえて車で轢いた。それから急いでその場を離れた。何マイルも進んでから、街燈の下で車を駐めて、血その他の痕跡が車についていないか調べたが、彼女を轢いたときは慎重にゆっくり運転したので、なにも残っていなかった。

ぼくは手紙をデスクに置いて、腕時計を見た。九時三十五分。イリノイ州ピオリアでは八時三十五分だ。ジョン・R・ウェルマンは、ぼくにくれたスケジュール表によると、いまは職場にいるはずだった。ぼくは電話に手を伸ばして、ダイヤルを回した。すぐに彼が出た。

「ウェルマンさん？　アーチー・グッドウィンです。なにかあったらすぐお知らせすると約束しましたね。コリガンが——あの法律事務所の代表共同経営者の——昨夜、自宅で床に倒れて死んでいるのを発見されました。頭に孔《あな》があいていて、銃がそばに転がっていた。それで——」

「拳銃自殺ですか？」

「さあ。純粋に個人的な意見では、そのようです。これが突破口になるかもしれないが、いい徴候か悪い徴候か判断するのはウルフ氏で、ぼくではありません。ぼくは約束どおり知らせただけです。現在の時点では、これだけしか言えません。ウルフ氏は上で忙しくしています」

「ありがとう、グッドウィンさん、感謝します。これからシカゴに出て飛行機に乗ります。ニューヨークに着いたら、電話しますから」

ぼくは待っていますと言って電話を切ると、また手紙を読みはじめた。

これであの原稿の内容を知る人間はひとりになった。あれをタイプしたレイチェル・エイブラムズである。

論理的で思慮ある対処法はひとつしかなかった。

三ヵ月前まで、私は自分を潜在的殺人者とみなす構想を正当化するいかなる理由も意識しなかったし、耳にすることもなかった。私は世間並みに自分を理解していると信じていた。私がオマリーにとった行動を正当化するのは、いささか詭弁であるのはわかっていたが、こうした知的方便がなければ人間は自尊心を保つことはできないだろう。それはともかく、私はダイクスの遺体を桟橋から川に投げ込んだ瞬間から、まったく別の人間になった。その時点ではわからなかったが、いまならよくわかる。その変化は意識の領分というより心の深層で起こった。潜在意識でのプロセスを多少なりとも筋道立てて表わすなら、（a）私は冷酷な殺人を行なった。（b）私は世間の基準からすれば、まともな人道的な人間であり、狂暴でも下劣でもない。したがって（c）殺人行為に対する世間一般の受け止め方は、根拠薄弱な不道徳なものである。

私の内なる部分は、ジョーン・ウェルマンを殺そうと考えたとき、私にいかなる道徳的嫌悪感も抱かせなかった。少なくとも、思いとどまるだけの強い嫌悪を抱かせなかったのは確かである。なぜならば、もし彼女を殺すことが道徳的に容認できないとすれば、ダイクスを殺したことが正当化できるはずがないからである。ジョーン・ウェルマンを殺すことで、このプロセスは完成したのだった。その後は、相応の動機さえあれば、私はまったく良心の呵責を感じることなく何人でも殺すことができただろう。

だから、レイチェル・エイブラムズの殺害を熟慮したとき、私の関心はそれが必要なことか、そして、不相応なリスクを伴わずに実行できるかということだけだった。私はそれが必要だと判断した。リスクに関しては、状況次第ということにした。彼女にはジョーン・ウェルマンのときのような口実は設けなかった。彼女はベアード・アーチャーと名乗ったダイクスに会っているからだ。私の計画は単純なもので、計画と呼べるほどのものではなかった。ある雨の降る午後、予告なしで彼女のオフィスに行っただけだ。彼女に同僚がいるとか、そのほか障害はいくつも予測できたが、もしそうなったら、さっさと帰って方法を考えればすむことだった。しかし、彼女は一室だけのオフィスにひとりでいた。私はタイプを頼みたいと言って、原稿を見せるふりをして近づき、喉をつかんで数十秒で気絶させると、窓を開け、彼女を抱え上げて窓から突き落とした。残念だったのは記録を捜す時間がなかったことだ。無論、ぐずぐずしている暇はなかった。私は部屋を出ると、階段を下の階まで駆け下りて、そこからエレベーターに乗った。上がってくるときもそこでエレベーターをおりたのだ。建物から出ると、彼女の遺体が舗道に横たわっていて、野次馬が集まりはじめていた。その三日後、同僚とともに君に会いに行ったとき、あと二分遅かったら、君の助手のグッドウィンと鉢合わせしていたと知らされた。私はそれを幸運が味方してくれている確証と受け取った。たしかに彼はベアード・アーチャーに関する記録を発見したが、もし彼女が生きているうちに会っていたら、あの原稿の内容を聞き出していたはずである。

君に会いに行くまで――九日前のことだが――私は危険な立場にいることはわかっていたが、逃げられる自信があった。君はベアード・アーチャーと原稿のことに気づき、それをダイクス、ひいては、うちの事務所と関連づけたが、それだけのことだった。君がダイクスの辞表に私の筆跡で「Ps　146－3」とメモしてあるのを見つけ、それを正しく解釈したことも、どちらかといえば、危険を多少増大したにすぎなかった。私の角ばった単純な筆跡はだれにでも簡単にまねられるうえ、同僚たちがこぞって私を支持してくれ、あのメモは君自身が私たちをはめるために書いたと警察を説得したからである。

水曜日にポッター夫人からあの手紙が届いたとき、私は君が関与していることに気がつかなかった。あと一息というときに壊滅的打撃を受けたと思った。手紙は私に届けられたが、会社宛てで私個人宛てではなかったので、郵便物を整理する事務員も読んでおり、したがって、同僚に見せないわけにいかなかった。我々はその件を協議し、その原稿の内容を知ることが不可欠であり、我々のひとりがただちにカリフォルニアに行くべきだという合意に達した。だれが行くかについては意見が分かれたが、無論、私は自分が行くと主張した。代表共同経営者である私の意見が通り、私はいちばん早い飛行機で発った。

カリフォルニアでの出来事は説明するまでもないだろう。私は大きな危険にさらされたが、ついに観念したのは、フィンチの留守に彼の部屋に入って、そこでグッドウィンを見つけたときだった。あの瞬間から、私の立場は歴然として絶望的になったが、それでも私はあきらめなかった。グッドウィンを通して、君があの原稿の内容をすでに知っている以上、私がオマリーを裏切ったことは当然暴露されるが、殺人罪を免れることはまだ可能だったからだ。帰りの飛行機で、グッドウィンのすぐそばに乗り合わせて、私は夜通し今後の行動や計画を考えていた。

ロサンジェルスから同僚のひとりに電話しておいたので、今朝空港から直接オフィスに行ったときには、全員が顔をそろえていた。彼らは異口同音に、君を訪ねて、原稿の内容を教えるよう迫るべきだと主張した。私は強硬に代案を提唱したが、彼らを説得することはできなかった。君のオフィスに行ったとき、私はオマリーを裏切ったことを暴露されるものと覚悟していた。君が原稿の内容を教えると思っていたからだが、君はそうしようとはせず、私にまたしても痛打を与えた。なにも教えようとせず、まだ行動するための準備が整っておらず、ひとつ二つの事実を明らかにする必要があると言ったのだ。私にとって、それが意味するところはひとつしかなかった。オマリーに対する私の裏切りを暴露するのは、私を殺人罪で告発する証拠としてそれを提出する準備が整ったときという意味だ。そして、もうすぐそれができるとわかっていなければ、君がそれを口にしないこともわかっていた。まだ明らかになっていないひとつ二つの事実がなにを指すのかわからなかったが、それはどうでもいいことだった。君が私を追いつめた、あるいは、まもなく追いつめることは明らかだった。

同僚たちは昼食会議を提案したが、私は飛行機で眠れなかったから疲れていると断わって、自宅に帰ってきた。またしても、私は潜在意識の命ずるままになった。突然、なんの前触れもなく、自殺するという決心を翻すのは不可能だと思いついたのである。私はその決意に抵抗しようとはしなかった。静かに受け入れた。それ以上のこと、すなわち、私の破滅とそこに至った事情を書き残すかどうかは、まだ決心していない。私は何時間もかかってこれを書いた。これから読み直したうえで決めるつもりだ。もしこれをだれかに送るとすれば、その相手は君しかいない。私を破滅させたのは君だからだ。そして、書きはじめたときもそうだったが、最後になっても、私の最大の関心は私の動機なのだ。私の中のなにがこれを君もしくはだれかに送りたがっているのか？　しかし、いったん始めた以上、私は最後までやるつもりだ。これを君に送るとしても、君にこれをどうしろと指示するつもりはない。いずれにしても君は自分でいいと思ったようにやるだろう。いまの私も同じだ。私は自分でいいと思ったことをしているのである。

手紙はここで終わっていた。ぼくは九枚の紙をそろえて折りたたむと、封筒にしまい、階段を四階まで上がって植物室に行った。ウルフは真新しい黄色のスモックを着て、鉢植え室で、鉢から出したデンドロビウムの根を調べていた。ぼくは封筒を渡して言った。「読んだほうがいいですよ」

「下に行ってからだ」

「クレイマーが十一時に来ます。彼の前で読んだりしたら、いらいらさせることになる。読まずに彼に会うつもりなら、ぼくは同席したくないです」

「なんて書いてあった？」

「なにもかも告白してあった。共同経営者のオマリーを裏切り、三件の殺人を犯した、と――なにからなにまで」

「そうか。手を洗ってくる」

彼は流し台に近づいて蛇口をひねった。

20

「このとおりだ」ウルフはクレイマー警部に言った。「内容のみならず表現も」

彼が手にしているのはクレイマーが持ってきたタイプした写しで、コリガンが発砲直前に電話で言ったことをウルフがアウアーバック巡査部長に報告したものだった。

クレイマーはぼくを見た。「君も電話に出たんだな、グッドウィン？　聞いてたんだろう？」

ぼくはうなずいて立ち上がると、その紙をウルフから受け取って読んでから、また返した。「そうです。彼はこう言いました」

「その旨の供述書を君たちの両方からもらいたい」

「わかった」ウルフは応じた。

クレイマーは赤い革張りの椅子の背にゆったり寄りかか

っていて、当分帰るつもりはなさそうだった。「それから」彼は喧嘩腰ではない口調で言った。「グッドウィンからカリフォルニアでの行動をくわしく記した供述書をもらいたい。だが、その前に彼からそのことを聞きたい」

「だめだ」ウルフがきっぱり言った。

「どうして?」

「主義としてだ。君は習慣からつねに要求として物を言うが、悪い習慣だ。気に入らない」

「彼はカリフォルニアでなにをして、結果として私の管轄区で変死を招いたんだ?」

「それを立証しろ」

「馬鹿馬鹿しい」クレイマーはうなった。「頼み事として言ってるんだ。私のためではなく、ニューヨーク州民のために」

「よかろう。私が確証のある発見、すなわち、ダイクスの辞表にコリガンの筆跡のメモがあるという指摘が、彼らおよび君から策略と糾弾された以上、私はこちらも策略を用いることはきわめて妥当であると考えた。私は——」

「君はまだあのメモはコリガンが書いたと主張するのか?」

「いや。私は一度もそんなことを主張した覚えはない。私はあの事務所のだれかがベアード・アーチャーの原稿に関与しており、したがって、殺人事件にかかわっていることを立証する必要があった。だから、そのための計画を進めた。彼にそのことを話してやれ、アーチー」

「わかりました。なにを省略しますか?」

「なにも」

ぼくがクレイマーと二人きりで、彼がなにも省略するなと言ったのなら、ちょっと面白いことになっただろうが、この状況ではふざけるわけにはいかなかった。ぼくはありのままに、正確かつ完全に、リヴィエラにチェックインした時点から始めて、ラ・ガーディア空港でタクシー乗り場に急ぐコリガンの後ろ姿を見た時点まで説明した。話し終えると、クレイマーは二、三質問したが、それにもありのままに答えた。

彼は火のついていない葉巻を嚙んでいた。それを口からはずすと、ウルフに顔を向けた。「それでどうなった、君が策略を用いた結果——」

「悪いが」ウルフが遮った。「一部聞いた以上、全部聞いてもらおう。昨日の朝、コリガンが帰って三時間と経たないうちに、彼らはここに来た——五人そろってだ。そして、あの原稿になにが書いてあったか教えろと私に要求したが、私は断わった。いずれにしても断わるしかなかった、私は知らないんだから。だが、彼らにはまだ行動するための準備が整っておらず、ひとつ二つの事実を明らかにする必要があると言った。彼らには準備は整ったも同然だと思わせておいた」

クレイマーはうなずいた。「君の策略のせいで彼は自殺に追い込まれた」

「私のせいで？　彼は自殺したのか？」

「なにを言い出す？　自殺じゃないのか？」

「どうかな。捜査したのは君で、私ではない。君の結論は？」

クレイマーは耳を掻いた。「自殺の反証となるものはなにもない。銃は本人のもので、こめかみに当てて発砲している。銃にはしみはついていたが、鮮明な指紋は残っていない。電話には彼の指紋がついていた。検死官が到着したときは死後一時間以内だった。これまでのところ何者かが部屋にいたという証拠はない。側頭部を強く打っていたが、倒れたときテーブルの角にぶつけた可能性もあり、おそらくそうだろう。部屋には——」

ウルフが手を振って遮った。「君からは『自殺の反証となるものはない』と聞けば充分だ。その種のことで君に反論する気はない。だが、まだ落着していないんだろう？」

「そうだ。だから来たんだ。いま君の策略のせいで彼は自殺に追い込まれたと言った。君はその点についてもっと知っているかもしれないし、知らないかもしれないが、いますぐ君がこれまで言った以上のことが知りたい。自殺だとしたら、なぜだ？　君にあの原稿のことを知られたと思ったからか？　君に追いつめられたと思ったからか？　どうしてだ？　殺人を犯したからか？　もっと知りたい、もっともっと。だから、それを聞きに来た」

ウルフは口をすぼめた。「それなら」彼はデスクの引き出しを開けた。「これが今朝の郵便で届いた」彼は分厚い封筒を引き出しから出した。「君の疑問の答えが見つかるか読んでみるといい」

クレイマーは立ち上がって封筒を取ると、また腰をおろした。まず封筒を調べてから、手紙を取り出した。折りたたんだ紙を広げ、少し読むと、ウルフを見て、うなるような声を出し、また読みはじめた。一ページを読んでそれを最後の一枚の後ろに移してから、彼は訊いた。「今朝届いたと言ったな？」

「そうだ」

クレイマーはそれ以上なにも言わず、なにも訊かずに最後まで読んだ。ウルフは椅子にもたれかかり、目を閉じてくつろいでいた。ぼくはしっかり目を開けていた。ずっとクレイマーの顔を見ていたが、一心不乱に手紙を読んでいる彼の顔にはなんの表情も浮かんでいなかった。読み終わると、三ページ目か四ページ目に戻って、また読み返した。それからウルフに目を向けたが、唇が細い線のように固く結ばれていた。

「これを三時間前に受け取ったんだな」彼はつぶやいた。

ウルフは目を開けた。「失敬、聞き取れなかった」

「これを三時間前に受け取ったんだな。私のオフィスに電話ぐらいできただろう。ステビンズ巡査部長がグッドウィンに九時に電話してる。グッドウィンはなにも言わなかった」

「まだ読んでなかったんです」ぼくは言った。「届いたばかりで」

「私の電話番号は知ってるだろう」

「くだらん」ウルフが吐き捨てるように言った。「馬鹿馬鹿しいにもほどがある。私がそれを隠したり破棄したりしたか？」

「いや、していない」クレイマーは手紙を振った。「コリガンがこれを書いたという証拠があるのか？」

「ない」

「君がこれをグッドウィンに口述して書かせたのではないという証拠があるのか？」

「ない」ウルフは体を起こした。「クレイマーさん、お引取り願ったほうがよさそうですな。私がそこまで愚昧なことをやりかねないという考え方をしているのなら、君との意思疎通は不可能だ」彼は指を振った。「それは差し上げる。それを持って、さっさと帰れ」

クレイマーは無視した。「君はコリガンがこれを書いたと主張するんだな」

「そんなことは言っていない。これを今日の郵便で受け取ったと主張しているだけで、確かなのはこの手紙がここにあるだけで、だれが書いたかは知らない。ほかに証拠を入手する方法はあるだろう。コリガンが自宅にタイプライターを置いているなら、調べてみて、これがその機械で打ったものだとわかれば、参考になるだろう」

「君はいままでに私に言ったこと以外になにも知らないというのか?」

「そうだ」

「これ以外にコリガンが自殺したという証拠は知らないんだな?」

「ああ」

「彼が共同経営者のオマリーを裏切ったという証拠も?」

「ああ」

「これはコリガン自身が書いた告白書だと思うか?」

「まだ答えられる状態ではない。一度読んだだけで、それもかなり急いで読んだ。君に頼んで、グッドウィン君に手紙の写しを取らせるつもりだったが、なくてもなんとかなる」

「それには及ばない。写しは届けさせる。ただし、私の同意なしに公表しないという了解のうえで」クレイマーは紙を折って封筒にしまった。「君とグッドウィンと、それに私の指紋もついてしまったが、なんとかやってみる」

「それが偽物だとしたら」ウルフは皮肉な声で言った。「偽造できた人間なら指紋のことぐらい知っているだろう」

「ああ、だれだって指紋のことぐらい知ってる」

クレイマーは手のひらで膝頭をさすりながら、首をかしげてウルフを見た。これまで会話に登場することのなかった葉巻が、彼の指のあいだから床に落ちたが、彼は拾おうとはしなかった。

「どうも出来すぎだな。充分調べてみるが、それにしても出来すぎだ。これからどうするつもりだ？ 依頼人に請求書を送るのか？」

「いや」

「どうして？」

「私の依頼人のウェルマン氏は、彼なりに分別のある人間だ。請求書を送る前に、彼も私も、私が相談料に見合う仕事をしたと満足しなければならない」ウルフは目を動かした。「アーチー、君も訓練を積んだんだから、このコリガン氏から——と称する文書の正確な写しを君に期待できるかな？」

「かなりの長さだし」ぼくは異議を唱えた。「一度読んだだけですから」

「写しは届けさせると言っただろう」クレイマーが言った。

「それは聞いた。できるだけ早くもらえるとありがたい。君の調査と私の吟味によって、これが本物と立証できれば喜ばしいことだ。私は殺人犯を突き止め、本人に罪を清算させたんだから、一片の証拠すら残さずに。いまだに証拠はなにひとつない、あの署名のない文書以外に」

「それはわかってる」

「だったら、徹底的にこれを調べろ、一言一句もらさずに。私の意見が聞きたいか？」

「ああ」

「関心の中心となるのは、オマリーを密告した匿名の手紙だ。コリガンが出したものでないとしたら、ほかの共同経営者のだれかだ。その場合、あの告白書は事実上、すべての重要な点で間違いがないとしても、ただひとつ例外がある。犯人だ。つまり、真犯人は私が接近したのを快く思わず、コリガンに重荷を押しつけることにしたのだろう。たとえそのためにまた殺人を重ねることになったとしても。したがって、もっとも重要な問題は、オマリーを裏切ったのがコリガンだったのかということだ。むろん、裁判所宛ての密告状とそのフォトスタット、それから、トラベラーズ・クラブのタイプライターを使って打ったことが明らかな文書が必要となる。ほかの共同経営者のだれかがあのクラブに出入りしていたか、あるいは、そのタイプライターを使えたかも調べなければならない。君の権限をもってすれば、その種の調査は私がするよりはるかに簡単だろう」

クレイマーはうなずいた。「ほかには？」

「いまのところ、これだけだ」

「君はこれからどうする？」

「ここに座ってる」

「そのうち尻に床ずれができるぞ」クレイマーは立ち上がった。葉巻が床に落ちているのを見つけて、立ち止まって拾うと、ぼくの屑籠に近づいて、そこに捨てた。いくらかマナーを心得てきたようだ。ドアに向かったが、そこで立ち止まって振り返った。「供述書を忘れるなよ、コリガンの言ったことに関する——ちなみに、どうだったんだ？電話をかけてきたのはコリガンだったのか？」

「どうかな。すでに言ったように、声はかすれて、うわずっていた。そうだったかもしれないが、まねるのにはたいした才能はいらなかっただろう」

「参考になった。供述書を忘れないように。コリガンもしくは他の人物が電話でどう言ったか、グッドウィンがカリフォルニアでなにをしたか、それから、これを郵便で受け取ったこと。今日中に頼む」

ウルフはそうすると答え、クレイマーは帰っていった。

ぼくは腕時計に目をやった。そして、雇い主に話しかけた。「クスティンが三時間ほど前に電話してきましたよ、もう報告しましたが。折り返し電話してほしいそうです、あなたに弁明の責任があると警告したいから。かけましょうか？」

「いや」

「スーかエレナーかブランチに電話して、今夜デートしたほうがいいですか？」

「いや」

「ぼくが提案できることを考えたほうがいいですか？」

「いや」

「それなら、これで一件落着ですか？　コリガンがあれを書いてピストル自殺して？」

「いや。馬鹿なことを言うな。彼はそんなことはしてない。ノートを持ってこい。供述書を作ったほうがよさそうだ」

21

四十八時間後、月曜日の朝十一時にクレイマー警部がまたやって来た。

ぼくたちはそれまでに多くのことを成し遂げた。ぼくはヘアカットとシャンプーに行ってきた。リリー・ロウワンと楽しい時間を過ごした。我々の依頼人のウェルマンとも三十分過ごした。彼はシカゴから飛行機で来て、いまは進展を見守るためにこちらに滞在している。二晩ぐっすり眠って、バッテリー公園まで散歩に行って、途中で二十丁目の殺人課に寄って、クレイマーに頼まれた供述書を届けてきた。クレイマーが約束どおり届けてきた写しを元にして、コリガンの告白書の写しを五部作った。ソール・パンザーから三回電話が入り、ウルフに取り次いで、命じられたとおり受話器を置いた。それ以外に三十回か四十回電話がかかってきたが、ここに記すほどのものはなかった。オフィスの用事を少しして、六回食事をとった。

ウルフもぼんやりしていたわけではない。彼も六回食事をとった。

ぼくたち二人とも、コリガンの署名のない告白書に関する新聞記事は読まなかった。それに関する記事はひとつも出なかった。もちろん、著名な弁護士の拳銃による死は相応に取り上げられ、彼の事務所で起こった不祥事にも触れてあった。だが、どうやらクレイマーは、サインこそないものの、あの告白書を大切に自分のスクラップブックに保管しているようだった。

月曜日の朝、彼は赤い革張りの椅子に座って告げた。

「地方検事局は自殺と断定することになった」

ウルフはデスクについてビールを注いでいた。瓶を置いて、泡が適正な高さまで引くのを待った。グラスを傾けると、ビールが流れ込んできて、なおかつ、泡が唇を湿らせる高さだ。それから、グラスを取って飲んだ。ふだんは泡が唇の上で自然に消えるのが好きだが、客がいるときは例外で、ハンカチを使ってから話しだした。

「それで、君は？」

「断定していけない理由を思いつかない」珍しいことに、クレイマーはいっしょにビールをどうかという誘いを受け入れていたので、グラスを持っていた。「なんなら事情を説明するが」

「頼む」

「こういうことだ。あの告白書は彼の自宅のタイプライターで打ったものだった。もう何年も使っているタイプライターだ。彼はふだんからちょっとしたものは自分で打っていた――事務所でやり残した書類や封筒なんかを。秘書のアダムズ夫人は、打ち方にも文章にも、彼がタイプしたことを疑う正当な理由は見当たらないと認めた」

「認めた？」

「ああ。上司をかばってるんだ。オマリーを裏切ったことも、自殺したことも信じられないと言ってる」クレイマーはビールを飲み干して、グラスを置いた。「告白書に関してはいくらでも説明できることはあるが、地方検事は信憑性を問題にするつもりはないし、私もそうだ。あれに書いてあった事実のいずれにも異論を唱えることはできない。三件の事件の発生した日――十二月三十日、二月二日、二月二十六日に関しては、無論、コリガンは同僚たち同様、すでに所在を問われていた。ファイルでは、彼は二十六日、レイチェル・エイブラムズが殺された日の午後にはアリバイがあったが、くわしく調べてみると、完璧なアリバイというわけではなかった。彼が生きていれば、もっと突っ込んで、陪審の前で抗弁させるところだが、本人が死んでいるから裁判に持ち込むことはできない。十二月四日に関しては――その日彼は遅くまでオフィスに残っていて偶然ダイクスの原稿を見つけたと書いているが――調べられなかった。ほかには特に調べる必要のある日はない」

ウルフはうなった。「ほかの連中はその日どうしていた？　調べたんだろう？」

「ある程度は。みんなコリガンと似たり寄ったりだ。磐石のアリバイはない。前に言ったと思うが、アリバイによって完全に除外できる人間は彼らのうちにひとりもいない。ただオマリーは、レイチェル・エイブラムズが殺された日にはここにいなかった。アトランタにいた。だが、あの原稿の内容がわかったからには、いずれにしても彼はシロだ。あの中で公表されて困るのは、彼が陪審長を買収して弁護士資格を失ったことぐらいだが、そのことはもうみんな知ってる。あの告白書が原稿に関して嘘を書いていると君が考えるなら別だが」

「いや。その点に関しては全面的に信じている」

「それなら、オマリーがどこにいたとしても同じことだ」クレイマーは瓶に残っていたビールをグラスに注いで、また腰を落ち着けた。「トラベラーズ・クラブのタイプライターの件だが。いまもあるにはある。執筆室の奥の一角に置いてあるが、二カ月ほど前にオーバーホールされていた。だが、それで調査がゆきづまったわけではない。事務所のファイルにコリガンがそのタイプライターで打った文書が二通見つかったんだ。二つともアダムズ夫人への覚え書きだ。裁判所にオマリーを密告した匿名の手紙のオリジナルも手に入れたが、同じタイプライターで打ってあった。その点に関しては議論の余地はない。コリガンはよくそのタイプライターを使っていた。週に二、三回クラブで夕食をとって、木曜日の夜はブリッジをしていた。ほかの共同経営者はメンバーではない。二人――クスティンとブリッグズが、一、二度コリガンに誘われてクラブで食事をしているが、それだけだ。ということは――」

「これは」ウルフが口をはさんだ。「重要なことだ。非常に。どこまでくわしく調べた？　夕食に招待された人間がタイプライターを使ったかもしれない。とりわけ、ぜったいに自分とつながるはずのないタイプライターを使いたがっていたとすれば」

「ああ、わかってる。土曜日に君はそれが関心の中心となると言った。ステビンズにそれだけは自分でやるように指示した、ちゃんとやれと念を押して。実際、彼はちゃんと調べてきた。それに、考えてみろ。君がクスティンかブリッグズだとして、コリガンに連れられてクラブに食事しに行ったとしたら。そんな目的のためにあのタイプライターが使えるか？　無理だ。コリガンか、クラブの従業員か、おそらくはその両方に気づかれずにタイプライターに近づくことすらできない。それに、気づかれたとしたら、まったく意味がないじゃないか。そうだろう？」

「ああ」

「したがって、やはりコリガン本人が密告したらしい。それだけでもあの告白書の信憑性を是認しやすくなる、署名があってもなくても。地方検事局もその点に関して同じ考えだ。君が土曜日に言ったのも、だいたいこういうことじゃなかったか？　どこか問題はあるかね？」

「いや」ウルフは忍び笑いのような声を出した。「君の謝罪を受け入れよう」

「なんの話だ？　私がなにを謝罪する必要がある？」

「私、もしくはグッドウィン君が、ダイクスの辞表に謎めいたメモを書き入れたと非難した。そうだろう？」

クレイマーはグラスを取って、ビールを飲んだ。ゆっくり時間をかけて。それから、グラスを置いた。「まあな」彼は認めた。「いかにもウルフらしいやり口だと思ったんだが、別に謝罪している気はない。実はそこなんだよ、説明がつかないのは。告白書には、あのメモを書き入れたのは十二月だというから、去年の夏、辞表が提出された段階で、だれも見ていないのは当然で、それはいいんだが、先々週の土曜日に辞表が君に送られてきた段階では、たしかにあったはずだ。なのに、事務所の人間の三人は見なかったと言ってる。フェルプスは秘書に——ドンデロという女性だが——ダイクスの辞表がファイルに残っていないかと訊いて、彼女が探し出してきた。たまたまその朝、オマリーがコリガンに相談したいことがあると言われて事務所に来たが、ちょうどフェルプスの部屋にいたとき、秘書があの辞表を持ってきて、三人ともそれを見た。だが、口をそろえてそんなメモなんかなかったと断言している。あったとしたら、ぜったい気づいているはずだが、なにも気づかなかった、と。秘書の女性は、あの辞表にそんなメモがなかったと宣誓して証言してもいいとまで言ってるんだ。もしあったとしたら気づいていたと確信を持って言える、と。フェルプスは君宛ての手紙を彼女に口述してタイプさせ、署名して、それを彼女がダイクスの辞表その他のダイクスが書いた文書といっしょに君の住所をタイプした封筒に入れ、使い走りに取りに来るよう知らせ、封筒を受付に預けて、交換手の女性に取りに来たら渡すように頼んだ。だから、どう解釈していいかわからない」

ウルフは手のひらを上に向けた。「フェルプスとオマリーは封筒に封をしていない。その女性が嘘をついてるんだろう」

「なんのためにそんなことを？」

「習慣の力と女性としての嗜みから」

「くだらん。陪審に説明するとなったら、ギャグでごまかすわけにいかない。さしあたっては無視することもできるだろう。だが、あの告白書を証拠にするとなると、それではすまない」

ウルフは首をめぐらせた。「アーチー。あのメモつきのダイクスの辞表はクレイマー氏に渡したんだったな」

「そうです」

「封筒もか？　届いたときに入っていた封筒も？」

「いいえ」

「封筒は残っているんだな？」

「はい。ご承知のように、事件が解決するまですべて保管しています――警察に渡さなければならないとき以外は」

ウルフはうなずいた。「我々が従犯罪を免れるために必要になるかもしれんな」そう言うと、クレイマーに顔を向けた。「地方検事局はどう言ってる？　無視するつもりでいるのか？」

「それほど重要なこととは考えていない。告白書のほかの部分に信憑性があれば、それでいいと思ってる」

「告白書をコリガンの同僚に見せたか？」

「もちろん」

「本物だと認めたのか？」

「判断の難しいところだ。彼らは普通の状態じゃないからな。一年前に代表共同経営者が資格を剝奪され、今度は新しい代表共同経営者が三件の殺人を告白して自殺した。彼らは半狂乱だ。ブリッグズは、告白書は偽造だと訴えて、君に責任を追及すべきだと考えているが、ただわめいているだけだ。君かグッドウィンがコリガンを撃ったとまでは言わないが、そう思っているらしい。フェルプスとクスティンは、告白書が本物だったとしても、署名がない以上、法的効力はなく、それをいかなる形にせよ公表することは、名誉毀損に該当すると主張している。闇に葬るべきだと言うんだ。その一方で、告白書を本物と認めるべきだと言う気持ちはわからなくもない。コリガンは死んだし、これで三件の殺人事件は解決する。事務所は巻き返しをはかることができる。彼らの君に対する気持ちはブリッグズと大差ないが、彼らはその点では現実的だ。だれもオマリーの目をまともに見ようとしない。彼のほうはそのチャンスを充分提供しているのに。元はといえば、なにもかも彼のせいだからな。彼は陪審長の妻に花を送って、彼女が密告したと誤解していたことを謝罪する手紙を書いた。それを出す前にみんなの前で――ロウクリッフ警部補が同席しているところで、声に出して読んで、意見を訊いた」

クレイマーのグラスには一インチほどしかビールが残っていなかった。彼はグラスを取り上げて飲み干すと、また座り直した。話はまだ終わっていなかったのだ。彼は指先で鼻をこすった。「これでだいたい全部だ。どうやら、これで決まりらしい。地方検事は告白書を公表するか否か決定次第、報道関係者に声明を出すことにしている。よかったよ、決めるのが私でなくて。しかし、最大の問題は、これで本当に三件の殺人事件が解決されたのかということだ。私はそれで折り合うしかないし、まあなんとかやっていくが、君のことだけが気がかりだ。だから、来たんだ。君には一、二度、痛い目に遭わされている。だが、君はベアード・アーチャーという名に注目して、ジョーン・ウェルマンとダイクスを結びつけた。グッドウィンを二分遅れで現場に行かせて、レイチェル・エイブラムズとも結びつけた。君らしいやり口で、コリガンに銃弾をこめかみに撃ち込ませた。だから、一昨日訊いたことをもう一度訊きたい。依頼人に請求書を送るのか？」

「いや」ウルフはきっぱり言った。

「そうだろうと思った」クレイマーはうなった。「なにを待ってるんだ？」

「待つのはもうやめた」ウルフは椅子の肘掛けを手のひらで叩いた。彼としてはヒステリーの発作に等しい動作だ。「そうするしかない。いつまでもこんなことをしているわけにいかない。いま持っているものだけで、たとえなにも持ってなくても、やるしかない」

「なにを持ってるんだ？」

「君が持ってないものはなにも持ってない。なにひとつ。充分ではないかもしれないが、これ以上手に入るチャンスはない。もし私が――」

電話が鳴って、ぼくは回転椅子を動かして受話器を取った。ソール・パンザーからだった。ウルフにだった。ウルフは受話器を取り上げると、ぼくに聞くなと合図したので、ぼくは受話器を置いた。クレイマーとぼくが聞くことのできた会話は、興味をそそるようなものではなかった。大半があいづち代わりに入るウルフのうなり声だけだった。ソールには話すことがたくさんあるようだった。最後にウルフが言った。「よくやった。六時に報告に来てくれ」そういうと電話を切った。

彼はクレイマーに向き直った。「さっき言ったことを訂正しなければならない。いま君が持っていないものを手に入れた。君にもその気があれば簡単に手に入れられたものだ。さっきよりは有利になったが、まだ充分ではない。だが、そうなる望みはないから、行動に出るつもりだ。君も参加したいなら、歓迎する」

「なにに？」

「殺人犯の正体を暴く、リスクはあるが果敢な試みに。いまの私にできるのはそれが精いっぱいだ」

「情報を提供してくれたらいいだろう。たったいまなにを入手した？　だれに関する情報だ？」

ウルフは首を振った。「君はまた調査すると言い出して、せっかくのタイミングを逸することになるだけだ。それに、いくら調査しても無駄だろう。彼は君の手に負えないほど頭が切れる。私ももう少しで出し抜かれるところだった。彼に迫って、おそらく追いつめられると思う。それに参加するしないは、君次第だ」

「私はなにをすればいい？」

「彼らを集めてほしい、全員だ。今夜九時に。グッドウィン君が二週間ほど前に食事に招待した十人の女性たちも。彼女たち全員が必要だ。いや、そうなるかもしれない。もちろん、君にも来てもらいたい」

「その場にいるなら、私も関与したい」

ウルフはため息をついた。「クレイマーさん。三週間前に協力すると約束したはずだ。私はそれを忠実に守ってきた。手に入れたものは全部提供し、見返りは求めなかった。その結果、どうなった？　君はお手上げで、地方検事の無条件降伏に与しようとしている。丸め込まれてしまったんだ。私は違う。犯人を知っているし、動機も、方法も知っている。ぶつかるつもりだ。それでも関与すると言うのか？」

クレイマーは感じ入った様子はなかった。「私が彼らを招集するのなら、私は当事者であり、職務上責任を負う立場にあると言ってるんだ」

「なるほど、それならご辞退願おう。グッドウィン君に彼らを集めてもらう。君は来ても中には入れない。十二時前には君に連絡する準備が整うといいのだが」

クレイマーは渋い顔で座っていた。口を固く結んでいる。口を開いたが、なにも言わず、また固く結んだ。ぼくは彼のことはかなりよく知っているから、彼の目を見て、受け入れる気でいるのがわかった。しかし、彼としてはあっさり節を屈するわけにはいかなかった。自主性を保ち、気骨のあるところを見せて、けっして脅されたわけではないことを示さなければならなかった。それで、こう言った。

「ステビンズ巡査部長も連れてくる」

22

全員来るなら、椅子が十七脚必要なところだが、四時ごろステビンズから電話があって、二人そろって来ると知らせてきた。居間から四つ、ホールからひとつ、ぼくの部屋から二つ、フリッツの部屋から二つ椅子を運んでくることにして、フリッツとぼくとで集めてオフィスに並べた。そこで口論になった。フリッツはテーブルを置いて飲み物を用意すべきで、ウルフも招待した以上それが最低限のもてなしと考えているはずだと主張したが、ぼくが反対したのだ。犯人もしくは犯人たちが、この部屋でハイボールその他の飲み物を供されることになるからというわけではなかった。問題は女性たち、とりわけヘレン・トロイとブランチ・デュークだった。前者には、たった一言あるいは声音だけですべてが決まるというきわどい瞬間に、威勢よく立ち上がって「静粛に、静粛に」と叫ばれたくなかった。そして、後者の抑制力はまるで当てにならなかったから、特製カクテルをどんどん飲ませたら、なにをするか、なにを言い出すか予測できなかった。だから、ぼくは断固譲らなかった。

フリッツはウルフに直訴するわけにもいかなかった。ウルフは心ここにあらずといった様子だったからだ。デスクについてはいたが、それはぼくたちのためではなかった。クレイマーが帰った五分後から、彼は目を閉じて椅子によりかかり、唇を出したり引っ込めたりしていた。これは彼が働いている証拠だった、それも一心に。昼食時までそうしていて、昼食にはふだんの半分の時間しかかけず、またオフィスに戻って再開した。四時になると、いつもどおり植物室に行ったが、ぼくが用があって上がっていくと、真ん中の部屋の隅に立って、どこも悪いところのなさそうなコクリオダの交配種を眉間に皺を寄せて眺めていて、ぼくが通ったのにも気づかなかった。その少しあとに、ぼくに電話してきて、ソールが来たら植物室に来るよう伝えろと言った。だから、ぼくは二人の会合には出席しなかった。それに、その夜の集まりに関して、なんの指示も受けていなかった。謎解きゲームをするつもりなら、ひとりでやってもらうしかなかった。

ウルフは一度だけぼくに話しかけた。昼食の直後だった。ダイクスの書いたものを送ってきたときのフェルプスの手紙と、それが入っていた封筒を持ってくるように命じたのだ。ぼくが言われたとおりにすると、彼は拡大鏡で調べてから、自分のデスクの引き出しに入れた。ただひとつ、ぼくが独断で行なったことがあった。ウェルマンがまだこっちにいたから、電話をかけて出席するよう誘ったのだ。彼がこの集まりのチケット代を払っているのは確かだったから。エイブラムズ夫人には電話しなかった。なにが起こるとしても、彼女がその場にいたがるとは思えなかった。

夕食時に、ぼくはまた独断で行動した。ウルフはデスクについて宙をにらみながら、親指と人差し指で唇を引っ張っていたから、とても客をもてなす気分ではないだろうと察して、フリッツにソールとぼくは厨房でフリッツといっしょに食事すると言ったのだ。それから、オフィスに戻ってそのことをウルフに告げた。彼はぼくに目だけ向けて、低い声でうなると、こうつぶやいた。「わかった、助けにはならんが」

「ぼくになにかできることがありますか？」ぼくは訊いた。

「ああ。口を閉じててくれ」

クレイマーが帰ってから、ぼくは彼に二十語以上話しかけていなかった。七時間も前から。

九時十分前には全員そろったが、ウルフはまだドアを閉め切って食堂にこもっていた。ぼくは玄関とホールをソールに任せて、オフィスで座席の案内をした。赤い革張りの椅子はクレイマーのために確保し、オマリーも含めて弁護士たちは前列に座らせた。パーリー・ステビンズ巡査部長は壁際の、クレイマーの後ろに座った。ソール・パンザーのためには、ぼくのデスクの端に椅子を用意した。ぼくの計画では、十人の女性は彼女たちの雇用者の後ろにまとめて座ることになっていて、椅子も並べておいたが、彼女たちには彼女たちの考えがあったらしい。少なくとも、数人には。ぼくが何十秒か背を向けてクレイマーと話して振り返ったときには、四人が長椅子に移動していた。ぼくのデスクからだと、椅子ごと回転するか首を九十度回さなければ長椅子は見えないが、なにも言わないことにした。ウルフが聴衆をコンパクトにまとめたかったら、自分でそう言うだろう。

九時十二分になると、ぼくはソールに全員そろったとウルフに知らせに行かせ、まもなくウルフが入ってきた。彼はまっすぐ奥のデスクに向かった。挨拶のために立ち止まろうとはせず、クレイマーにも声をかけずに、自分の席についた。話し声とざわめきがやんだ。ウルフは悠然と椅子の背にもたれかかると、ゆっくり首を動かして左から右を眺め、また右から左に視線を移した。それから、ちらりと左を見て言った。

「なにか言いたいことがあるかね、クレイマーさん」

クレイマーは咳払いした。「いや。みなさんにはこれは公式の集まりでないことを承知してもらっている。私はオブザーバーとして立ち会っているだけだ」

「そんなことは聞いてない」ルイス・クスティンが挑戦的な口調で言った。

「私はあなたがたを招待しただけだ。みんな、出口は知ってるだろう」

「一言よろしいかな？」オマリーが訊いた。

「なにについて？」

「ウルフ氏に祝意を表し、彼に感謝を捧げたい。彼は問題の答えを見つけてくれた。私は一年間探しつづけたが、見つけられなかった。我々は全員彼に恩義があり、そのことを認めなければならない」

「恩義などあるものか！」そう言ったのはブリッグズだった。しきりに目をしばたたいている。「私も一言言わせてもらいたい。私の意見では、ウルフの行為は告訴されてしかるべきものだ。これは十二分に検討したうえでの結論だ。私がここに来たのは、このことを――」

「黙れ！」ウルフがどなった。

一同はあっけにとられて彼を見つめた。

ウルフもにらみ返した。首を回して全員に視線を向けた。

「この集まりを君たちのたわ言の応酬で終わらせるつもりはない」彼は冷ややかに言った。「私たちが立ち向かうのは、人の死と、人の死をもたらす人間だ。私はそれで生計を立てているが、その尊厳と義務は承知している。これから二、三時間のうちに、私たちはここで四人の人間の死に関する真実を知り、その段階で君たちのひとりの死の準備を進めることになると私は希望し、かつ信じている。私たちがここに集まったのはそのためだ。私ひとりではできないが、その案内役は務めよう」

彼は固く目を閉じて、また開いた。「ご承知のように、金曜日の夜、コリガン氏が亡くなった。彼が書いたとされる文書をごらんになっただろう。その中で彼は元共同経営者を裏切り、三人の人間を殺害したと告白している」彼は引き出しを開けて、文書を取り出した。「これはその告白書の写しだ。周到に計画され、抜かりなく実行されたが、それでも私には充分ではなかった。ひとつ致命的な欠陥がある。これを書いた人間は、どうしてもそれを除外するわけにいかなかった。なぜなら、それはほかの人間も知っているうえ、ストーリー全体の不可欠な要素だからだ。コリガンが――」

「あの告白書の信憑性を問題にするつもりなのか？」クスティンが訊いた。「あれはコリガンが書いたものではないとでも？」

「そうだ」

ざわめきが広がり、中には聞き取れる言葉もあった。ウルフはそれを無視して、静まるのを待ってから、また続けた。

「コリガンがカリフォルニアに行ったときの行動は逐一報告されており、したがって、告白書ではそれに触れないわけにいかなかった。だが、それが致命的な欠陥となった。この告白書によれば、コリガンはレナード・ダイクスが書いた原稿の内容を知っていた――二度、通読したという。しかし、ロサンジェルスでの彼の努力は、もっぱらひとつの目標に絞られていた。すなわち、あの原稿を見ることに。そのことは彼がポッター夫人の家を出たあと、フィンチをそこに残したまま、原稿を捜すためにフィンチのホテルの部屋に急行した事実によって裏づけられる。彼がすでに内容を知っていたのなら、筋の通らない話だ。それを見つけたところで、彼にとってなんの益がある？　破棄したかったからだというかもしれないが、それも筋の通らない話だろう。フィンチはすでに読んでいるのだから。この告白書によると、彼はすでに二人の女性を原稿を読んだというだけの理由で殺したことになっている。もし彼がフィンチの持っていた原稿の写しを見つけて破棄したとしたら、当然ながら、フィンチは警戒し、彼を追及するはずだ」

ウルフは首を振った。「いや。コリガンの目的は、明らかにあの原稿を見ることだった。なにが書いてあるか知りたかったのだ。グッドウィン君はその場にいて、彼に会い、彼と話した。どうだ、アーチー？」

ぼくはうなずいた。「そのとおりです」

「つまり、彼はあの原稿を一度も見たことがなかった、ましてや、読んでなどいないわけで、この告白書は偽物ということだ。もうひとつ、それを裏づける事実がある」ウルフは告白書の写しを軽く叩いた。「ここにはダイクスが原稿の写しはすべて破棄し、もう残っていないと彼に言い、彼はそれを信じたと書いてある。実際、彼はそれを本当に信じたにちがいない。さもなければ、あの二人の女性の殺害を企てたりしなかっただろうから。そして、ポッター夫人からリテラリー・エージェントがあの原稿の写しを持っているという手紙が届いたとき、これは罠ではないかと疑って、まったく違った行動をとっていたはずだ」

ウルフは手のひらを上に向けた。「いかがかな?」

「今朝そのことに気づきそうなものだったのに」クレイマーがしゃがれた声で言った。

「告白書全体の正当性を疑っているのか?」フェルプスが言った。

「つまり君は」オマリーが訊いた。「私を密告したのはコリガンではないと言うのか?」

「答えはノーだ、どちらにも。だが、きわめて重要な一点で明らかに虚偽であると証明された告白書と称された文書は、内容のみならず、書き手に関しても正当性を失うことになる。信ずるに足るのは、それを裏づける証拠のある部分だけだ。たとえば、クレイマー氏の捜査によっては、裁判所に宛てたあの匿名の手紙が、トラベラーズ・クラブのタイプライターで打ったものであり、コリガン氏はその機械を利用できたが、彼以外にはできなかったことが立証されている。したがって、私はそれを既定事実として受け入れ、同じく、コリガン氏のカリフォルニアでの行動も事実と考えるが、それ以外は受け入れないし、ましてや書き手に関する正当性を是認することはできない。言うまでもなく、コリガンはあれを書いてはいない」

「どうして?」二人の女性が同時に訊いた。女性たちから声があがったのはこれが初めてだった。

「もし彼が原稿の内容を知らなかったのなら――実際、知らなかったのだが――なぜ彼は人を殺したのか? そうしなければならない理由はなにもない。もし彼が人を殺さなかったのなら、なぜそれを告白したのか? いや、彼はこれを書いてはいない」

「でも、自殺だったんでしょう?」アダムズ夫人が言った。あれから十歳は年取ったように見えた。それでなくても若くはなかったのに。

「そうではないでしょう。命を絶ったとしたら、それは私を電話に呼び出して銃声を聞かせ、私にこの手紙を送ったと言った人物で——」

「なんだって？」クレイマーが言った。「彼は君にこれを送ったと言ったのか？」

「そうだ。そのことは君への報告から省いておいた。私宛ての郵便物を途中で奪われたくなかったからだ。たしかにそう言った。グッドウィン君も聞いていた。アーチー？」

「はい、聞きました」

「そして、彼がこれを書いていない以上、私に送ったと彼が言ったとはまず考えられない。ですから、マダム、自殺ではありません。それでは、話を進めましょう。コリガンがこの告白書を書いたと主張したい方がまだいるなら別だが」

だれもなにも言わなかった。

ウルフは一同を話に引き込んでいた。「さて、ここからは新たな登場人物が必要なので、その人物をXと呼ぶことにしましょう。少々ごたついた説明にならざるを得ないが、それは彼がしたにちがいないこと、そして、彼ができたであろうことの双方を取り上げるせいです。間違いなく、彼は昨日正午から夜十時までのあいだの数時間をコリガンの自宅で過ごし、この文書を作成しタイプした。間違いなく、コリガンもその場にいた。頭を殴られ、その打撃によって意識を失っていたか、あるいは、縛られ猿ぐつわをはめられていたのでしょう。私としては、彼に意識があり、私のようにXのしたことに気づいていたと考えたい。そして、Xが告白書をタイプし——おそらく、あらかじめ作成しておいて、それを写しただけでしょうが——それをコリガンに読んで聞かせたと考えたい。彼は手袋をはめており、打ち終えると、コリガンの指紋を用紙と封筒のあちこちにつけ、とりわけ、郵便切手にはしっかりと指紋を残した。

彼のスケジュールが急迫していたか予定どおりだったかわからないが、私は後者だと思う。Xはアリバイが好きで、おそらく昨夜九時三十分から十時三十分のあいだアリバイを用意していただろうから。とにかく、十時に彼はラジオをつけた——すでにつけていなければ。そして、もう一度コリガンの頭を殴った。最初と同じ場所を、なにか重いもので、気絶はさせても殺さない程度に殴り、彼を電話のそばの床に転がしてから、私に電話した。私に話しながら——かすれて、うわずった声をつくって話しながら、コリガンの所持していたリボルバーの銃口を彼の頭に当て、しかるべき時に引き金を引き、銃と受話器を床に落とした。そのとき、彼自身も音を立てて床に倒れたのだろう。私はそう思う。だが、倒れたとしても、その場に長くはいなかった。彼が手袋をはめていたことはすでに話しました。彼が死んだコリガンの手に銃を握らせてから、銃を床に置き、部屋を出たのは、発砲してから二十秒後ぐらいだったでしょう。ドアに外から鍵がかけられていたか問い合わせていないが、そうだとしても、Xには鍵を手に入れるチャンスは充分あったはずです。それから、彼は手紙、つまり、この告白書を最寄りの郵便ポストに投函した。だが、郵便ポスト以降の彼の足取りはわからない。彼がアリバイを提示した時点で、次の行動を聞くことになるでしょう」

ウルフは目を動かした。「ご意見をうかがいましょう」三人の弁護士が同時に話しだした。クレイマーがそれを制する大声で言った。「どこまで証明できるんだ?」

「なにも。ただの一言も」

「それなら、なんのために我々を集めた?」

「ゴミを一掃するために。コリガンがあの告白書を書いて自殺したという推理はゴミだ。私はひとつは虚偽で、もうひとつは反証不能なことを示した。あなたがたに自殺説を捨てさせるのは難しいことではない。だが、殺人事件を暴き、殺人犯をあげるのは、それほど簡単ではない。進めてよろしいかな?」

「推測以外に言うことがあるのなら」

「質問がある」クスティンが口をはさんだ。「これはこの部屋にいるだれかを殺人犯と告発するための工作なのか?」

「そうだ」

「それなら、君と人を交えずに話したい」

「なにを馬鹿な!」ウルフは憤慨した。感情を抑えるために、目を閉じて手を振った。それから皮肉な口調でクスティンに言った。「やっとなにか思いついたというわけかな？　私がゴミをかたづけたおかげで。そして、それを指摘したいと？　いや、それは私の仕事だ、クスティンさん」ウルフは目を動かした。「次に移る前に、もうひとつ言っておきたいことがある。最初にこれを読んだとき」ウルフは手紙を軽く叩いた。「コリガンが書いたものでないことを示す欠陥を見つけた。彼のロサンジェルスでの行動は、彼が一度も原稿を読んだことがないという事実を明らかにしていたからだ。しかし、これを書いたのはあなただったかもしれない、クスティンさん、あるいは、フェルプスさん、あなたかもしれない、あるいは、ブリッグズさん、あなたかもしれない。これをコリガンが書いたと見せかけようとしたのは、コリガン以外の、あなたがたのだれであってもおかしくない。だからこそ、あなたがたのだれかがトラベラーズ・クラブのタイプライターを使うことができたかどうかが、きわめて重要な問題だったのだ。しかし、実際にはだれも使っておらず、したがって、オマリーを密告していないと判明した以上、もし三件の殺人を犯したのがあなたがたのひとりだとしたら、明らかに、その動機は元共同経営者に対する裏切りを隠蔽することではなかった」

「くわしく話してくれ」クレイマーがうなった。

ウルフは無視した。彼は弁護士たちの頭越しに視線を向けると、だしぬけに訊いた。「ご婦人たちの中にドンデロという女性がおられるかな？」

ぼくは首をねじった。スーはほかの三人といっしょに長椅子に座っていた。びっくりして、彼女はウルフを見つめた。「私ですが」ちょっと頰を染めた彼女は絵のように美しかった。

「あなたはフェルプスさんの秘書だね？」

「はい」

「先々週の土曜日、九日前だが、フェルプスさんは私宛ての短い手紙を口述して、使いの者に届けさせた。同封物があった——レナード・ダイクスが書いた文書をファイルから抜き出したもので、その中には彼が去年の七月に書いた辞表もあった。覚えていますか？」

「はい、もちろん」

「たしか、あなたは最近警察に質問されましたね。ダイクスの辞表を見せられたか、そのとき隅に鉛筆で、コリガンの筆跡に似た筆跡で『Ｐｓ　１４６‐３』とメモされていたのに気づいたか、と。そして、あなたは土曜日の朝、私に送ったとき、辞表にそんなメモはなかったとはっきり答えている。そうですね？」

「そうです」スーはきっぱりと言った。

「辞表をほかの文書といっしょに封筒に入れたとき、メモはなかったとはっきり言えますか？」

「はい」

「あなたははっきりした性格ですか、ドンデロ嬢？」

「それは──自分で見たものと見てないものぐらいわかります」

「実に素晴らしい」そっけない口調だったが、敵意はこもっていなかった。「そう断言して、それを裏づけられる人間は少ないんですよ。その朝、何台タイプライターを使いましたか？」

「どういうことでしょうか。一台しか使ってません。自分のを」

「フェルプスさんが私宛ての手紙を口述して、あなたは自分の機械で打った。そうですね？」

「はい」

「そのことをどの程度はっきり言えますか？」

「間違いありません」

「なにか些細な理由で、理由はなんでもいいが、あなたが封筒に住所を打つのに、別の機械を使ったという可能性はどの程度ありますか？」

「ゼロです。私は自分のデスクで仕事をしていて、封筒は手紙を打ったあとすぐ打ちました。いつもそうしてます」

「それなら、これはどういうことでしょうな」ウルフはデスクの引き出しを開けて、一枚の紙と封筒を取り出した。封筒は慎重に隅のほうを持っていた。「これはその手紙と封筒です。グッドウィン君に証言させ、私もそうするつもりです。違いは肉眼でもわかるが、私は拡大鏡で調べた。

この二つは同じ機械で打ったものではありません」

「信じられないわ！」スーが叫んだ。

「ここに来て見てください。いや、申し訳ないが、ドンデロ嬢だけだ。封筒には手を触れないように」

ぼくは彼女が通れるように場所をあけた。彼女はウルフのデスクに近づき、身をかがめて至近距離から眺めた。それから、体を起こした。「この封筒じゃありません。これは私がタイプしたものじゃないわ。私はいつも『メッセンジャー届け』と大文字と小文字で打って、下線を引くんです。これは全部大文字だし、下線が引いてありません。この封筒、どこにあったんですか？」

「申し訳ないが、ドンデロ嬢、席についてください」ウルフは手紙と封筒を引き出しにしまったが、封筒は端っこをつかんでいた。そして、スーが長椅子に戻って彼のほうを向くのを待ってから言った。「はっきり答えてくださってありがとう。参考になった。手紙と同封物をあなたがタイプした封筒に入れたのは確かなんですね？」

「ええ、確かです」

「封をしましたか？」

「はい」

「そして、それを自分のデスクに置きっぱなしにしておいた、あるいは、バスケットに入れた？」

「いいえ、そんなことしてません。メッセンジャー届けだったから、すぐ連絡しました。そのあとすぐ受付に行って、ブランチのデスクに置いて、使いの人が取りに来たら渡してと頼みました」

「ブランチというのは？」

「受付係です。ブランチ・デューク」

ウルフは目を動かした。「デューク嬢はどちらかな？」

ブランチが手を高く上げた。「私です。おっしゃらなくても、わかるわ。私、勘がいいの。こう訊くつもりでしょう、それを別の封筒に入れ替えたかって。私、そんなことはしなかったと答えるわ。それに、だれがそんなことをしたのか知らないって。でも、オマリーさんが来て、なにか入れ忘れたとかなんとか言って、封筒を持って行ったけれど」

「オマリー氏が?」

「ええ」

「あとで返しに来ましたか?」

「ええ」

「どれぐらい経って? 何分ぐらいそれを持って行ってたんですか?」

「さあ、三、四分じゃなかったかしら。とにかく、ちゃんと返しにきて、そのあと使いの人が来て、その人に渡しました」

「同じ封筒だったか気づきましたか?」

「いいえ、ぜんぜん」

「これは重要なことなんです、デューク嬢。オマリー氏がその封筒をあなたのデスクから取って、部屋を出て行き、しばらくして同じような封筒に入ったものを返しに来たと証言してくれますか?」

「それはどういうこと? 証言って? ええ、するわ」

ウルフは視線を彼女からそらせて、右に移動させ、また戻した。相変わらず弁護士たちの頭の後ろを見ていた。

「どうやら、問題が解決されそうですな」彼は言った。「あとひとつわかると、ありがたい。オマリー氏が別の封筒に住所を打って入れ替えたと推測するのが妥当でしょう。それならば、ご婦人たちのだれかが彼が打っているところを見た可能性がありそうだ。事務所にタイプライターがどんなふうに配置されているか私は知らないが。どうですかな? 九日前の土曜日の朝、オマリー氏がタイプライターで封筒に住所を打っているのを見た方はいませんか?」

返事はなかった。ウルフは女性たちの目を引きつけることはできたが、口を開かせることはできなかった。

彼は無理もないという顔でうなずいた。「もちろん、彼はだれにも見られずにタイプを使ったのかもしれない。あるいは、いまここにいない社員のだれかに見られていたかもしれず、それは調べてみなければならない。しかし、みなさん全員に状況を理解していただきたい。この封筒はきわめて重要な証拠です。もしこれがオマリー氏が手に取り、住所を打ったものなら、おそらく彼の指紋が残っているでしょう。あの朝、事務所で彼が手袋をはめていたとは思えないからです。それだけでなく、どの機械で打ったものか調べるのは簡単なことでしょう。もしその機械がみなさんのだれかのデスクの上にあったもので、あの朝、その場にいたとして、しかもオマリー氏がそのタイプライターを使ったことを否定したとすれば、厄介な立場に立たされることになる。警察は当然質問を――」

「私のタイプライターです」怒ったような低い声で、かろうじて聞き取れる程度だったが、発言者は人もあろうに、あの美しいエレナーだった。

「うん。お名前をうかがえますかな？」

「エレナー・グルーバー」彼女はつぶやいた。

「そのことを説明していただけますか、グルーバー嬢」

「ファイルキャビネットのそばにいたとき、彼が――」

「オマリー氏ですか？」

「そうです。私のタイプライターを使っていいかと訊いたので、どうぞと答えました。それだけです」

「彼は封筒に住所を打っていましたか？」

「わかりません。私はキャビネットに向かっていて、背を向けていましたから。私のタイプライターだと言いましたが、そうだったかもしれないと言ったほうがよかったかもしれません」

「あなたのデスクに事務所の封筒は備えてありますか？」

「もちろん。いちばん上の引き出しに入っています」

「彼はどれぐらいそこにいましたか？」

「さあ――ほんの少しでした」

「一分以上ではなかったと？」

「ほんの少しというだけで、正確に何分とは言えません」

「だが、封筒に住所を打てるぐらいの時間だった？」

「それはそうです。一分とかかりませんから」

「彼が封筒を持っているのを見ましたか？」

「いいえ。そっちを見ていませんでしたから。忙しかったんです」

「ありがとう、グルーバー嬢。あなたの記憶を呼び覚ます必要があったのは残念ですが、思い出してもらえてよかった」ウルフはコンロイ・オマリーに的を絞った。「オマリーさん、あなたにうかがわなければならない。回りくどい言い方はやめて、これだけ訊こう。あなたは土曜日の朝、この人たちが言ったことをしましたか？」

オマリーは別人のようだった。口角の皮肉なゆがみは消え、頬もたるんでいなかった。十歳は若返り、その目は闇の中でそこだけ光を当てたように光っていた。その声には辛辣さがあった。

「それよりも君の話を聞こう。最後まで」

「いいでしょう。まだ話は終わっていない。あなたを殺人罪で告発しているのはご承知でしょうな？」

「ああ。続けてくれ」

パーリー・ステビンズが立ち上がり、クレイマーとブリッグズのそばを迂回して、空いた椅子を引き寄せると、オマリーの右肘のすぐ後ろに置いて座った。オマリーは彼に目もくれなかった。ウルフが話しだした。

「言うまでもないでしょうが、オマリーが私の手元に届く前にコリガンの筆跡でメモを加えるためにあの手紙を手に入れたことを立証しただけでは、彼に殺人罪を宣告することはできません。あの時点では、みなさん全員がベアード・アーチャーの小説の題名、『信ずるなかれ』を聞いたことがあり、それが詩篇第一四六篇第三節から採ったものだと知っていた、あるいは気づいたとしても不思議はない。しかし、私にあれを送ったのは、彼が事務所のだれかがあの原稿に関与しており、したがって、犯罪に関与していること、そして、そのだれかとはコリガンであるという証拠を私に提供したがっていたからです。私は――」

「なぜコリガンなんだ？」クスティンが訊いた。

「それをいま説明しようとしていたんだ。私は証明することのできないことを口にしなければならない、Xのときのように。その人物はいまもXだが、さしあたり私は彼をオマリーと呼んでおきましょう。この告白書の奇妙な点は、ほとんど細部にいたるまで真実で、きわめて正確なことです。これを書いた男は、実際、ダイクスのデスクにあった原稿を見つけ、それを読んだ。その内容が記述されたとおりのものであることを発見した。ダイクスに会いに行き、ここに記されたとおりの話し合いをし、基本的にはここに述べられたとおりの理由で彼を殺した。つまり、原稿に書いてあったことを彼が知ったことから派生するであろう問題を怖れたからだ。同様の理由で、ウェルマン嬢とエイブラムズ嬢を殺した。しかし、この告白書を書いたのはオマリーだ。彼は——」

「話にならん」クスティンが言った。「その原稿はコリガンがオマリーを密告したことを暴露していた。そうだろう？」

「そうだ」

「そして、オマリーはその原稿を見つけて読んだことによって、その事実を知った」

「そうだ」

「それなら、彼はコリガンが自分を密告した事実を隠すために三人の人間を殺したことになる。そんな馬鹿な話があるか！」

「違う。彼が三人の人間を殺したのは、四人目を疑われずに殺すためだ」ウルフは説明を続けた。「彼は自分が築き上げた地位を奪い、破滅させたのがコリガンだと知ったとき、彼を殺す決心をした。しかし、どれほど巧妙にやったところで、ダイクスが侮り難い脅威となるのは確かだった。ダイクスはオマリーがコリガンの裏切りを知ったことを知っており、もしコリガンが突然非業の死を遂げたら、それがどんな形であれ、ダイクスがしゃべる可能性がある。だから、まずダイクスを始末する必要があり、彼はそれを実行した。次はジョーン・ウェルマンだった——彼女も脅威となるだろうか？　オマリーはそれをはっきりさせなければならなかったから、彼女と会う約束をした。彼女に危害を加えるつもりはなかったのかもしれない——告白書にはそう書いてある——だが、彼女が小説のプロットと現実の事件との類似性を話題にし、彼の名前を思い出しかけたとき、告白書にあるように、それは彼にとってもう限界だったのだ。五時間後、彼女はこの世にいなかった」

部屋の後ろで音がした。椅子がきしる音だった。ジョン・R・ウェルマンが立ち上がって、動きだしていた。視線がいっせいに向けられた。ウルフは話をやめたが、ウェルマンは足音を忍ばせて部屋の隅に行くと、向きを変えて、壁づたいにパーリー・ステビンズが最初に座っていた壁際の椅子に向かった。そこからだと、なににも遮られずに弁護士たちが見えた。

「失礼しました」彼はだれにともなく言うと、腰をおろした。

女性たちのあいだからひそひそ声が聞こえた。クレイマーはじろりとウェルマンを見た。そして、彼が復讐の鬼になる気がないのを見届けてからウルフに視線を向けた。

「脅威となる可能性があるのは」ウルフは再開した。「あとひとり、レイチェル・エイブラムズだけだった。おそらく、オマリーはダイクスから彼女のことを聞いていたのでしょう。だが、聞いていたにせよ、いなかったにせよ、ダイクスの部屋を捜したとき、彼女がベアード・アーチャーに出した領収書を見つけたのは間違いない。告白書からその箇所を読んでみよう」彼はページを繰って、該当箇所を見つけると、読み上げた。

私の内なる部分は、ジョーン・ウェルマンを殺そうと考えたとき、私にいかなる道徳的嫌悪感も抱かせなかった。少なくとも、思いとどまるだけの強い嫌悪を抱かせなかったのは確かである。なぜならば、もし彼女を殺すことが道徳的に容認できないとすれば、ダイクスを殺したことが正当化できるはずがないからである。ジョーン・ウェルマンを殺すことで、このプロセスは完成したのだった。その後は、相応の動機さえあれば、私はまったく良心の呵責を感じることなく何人でも殺すことができただろう。

だから、レイチェル・エイブラムズの殺害を熟慮したとき、私の関心はそれが必要なことか、そして、不相応なリスクを伴わずに実行できるかということだけだった。私はそれが必要だと判断した。

ウルフは顔をあげた。「これは実に驚くべき記録です。安堵の胸をなでおろし、おそらくは、魂を癒したであろう男の心情がよく描かれている。冷血な殺人鬼へと変貌していくプロセスを冷静に記しながら、だが、その行為と責任を他人に転嫁して、当然の帰結である刑罰を免れることによって、心の平穏を保とうとする男の心情が。巧妙かつ軽妙な戦略で、成功したとしても不思議ではない。もしウェルマン氏が私を雇わず、度重なる請求書と失望にめげず決然たる態度を取りつづけていなかったなら、そうなっていたでしょう。

いや、話を少し急ぎすぎた。この告白書は一見問題がなさそうだが、いくつか事実と食い違いがある。彼がレイチェル・エイブラムズに会いに行った二月二十六日――ちょうど二週間前の今日だが――その日までに、彼女は対岸の脅威どころではなくなっていたのです。彼は――」

「彼とはまだオマリーのことか?」クスティンが口をはさんだ。

「そうだ」

「それなら、たしかに話を急ぎすぎたな。オマリーは二週間前の今日はアトランタにいた」

ウルフはうなずいた。「それをいまから話すところだ。彼はその日までに私がこの件にかかわっておることにり、ベアード・アーチャーと原稿に焦点を絞っていることを知っていた。

そして、私がレイチェル・エイブラムズを探し当てる可能性も見越していた。したがって、まず彼女を片づけなければならず、それを実行した――グッドウィン君が彼女のオフィスに着くわずか二分前に。これで一段落だ。準備段階は終了したわけだ。これでようやく終始一貫して真の目的だったことに取りかかれる、コリガンの殺害に。彼にとってそれをあきらめることなど思いもよらなかったが、いまや事態はそれほど簡単ではなかった。私がどこまで知っているのか確かめる必要があったので、彼はコリガンに電話して、全員そろってここに来て私に質問させようと提案し、あなたがたはやって来た。あのとき私がダイクスの辞表を見たいと言ったのがきっかけになって、すべてをコリガンの仕業に見せかけようと思いついたのかもしれないが、それはさほど重要なことではない。いずれにせよ、彼はコリガンの筆跡をまねて辞表にメモを加えたうえで私に届けさせた。それが第一歩だった」

ウルフは言葉を切ってウェルマンに目を向けたが、我々の依頼人はひたすらオマリーを見つめていて、話に参加するつもりはなさそうだった。「警察があのメモのことを訊いたとき、当然ながら、オマリーはみなさんに同調して、そんなものを見た覚えなどない、おそらく私自身が書いたのだろうと主張した。そこへポッター夫人の手紙が届いた。彼にとって絶好のチャンスだったのは言うまでもない。彼は罠だと見抜き、クレイマー氏か私が仕掛けたのだと思った。なぜなら、彼はあの原稿の写しがすべて破棄されたことを確信していたからだ。あの日のあなたがたの会議の報告は受けていないが、彼が言葉巧みにコリガン自身がカリフォルニアに行くよう仕向けたことにちがいない。結果は期待以上だった。コリガンが戻った直後に、あなたがたはまたそろって私のところにやって来た。あのときオマリーは、私がまんまと彼の術中にはまったと密かにほくそ笑んだことだろう。私はなにも暴露しようとせず、ただ行動する準備がもうすぐ整うと言っただけだったから。それは標的となる人物にとっては差し迫った不吉な脅威のはずだから、コリガンがその標的だとすれば、自滅の道を選び、それを実行するのはいまだと考えたとしても不自然ではなかった。そして、オマリーは迅速かつ冷酷に行動した。あなたがたとここを出てわずか十時間後に、私に電話をかけ、コリガンを殺した銃声を聞かせた」

「それを予見していたのか？」クスティンが訊いた。

「とんでもない。あなたがたが帰った段階では、私は乏しいコレクションにひとつ推定を加えただけだった。すなわち、コリガンはあの原稿を一度も見たことがなく、内容を知らないということを。あなたがたに関しては、いまだ五里霧中の状態だった。私にできるのは刺激して行動に踏み切らせることだけだった。そして、それに成功したことは否定しない。なにか話す気になりましたかな、オマリーさん？」

「いや。もう少し聞いていよう」

「ご随意に。もうすぐ終わります」ウルフはクスティンを見た。「あなたはレイチェル・エイブラムズが殺された日、オマリーはアトランタに行っていたと言いましたね。それを証明できますか？　それとも、ただ行くことになっていたという意味ですか？」

「彼は事務所の仕事でアトランタに行った」

「それは聞きました。実は、二日前まで、私はあなたがたをまったく偏見のない目で見ていたわけではない。最初に来たとき、オマリーは一週間ジョージアに出張していて、その朝戻ったばかりだということを私の記憶にとどめようとし、私はそれを書きとめた。ソール・パンザーはご存じないでしょうな？」

「ソール・パンザー？　いや」

「あちらがパンザー君だ、グッドウィン君のデスクの端にいるのが。彼がみなさんになにか訊いたら、答えてやってください。そのほうが身のためです。四日前、私はその問題の一週間のオマリーの行動を調べるよう彼に依頼し、彼はそれをやり終えた。ソール、報告してくれ」

ソールは口を開いたが、まだなにも言わないうちに、突然クレイマーが我に返った。「待て、パンザー！」そう言うと、今度はウルフに言った。「今朝、電話で聞いていたのはこのことか？」

「そうだ」

「それをこんなふうに彼に提供しようというのか？　なにもかもぶちまける気か？　だめだ！」

ウルフは肩をすくめた。「私がやらないのなら、君があとを続けるしかないな。今朝、君が関与したいと言ったとき私は断わった。しかし、いまなら歓迎しよう。君にその気があるなら、やるといい」

「その気はある」クレイマーは立ち上がった。「まず、その手紙と封筒を渡してもらおう。そして、パンザーから話を聞きたい。三人の女性からも供述書をもらわなければならない。オマリーさん、あなたにはステビンズ巡査部長と署までご同行願おう。訊きたいことがある」

オマリーは動じなかった。「容疑はなんですか、警部」

「訊きたいことがあると言ったはずだ。容疑にこだわりたいのなら、いずれはっきりするだろう」

「弁護士の同席を求めたい」

「地方検事局から電話すればいい」

「幸いなことに、電話する必要はない。弁護士ならここにいる」オマリーは振り向いた。「ルイス？」

クスティンは元代表共同経営者の目を受け止めながら即座に答えた。「だめです」彼はきっぱり言った。「私ははずしてください、コン。私にはできない」

オマリーは不意を衝かれて平静を失ったが、それでもまだ持ちこたえていた。彼はそれ以上言わなかった。クスティンの口調にそれを許さないものがあったからだ。彼は振り返ってクレイマーを見ようとしたが、その目に別の人間が入った。いつのまにかジョン・R・ウェルマンが椅子から離れて、彼と向き合う位置に立っていた。ウェルマンが話しかけた。

「私はジョーン・ウェルマンの父親です、オマリーさん。私にはよくわからない、話が複雑すぎて。でも、知りたいことがあるんです。あなたが私と握手したいかどうか知りたいんです」彼は手を差し出した。「さあ。この手を握りたいですか、どうですか?」

重苦しい沈黙の中で、女性たちのだれかが押し殺した喘ぎをもらした。オマリーが握手しかけたのだ。彼はしようとした。ウェルマンを見上げ、手を上げようとした。だが、次の瞬間、首から力が抜けた。彼はがっくりうなだれると、両手で顔を覆った。

「そうだろうと思ってました」ウェルマンはそう言うと、背を向けてドアに向かった。

23

先週のある日、ぼくはカリフォルニア州グレンデールのある番号に直通電話をかけた。相手が出ると、すぐ言った。

「ペギー？　アーチーです。ニューヨークからかけてるんです」

「あら、アーチー。電話をくれるんじゃないかと思ってたところよ」

ぼくは顔をしかめた。わざと馴れ馴れしい言い方をしたのは、目的があったから——欠点を見つけたかったからだった。彼女が怒ったふりをするか、それとなく気を惹こうとするか、あるいは、ぼくがだれかわからないふりをするかもしれないと思った。だが、そのどれでもなかった。彼女は彼女のままだった。ちょっと背が低すぎて、ふくよかすぎて、年取りすぎているが、世界にたったひとりしかいないポッター夫人だった。

「終わりましたよ」ぼくは言った。「きっとあなたも知りたいだろうと思って。陪審団は九時間評議して、ようやく評決を下しました、第一級謀殺です。ご存じでしょうが、これはレイチェル・エイブラムズ殺害の裁判で、お兄さんの裁判ではないが、同じことです。一件で有罪になれば、四件全部で有罪だから」

「そうね。終わってほっとしたわ。お電話ありがとう。声がとっても近いわ、すぐそばにいるみたい」

「ええ、あなたもそんな感じですよ。どうですか、そっちは、雨ですか？」

「いいえ、いいお天気よ、暖かくて青空が広がってて。どうして、ニューヨークは雨なの？」

「そうなんです。ぼくがこっちまで持ってきてしまったらしい。覚えてますか、あの日、覗き穴から見たぼくの姿を？」

「覚えてますとも。一生忘れないわ」

「ぼくもです。さようなら、ペギー」

「さようなら、アーチー」

　ぼくは電話を切って、もう一度顔をしかめた。しかたがない。あと二十年も経って、あのぼんくら亭主がこの世にいなくなり、年齢も体の線も気にならなくなったら、今度はきっと彼女に抱きつこう。

解説

ミステリ書評家　杉江松恋

世界の名探偵中、いちばん重いと言われるネロ・ウルフの目方は七分の一トン。豆百科風に書き出してみたがどうだろう。思っていたよりも軽い、と意外に感じた人も多いのではなかろうか。七分の一トンといえば約百三十〜百四十五キログラム（きっかりの数値で書かないのは私が馬鹿だからではなくて、アメリカトンとイギリストンで一トンの重さが違うため）。二〇〇五年二月現在の幕内最重量力士の雅山が身長百八十八センチで体重百八十一キロだが、それよりは軽いのだ。お相撲さんと比べるのもどうかと思うが。ちなみにウルフの身長は五フィート十一インチだ（約百八十センチ）。

ウルフといえばまず体型のことが頭に浮かぶが、他にも際立った部分は多く、書き出せばきりがない。詳しく知りたい人は、ウルフの詳細な評伝、ウィリアム・S・ベアリング＝グールド『西35丁目のネロ・ウルフ』（《EQ》一九八六年三月号〜八九年一月号）をご参照ください。

ネロ・ウルフの故国はモンテネグロである（現在の国名はセルビア・モンテネグロ）。自ら語った生い立ちは『我が屍を乗り越えよ』（早川書房。以下特記ないものは同じ）に詳しく、渡米前にはオーストリアで秘密情報部員として働いていたことがあるという。もちろん当時はもっと痩せていたのだろうけど。

アメリカではニューヨーク西三十五丁目に住宅兼事務所となる居を構えている。十番街と十一番街の間にある褐色砂岩作りのその建物は、ミステリ・ファンにとってはシャーロック・ホームズの住居ベイカー街二二一Bに匹敵する聖地である。職業は私立探偵で、助手としてアーチー・グッドウィンを雇っている。動き回っての調査は彼に任せ、自らはよほどのことがない限り建物の外には出てこない。依怙地なまでに生活の変化を好まないからである。健康を害する雨や寒気、煙草の煙が嫌い。見知らぬ人間に会うのもいや。特に女性全般が好きでないことは、作品中で何度も強調されている。結婚歴も不明だ。

趣味は美食と蘭栽培である。前者のために一流の料理人であるフリッツ・ブレンナーを執事長として雇っており、後者のためには建物の屋上に植物室を設けて一万株に及ぶ蘭を植え、専任の世話係としてシオドア・ホルストマンを雇っている。アーチー・グッドウィンを含め、使用人はすべて住み込みだ。つまりウルフは自分を含めて四人の人間の生活を支えなければいけないわけで、建物の維持費も考えると相当の固定費が必要なはずである。度を越した享楽主義者《エピキュリアン》だなあ。

ウルフが最初に登場する作品は、三四年の長篇『毒蛇』で、作者レックス・スタウトの死の一月前に発表された七五年の『ネロ・ウルフ最後の事件』が幕引きとなった。作品数は、長短併せて七十五篇というのが定説である。語り手を務めるのはアーチー・グッドウィンで、彼はウルフとは正反対で、快活かつ行動的な人物だ。常に軽口を叩くのをやめないし、女性とも親しく付き合うことができる。本書には登場しないが、『シーザーの埋葬』（三九年、光文社文庫）で知り合ったリリー・ロウワンという恋人もいるのだ。ネロ・ウルフ・シリーズが読者に支持される第一の理由は、このアーチー（とファースト・ネームで呼ぶほうがしっくりくる）の人好きのする性格にあると言って間違いない。天真爛漫で朗らかなアーチーと、頑固で気難しく厳格なウルフ。まるで父と息子の関係のようだ。アーチーがどんなに遅く帰宅してもおいしい食事で迎えてくれるフリッツは「お母さん」だな。おそらく本国アメリカの読者は、ウルフとアーチーの取り合わせに父と子の理想を見出しているのだ。前述の評伝を著したベアリング＝グールドも、アーチーがウルフの血のつながった甥なのではないかと推測をしているほどである（さらにウルフの出自については、ある高名な探偵との血縁関係を疑うなど、かなり大胆な推理を展開している）。

ネロ・ウルフ・シリーズの魅力は、ウルフ＆アーチーをはじめとする登場人物のしっかりとした造形にある。人物の動きが小気味いいのである。彼らは動くべきときに動き、話すべきことを話す。虚構の人物とは言うものの、確かな存在感がある。ウルフ一家が存亡の危機に直面する『ネロ・ウルフ対ＦＢＩ』（六五年、光文社文庫）のようなエピソードで登場人物が光るのはある意味当然だが、『腰ぬけ連盟』（三五年）や『料理長が多すぎる』（三八年）のように登場人物が多い小説においても、見事に個々の人物が書き分けられ、独立した個性を与えられている。これは驚嘆に値することだ。かつてハヤカワ・ミステリマガジンが発刊三百号を迎えたとき、記念企画として海外作家にアンケートをとったことがあった。そのときに尊敬する作家としてレックス・スタウトの名を挙げたのが、ローレンス・ブロック（彼の作品『死者の長い列』は、法月綸太郎氏によれば『腰ぬけ連盟』のプロットを下敷きにしている）、ブライアン・ガーフィールド、パトリシア・モイーズ、ビル・プロンジーニであった。みな人物造形に重きを置くという共通項を持つ作家たちだ。なんとなく納得である。

本書（原題は *Murder by the Book*）は、博学の徒・森英俊氏の著書『世界ミステリ作家事典［本格派篇］』

（国書刊行会）において「ビブリオ・ミステリとしても出色の出来」と紹介され、邦訳が待たれていた作品である。発表年は一九五一年。ある日ウルフの事務所をニューヨーク市警殺人課のクレイマーが訪れた（警部と訳されているが、原書では警視である）。法律事務所に勤めるベテラン事務員が水死体として発見された事件で、被害者の所持品の中に奇妙な紙があったので、ウルフの意見を聞きに来たのだ。それは十五人の名前を列記したメモ用紙だった。六週間後、出版社に勤務する娘を轢き逃げで殺された男が依頼人としてやって来る。ウルフは、娘が死の直前に雇われていた人物の名前がクレイマーのリストにあったことを指摘した。その人物、ベアード・アーチャーを求めて行動するうちに、アーチーは第三の殺人に遭遇する。

幻の小説原稿が三つの殺人事件をつなぐミッシング・リンクなのである。本の世界を舞台にしたビブリオ・ミステリとして読んだ場合、たしかに本書は魅力的な一冊といえる。だが本書の魅力はそれのみにとどまるものではない。犯人の動機に屋上屋を重ねたような箇所があり、その部分の粗は目立つもののパズラーとしては十分におもしろい。証拠物件に残されたサインの真贋論争なども、丁々発止ぶりが楽しめる。

それ以外で目立つのは、やはり登場人物たちの行動で魅せる部分だ。特に、アーチーの機転が際立っている。白眉は被害者の務めていた法律事務所の女性職員たちを招待し、証言を引き出す場面。女性心理を衝いたアーチーの作戦勝ちである。証人を一堂に集めて証言を引き出すのはもともとウルフの常套手段で、『料理長が多すぎる』などでも効を奏しているのだが、本書ではウルフはアーチーに任せて退散している。作戦の効力は認めるものの大量の女性が集うことには閉口したのだろう。ちなみにこのときウルフが珍しく外出した先が、マルコ・ヴュクシックが経営するラスターマン・レストランである。マルコはウルフのモンテネグロ時代からの旧友だったが、***The Black Mountain***（五四年、早川書房近刊）で殺害された。同書のアーチー証言によればマルコは女好きで、本書に登場するスー・ドンデロと付き合おうとしたこともあったそうだ(したがって彼女に関して言えば自分は無実ですよ、とアーチーは言いたいのだろう)。

アーチーの見せ場はもう一箇所あって、カリフォルニアに証人を訪ねて行き、証言を得ると同時に別の証人をはめ手にかけるという、両面作戦のようなことをやっている。このとき現地で臨時雇いの私立探偵を求めたアーチーは、ギブスンという「カリフラワーみたいな耳の男」を面接し、「タイプじゃない」と駄目だししている。アーチーの望みからすると、洗練度が足りなかったのだ。勘ぐりすぎかもしれないが、この箇所はコンティネンタル・オプに代表されるウェストコーストの探偵たちを茶化しているように思われる。

ウルフが処々で見せる知性の閃きや、真理を追求するときに示す峻厳な態度にも注目していただきたい。ウルフは愚かな人々が騒ぎ立てるのが嫌いで、そうした連中を制する際の彼の舌鋒には寸鉄人を刺すような鋭さがある。押しかけてきた法律事務所の弁護士たちをやり込めるくだりなど、馬鹿な顧客や上司にうんざりしている会社員が読むと、溜飲の下がる思いがするのではないだろうか。

最後に余談じみた話を一つ。本書では目立たないが、ウルフにはリベラリストの顔があり、『ネロ・ウルフ対FBI』、*The Black Mountain* などの作品では、それが顕わにされている。後者は、シリーズ中随一の異色譚で、ウルフがかつての故国、すなわち社会主義政権下のユーゴスラヴィアに潜入する小説である。舞台は東欧だが、意識されているのがマッカーシーによる赤狩り旋風が吹き荒れ、全体主義へと国を挙げて傾いていたアメリカであることは間違いない。この小説には印象的な場面がある。後ろ向きに歩くアーチーを、ウルフが合衆国憲法を暗唱しながら導く場面だ。ウルフは特に憲法修正第四条を強調する。それは不当逮捕の禁止を示した条文なのである。国全体が赤狩りに向けて「前へ」と進もうとするとき、「後ろ向き」の人物に憲法を頼りにして歩くように告げるというのは、反体制的なメッセージ以外の何物でもない。反体制的でありながら、態度はあくまでも遵法的なのだ。これは痛烈な皮肉といえるだろう。そうした諷刺性もネロ・ウルフものの魅力なのである。

本書の作者は、本名レックス・トッドハンター・スタウト、一八八六年十二月一日生まれで、さまざまな職に就きながら財をなした。彼の創案した学校銀行制度は、全国の四百を超える自治体で採用されたという。一九二七年から専業の作家生活に入り、一九七五年十月二十七日に死去するまで第一線で活躍し続けた。ネロ・ウルフ・シリーズには未訳作品が多く、本書の刊行を機会に訳出が進むことを祈ってやまない。特に、シャーロック・ホームズにとってのモリアーティ教授に当たるウルフのライバル、アーノルド・ゼックの登場する ***And Be a Villain***（四八年）、***The Second Confession***（四九年）、***In the Best Families***（五〇年）という三長篇が未紹介なのは残念な限りである。シリーズ以外の重要な著書には女性探偵のはしりであるシオドリンダ・ボナーが主人公となる ***The Hand in the Glove***（三七年）などがある。

スタウトは「ウォトソン（ワトスン）は女であった」（『シャーロック・ホウムズ読本』研究社出版）という論文も執筆したシャーロキアンだが、ネロ・ウルフとホームズの間には命名上の隠された共通点があるという（エラリー・クイーン「偉大なるo－eセオリー」《EQ》七九年一一月号所収）。共通点といえば、作者とウルフ自身にもあり、趣味嗜好や政治信条はかなり一致している。スタウトの嫌いなものは「政治家・お説教屋・気取った人・働かない人や無職でいる人・偏狭な心の人・映画とテレビジョン・騒音・油じみてぬるぬるしたもの」だったそうだ（ベアリング＝グールド前掲書）。ただしスタウトはウルフと違って愛妻家で、体重もウルフの約半分の、六十八キロ（百五十ポンド）しかなかったのである。

HAYAKAWA POCKET MYSTERY BOOKS No. 1767

矢沢聖子《やざわせいこ》

1951年生　津田塾大学卒
英米文学翻訳家
訳書
『スタイルズ荘の怪事件』アガサ・クリスティー
『囚人分析医』アンナ・ソルター
（以上早川書房刊）他多数

この本の型は，縦18.4センチ，横10.6センチのポケット・ブック判です.

検印
廃止

〔編集者《へんしゅうしゃ》を殺《ころ》せ〕

2005年2月28日初版発行　2013年9月25日再版発行

著　者　レックス・スタウト
訳　者　矢沢聖子
発行者　早川浩
印刷所　中央精版印刷株式会社
表紙印刷　大平舎美術印刷
製本所　株式会社川島製本所

発行所　株式会社　早川書房
東京都千代田区神田多町2ノ2
電話　03-3252-3111（大代表）
振替　00160-3-47799
http://www.hayakawa-online.co.jp

〔乱丁・落丁本は小社制作部宛お送り下さい
送料小社負担にてお取りかえいたします〕

ISBN978-4-15-001767-5 C0297
Printed and bound in Japan

ハヤカワ・ミステリ〈話題作〉

1868 **キャサリン・カーの終わりなき旅**　トマス・H・クック　駒月雅子訳

息子を殺された過去に苦しむ新聞記者は、あるきっかけから、二十年前に起きた女性詩人の失踪事件に興味を抱く。贖罪と再生の物語

1869 **夜に生きる**　デニス・ルヘイン　加賀山卓朗訳

〈アメリカ探偵作家クラブ賞最優秀長篇賞受賞〉禁酒法時代末期のボストンで、裏社会をのし上がっていこうとする若者を描く傑作！

1870 **赤く微笑む春**　ヨハン・テオリン　三角和代訳

長年疎遠だった父を襲った奇妙な放火事件。父の暗い過去をたどりはじめた男性が行きつく先とは？　〈エーランド島四部作〉第三弾

1871 **特捜部Q**　―カルテ番号64―　ユッシ・エーズラ・オールスン　吉田薫訳

悪徳医師にすべてを奪われた女は、やがて復讐の鬼と化す！　「金の月桂樹」賞を受賞したデンマークの人気警察小説シリーズ第四弾

1872 **ミステリガール**　デイヴィッド・ゴードン　青木千鶴訳

妻に捨てられた小説家志望のサムは探偵助手になるが、謎の美女の素行調査は予想外の方向へ……『二流小説家』著者渾身の第二作！